초
한
지
7

초한지

7

이문열 지음

뒤집히는 대세

楚漢志

RHK
알에이치코리아

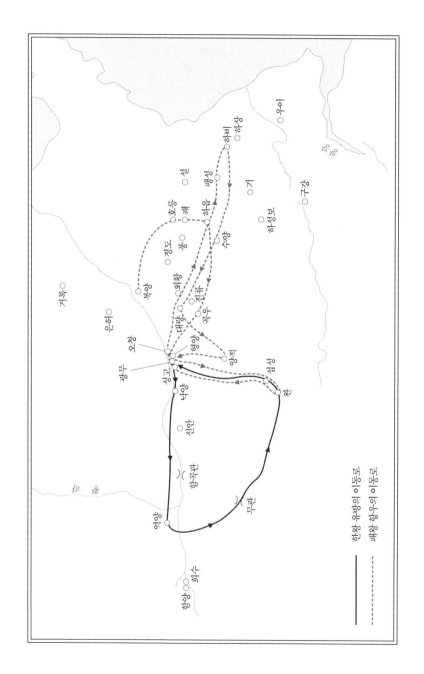

초한전쟁도

———— 한왕 유방의 이동로

----- 패왕 항우의 이동로

楚漢志

몰리는 형양성

구강왕 경포가 한왕의 사자로 온 수하와 더불어 샛길로 형양에 이른 것은 한(漢) 3년 12월로 접어든 뒤였다. 경포는 도중에 패왕 항우의 대군과 맞닥뜨리게 되는 게 두려워 얼마 남지 않은 군사마저 흩어 버리고 겨우 몇 십 기만 호위로 남겼다. 그리고 밤을 틈타 천 리 길을 더듬어 온 뒤끝이다 보니, 형양에 이른 경포 일행은 아래위 가릴 것 없이 몰골이 초라하기 그지없었다.

경포가 왔다는 말을 듣자 한왕 유방은 곧 그를 행궁으로 들게 했다. 경포가 옷을 갈아입을 틈도 없이 유방이 있는 방으로 불려 갔을 때 유방은 마침 평상에 걸터앉아 여자들에게 발을 씻기고 있었다. 평소 즐겨 해 오던 대로였다.

"어서 오시오, 구강왕. 먼 길 오시느라 고생하시었소."

한왕은 여전히 여자들에게 두 발을 맡긴 채 경포를 내려다보며 말을 건넸다. 그처럼 무례한 한왕의 응대에 경포는 벌써 화가 나 제정신이 아니었다.

"신 경포가 대왕을 뵙습니다. 진작 찾아 뵙고자 하였으나 항우의 흉맹한 눈길이 매양 노려보고 있어 뜻과 같지 못했습니다. 이제 부르심을 받고서야 이렇게 대왕을 뵙게 되니 신의 허물이 적지 않습니다."

도둑 떼의 우두머리로 늙어 오면서 기른 조심성과 노회(老獪)함으로 입은 그렇게 웅얼거려도 속은 터질 듯 부글거렸다.

'나와 저는 다 같은 제후로서 저마다 한 땅을 다스리는 왕이다. 거기다가 나는 저를 찾아오기 위해 나라와 군사를 잃고 처자까지 외로운 성안에 버려두었는데, 이 무슨 무례냐? 제 편에 서고자 먼 길을 찾아온 나를 귀한 제후로 존대하기는커녕 곁에 두고 부리는 신하 대접도 아니 해 주는구나. 천하의 경포가 이 무슨 처량한 꼴이냐. 아무래도 내가 잘못 찾아온 것 같다. 너무 가볍게 주인을 바꾸었다……'

그런 생각이 들자 후회에 이어 비통함까지 일어 그 자리에서 칼을 뽑아 스스로 목이라도 찌르고 싶은 심경이었다.

다행히도 한왕은 그런 자리를 길게 끌어 더 참을 수 없을 만큼 경포의 분노를 돋우지는 않았다. 곧 발을 닦게 한 뒤 여자들을 물리고 옷차림을 가다듬었다. 그리고 경포에게 자리를 내주며 오랜 친구 대하듯 말했다.

"구강왕께서는 무슨 당치 않은 말씀이오? 이제라도 찾아 주니 과인은 그저 고맙고 반가울 따름이오. 허나 먼 길 오느라 고단하실 터이니 오늘은 이만 돌아가 편히 쉬시오. 천하 일은 내일 의논해도 늦지 않을 것이오."

하지만 한왕 앞을 물러나올 때만 해도 경포의 가슴은 후회와 비통으로 터질 듯했다. 그런데 한왕의 행궁을 나와 객사에 들고 보니 대접은 또 전혀 딴판이었다. 이미 경포가 올 줄 알고 있었던지 큰 부호의 집을 빌려 객사로 꾸몄는데, 그 집의 크고 으리으리함이 한왕의 행궁에 조금도 뒤지지 않았다.

객사 뜰 앞에 세워져 있는 마차나 집 안에서 시중드는 사람들도 마찬가지였다. 그 격식이나 차림이 한왕의 행궁에서 본 것과 다름없었다. 몸을 씻고 나자 내온 의복도 위엄 있는 왕의 복색이요, 차려진 음식들도 제후의 상에나 어울리는 진수성찬이었다. 거기다가 침실에서 미인까지 기다리자 경포는 비로소 마음속에서 후회와 비통을 털어 냈다.

한편 경포가 돌아간 뒤 뒤늦게 소문을 듣고 달려온 장량이 한왕에게 나무라듯 말했다.

"대왕께서는 전에도 발을 씻으면서 역(酈) 선생 이기(食其)를 맞이하시다가 크게 무안을 당하신 적이 있으십니다. 그런데 이번에 또 구강왕에게 그토록 무례하셨으니 어찌 된 일입니까?"

한왕이 그 말에 가벼운 한숨과 함께 대답했다.

"지난번 팽성에서 항왕에게 크게 지고 쫓겨 오다가 하읍에 이르렀을 때, 과인은 선생에게 천하를 얻기 위해 반드시 한편으로 끌어들여야 할 사람을 물은 적이 있소. 그때 선생께서는 구강왕 경포를 그 으뜸으로 손꼽으셨소이다. 이에 과인은 수하에게 많은 금은을 주고 스무 명의 관원까지 딸려 보내며 경포를 달래 보게 하였소. 경포가 구강에서 군사를 일으켜 서초를 어지럽히면 선생의 말씀대로 항왕을 몇 달이고 산동 땅에 잡아 둘 수 있다 믿었기 때문이오. 하지만 경포는 항왕을 한 달도 산동 땅에 잡아 두지 못하고, 구강 땅까지 빼앗긴 뒤 겨우 제 한 몸만 건져 이리로 왔소. 아무래도 그 이름이 실질보다 더 크게 난 것은 아닌지 모르겠소이다."

장량이 정색을 하고 한왕을 보며 말했다.

"대왕께서는 한때의 이기고 짐을 두고 천하의 인재를 저울질 해서는 아니 됩니다. 비록 항왕의 기세에 밀려 잠시 낭패를 보기는 하였으나, 구강왕은 범 같고 교룡(蛟龍) 같은 호걸입니다. 외롭고 고단해져 쫓겨 왔다 해서 함부로 대할 수 있는 사람이 결코 아닙니다."

그러자 한왕도 정색을 했다.

"과인도 함부로 경포를 대한 것은 아니오. 객사에서는 의식주며 시중까지 왕후(王侯)의 예로 보살피라 하였소. 다만 점점 궁박하게 몰리게 된 과인의 신세를 떠올리다가 잠시 그를 맞음에 소홀했을 뿐이오."

"항왕이 모든 힘을 한군데로 몰아 바람처럼 이리로 달려오고 있는 것은 걱정스러운 일이지만, 그럴수록 구강왕 같은 이를 융숭하게 대접해야 합니다. 곧 닥칠 어려움에서 대왕을 구할 이들은 바로 구강왕이나 팽월, 한신처럼 대왕에게서 멀리 떨어져 있는 사람들입니다."

장량이 다시 한번 달래듯 그렇게 말하자 한왕도 굳어 있던 얼굴을 풀었다.

"알겠소. 내일이라도 구강왕을 불러 그 상한 마음을 달래 주리다."

그렇게 대답하고는 다음 날로 크게 잔치를 열고 경포를 불러 위로했다. 한왕이 경포의 자리를 자신과 나란히 남면하여 앉히고, 같은 제후로서 예절을 갖춰 대접하니 그러잖아도 적잖이 풀려 있던 경포의 마음은 한층 환하고 흐뭇해졌다. 이번에는 스스로 신(臣)이라 일컬으며 충심으로 따르기를 다짐했다.

이튿날 경포는 먼저 자신이 결코 홀몸으로 한왕에게 도망쳐 온 식객이 아님을 드러내 보이려 했다. 형양까지 이끌고 온 부장 가운데 하나에게 신표를 주어 구강으로 보내며 말했다.

"너는 과인의 사자로서 구강으로 돌아가 흩어진 군사들과 관원들을 모아 오도록 하라. 내가 부른다면 적어도 1만 명은 모일 것이니 그들을 데려오면 한왕께 낯은 들 수 있게 될 것이다. 또 도읍인 육성(六城)에도 들러 태재(太宰)가 보호하고 있다는 과인의 가솔들도 함께 데려오도록 하라."

강수에서 무리 지어 도둑질을 할 때부터 경포를 따르던 그 장수는 기꺼이 사자가 되어 구강으로 숨어들었다. 그런데 구강으로 들어가 보니 실로 끔찍한 일이 벌어져 있었다.

패왕은 항백을 시켜 기어이 육성을 깨뜨린 뒤에 성안에 있던 구강왕 경포의 가솔들을 모조리 죽여 버렸다. 뿐만 아니라 그 부

모처자를 볼모로 삼아 갖은 으름장을 놓고 겁을 줌으로써 경포
가 이끌던 군사들마저 모두 거두어들였다. 이에 구강으로 숨어든
경포의 사자는 경포의 오래된 친구들과 구강왕으로서 아끼던 신
하들을 중심으로 겨우 몇 천 명을 긁어모아 한나라로 돌아왔다.

한왕 유방은 경포의 처자가 모두 패왕이 보낸 군사들에게 죽
음을 당하고 그가 거느리던 군사들마저 모두 초나라 군사가 되
어 버렸다는 말을 듣자 자신의 일처럼 슬퍼하고 걱정했다. 경포
를 불러 깊이 위로하고, 전보다 더 많은 군사를 나눠 주며 기운
을 북돋워 주었다. 또 아직은 말뿐으로지만 왕호도 바꾸고 봉지
도 크게 넓혀 주었다.

"장차 구강왕을 회남왕(淮南王)으로 고쳐 세우고, 이전의 구강
땅뿐만 아니라 여강, 형산, 예장까지 모두 회남왕의 땅으로 떼어
주겠소."

처음 왔을 때와는 달리 한왕이 그렇게 경포를 보살핀 것은 어
쩌면 태공(太公) 내외와 여후(呂后)가 아직 패왕의 진중에 잡혀
있어서 느끼는 동병상련 때문이었는지도 모를 일이었다.

경포가 어느 정도 진정되자 한왕은 경포와 함께 형양과 성고
인근을 오르내리며 백성들을 다독이고 장정들을 긁어모아 군세
를 불렸다. 점점 가까워 오는 패왕의 대군과 맞서기 위함이었다.
그런데 한왕과 경포가 성고에 머물고 있던 어느 날 광무산에서
급한 전갈이 날아들었다.

"적장 종리매가 이끄는 초군 2만이 마침내 광무산을 돌파하고

말았습니다. 번쾌 장군이 맞서 싸웠으나 적의 머릿수가 곱절인 데다 기세까지 날카로워 막지 못했다고 합니다. 싸움에서 밀린 번(樊) 장군은 지금 겨우 건진 5천 군사로 산성을 지키는데, 하루하루 버텨 내기에도 힘겨울 정도입니다."

그 말을 들은 한왕은 얼른 군사를 돌려 형양으로 돌아갔다. 항우의 대군이 이르러 농성전을 펼쳐야 한다면, 성고보다 성벽이 높고 두터운 형양성 안에서 싸우는 편이 훨씬 나았기 때문이었다.

한왕이 형양으로 돌아와 자리 잡기 무섭게 다급한 소식들이 잇따라 날아들었다.

"항왕이 이끄는 본진이 곡우에 이르렀습니다. 마보군을 합쳐 10만이 넘는 대군이라 합니다."

"환초와 계포가 길을 나누어 오창으로 몰려들고 있다고 합니다. 아무래도 우리가 군량을 그곳에서 날라다 먹고 있는 줄 알고 그곳을 노리는 것 같습니다. 지금쯤은 벌써 오창성을 에워쌌을지도 모릅니다."

"용저가 벌써 구강에서 돌아와 초군의 선봉이 되었다고 합니다. 광무산을 벗어난 종리매와 나란히 형양으로 밀고 드는 중이라 합니다."

하나같이 가슴이 섬뜩해지는 내용이었다. 거기다가 일곱 달 전 팽성에서 당한 일이 떠오르자 한왕은 싸움이고 뭐고 다 내팽개치고 멀리 관중으로 달아나고 싶었다.

한왕 유방이 팽성을 칠 때는 한군 10여 만 외에도 40여 만 제후군이 있어 군사만도 56만에 이르렀다. 거기다가 한나라를 따르는 왕이 일곱이요, 항복한 제후와 토호가 또 여럿인 데다 한중을 나온 뒤 한 번도 진 적이 없는 대장군 한신이 있었다. 그 대군으로도 패왕의 3만 군사에게 무참히 패했는데, 이제는 겨우 10만 한군만으로 패왕이 마음먹고 모아 온 초군 10여 만과 맞서게 되었으니 두렵지 않을 수 없었다. 한왕이 천 근 무게에 짓눌린 듯한 가슴으로 초군의 접근을 살피고 있는 사이에 유성마가 달려와 전하는 소식은 점점 더 급박해졌다.

"환초와 계포가 오창을 에워싸고 들이치는데 그 기세가 여간 사납지 않습니다. 조참 장군이 힘을 다해 지키고 있으나 항왕의 본진이 오면 버텨 내기 어려울 듯합니다. 대왕의 원병을 기다리고 있습니다."

"초나라 군사들이 오창에서 형양에 이르는 용도를 끊으려 하고 있습니다. 주발 장군이 이리저리 달려가 막고 있으나 적이 여러 갈래인 데다 그 기세가 날카로워 용도를 지켜 내기 힘들 것 같습니다. 아무래도 형양에서 한 갈래 군사를 내어 주발 장군을 도와주어야 되겠습니다."

하지만 한왕으로서는 조른다고 함부로 군사를 내주기도 어려웠다. 패왕의 싸움이란 게 대개가 집중된 힘으로 질풍처럼 적의 심장을 찔러 가 한 싸움으로 결판을 내 버리는 식이었다. 여기저기 군사를 떼어 보냈다가 돌연 패왕이 한왕이 있는 형양으로 전력을 집중해 오면 팽성에서 겪은 것보다 더한 낭패를 당할 수도 있었다. 따라서 한왕도 형양성 안으로 전력을 긁어모아 천하의 형세가 유리하게 바뀔 때까지 버텨 보기로 했다.

한왕은 먼저 조참이 오창을 잃거나 주발이 용도를 지켜 내지 못해 양도가 끊어질 때를 대비했다. 성안에 갈무리된 군량을 아껴 먹게 하는 한편 인근의 가축을 성안으로 끌어다 두고 급할 때 잡아 쓸 수 있게 했다. 또 성안 백성들 중에도 싸움을 거들 수 있는 남자는 따로 헤아려 정히 성이 위태로우면 성벽 위로 끌어낼 수 있도록 해 두었다.

한왕은 그래 놓고도 마음이 놓이지 않는지 다시 장량을 불러 물었다.

"대장군 한신과 상산왕 장이에게도 사람을 보내 회군을 명하는 것이 어떻겠소? 그동안 불린 군세가 만만찮을 것이오."

하지만 장량은 가만히 고개를 가로저었다.

"이제 와서 대장군과 상산왕을 불러들이면 일껏 얻은 조나라와 연나라는 다시 항왕에게로 넘어가고 맙니다. 이곳 형양이 이제껏 평온했던 것도 상산왕과 대장군이 항왕의 이목을 그쪽으로 돌려놓았기 때문입니다. 그들의 대군을 형양으로 불러들이기보다는 차라리 제나라로 내려보내는 게 어떻겠습니까? 그렇게 하여 항왕의 등 뒤를 노려 주는 것이 오히려 형양의 어려움을 풀어 주는 길이 될 것입니다."

"허나 지난번 팽성에서 그랬던 것처럼 형양이 항왕에게 떨어지고 과인이 잘못되기라도 한다면 그 일을 어찌하겠소? 대장군 한신이 제나라가 아니라 서초를 몽땅 둘러엎는다 해도 무슨 소용이 있겠소?"

"형양, 성고, 오창에 모여 있는 한군만도 10만이 됩니다. 그들이 기각지세를 이루며 높고 든든한 성에 의지해 지키는데 아무려면 그리되기야 하겠습니까?"

장량이 그렇게 안심시켰으나 한왕의 마음은 무겁고 어둡기만 했다. 어떻게 보면 지난번 팽성 싸움에서 마음에 입은 상처가 그만큼 컸다고 할 수도 있다.

그러는 사이에도 형양성 밖의 형세는 나날이 한왕 유방에게 불리해져 갔다. 용저와 종리매가 길을 나누어 한군의 용도를 들부수며 앞뒤에서 주발을 들이치니 오창에서 보내는 군량이 제대로 형양에 닿지 못했다. 오창의 사정도 좋지 않았다. 성을 에워싼 계포와 환초가 금세라도 끝을 볼 듯 성안의 조참을 몰아댔다.

그러던 어느 날이었다. 지난 8월 위표를 달래러 갔다가 빈손으로 돌아온 뒤로 줄곧 말이 없던 역이기가 한왕을 만나러 왔다. 한왕이 반가워하며 역이기를 안으로 불러들이게 했다.

"오래 뵙지 못했소, 역 선생. 오늘은 과인에게 어떤 가르침을 내리시려고 찾아오셨소?"

"초나라가 옷깃을 여미고 대왕께 조회하러 오도록 할 방책이 떠오르기에 이렇게 대왕을 뵈러 왔습니다."

역이기가 별로 겸양하는 기색 없이 그렇게 대답했다. 갈수록 몰리는 기분으로 울적해져 있던 한왕이 반색을 하며 물었다.

"어찌하면 그리될 수 있겠소? 과인이 귀를 씻고 들을 테니 그 방책을 일러 주시오."

그러자 역이기가 몇 번의 헛기침으로 목소리를 가다듬고 말했다.

"옛날에 은나라 탕왕은 하나라 걸왕을 쳐부수어 내쫓고도 그 후손을 기(杞)나라에 봉해 주었고, 주나라 무왕은 은나라 주왕을 쳐 없애고도 그 후손을 송(宋)나라에 봉했습니다. 그런데 진나라는 도덕을 저버리고 여러 제후국에 쳐들어가 육국(六國)을 모두 쳐 없애 버렸습니다. 사직을 허물고 나라의 명맥을 끊어 버렸을 뿐만 아니라 그 후손들에게 송곳 하나 꽂을 땅도 남겨 주지 않았던 것입니다. 진승과 오광이 한 농군으로 몸을 일으켜 진나라에 맞섰을 때, 천하가 모두 함께 들고일어난 것은 실로 진나라의 그와 같은 무도함과 박덕 때문이었습니다.

이제 대왕께서는 참된 마음으로 육국을 되살리시고, 그 후예를 찾아 왕으로 되세우신 뒤 제후의 관인(官印)을 내리도록 하십시오. 그리하면 그 나라의 군신과 백성들은 반드시 대왕의 은덕을 우러르고 위엄을 흠모하여 바람에 쏠리듯 대왕께로 몰려들 것입니다. 한결같이 대왕의 신하와 백성이 되기를 바라며 스스로 우리 한나라의 든든한 울타리가 되어 줄 것이니, 이는 곧 탕무(湯武)의 덕의(德義)를 이루심과 다름이 없습니다. 대왕께서 그와 같이 먼저 천하에 덕의를 펼치신 뒤에 남면하여 패왕을 일컬으시면, 머지않아 초나라도 반드시 옷깃을 여미고 우리 한나라에 조회하게 될 것입니다."

한왕이 들어 보니 그 말이 장중할 뿐만 아니라, 뜻하는 바도 그럴듯했다. 길게 생각해 볼 것도 없이 역이기의 말을 따르기로 했다.

"좋소. 그리하리다. 과인이 명을 내려 급히 관인을 새기게 할 것이니 선생이 직접 그것들을 육국의 후손들에게 전하시오."

그래 놓고는 당장 초나라 대군이라도 물리친 듯 후련해했다. 그런데 그날 저녁 때였다. 형양성 안에 갇히기 전에 마지막으로 한 번 더 성 밖을 둘러보러 나갔던 장량이 돌아와 한왕을 찾아왔다. 마침 저녁상을 받고 있던 한왕이 장량을 곁으로 불러들이고는 기분 좋게 말했다.

"어서 오시오, 자방(子房). 낮에 우리 막빈 가운데 초나라의 세력을 약하게 만들 계책을 낸 사람이 있었소. 그 때문인지 오늘 저녁상은 유달리 밥맛이 달구려."

"어떤 계책인데 저토록 강성한 초나라의 세력을 꺾어 놓을 수 있다는 것입니까?"

장량이 반가워하는 낯빛으로 그렇게 받았다. 한왕이 수저를 밀어 놓고 낮에 역이기에게 들은 말을 신이 나서 떠들어 댔다. 그러다가 장량의 얼굴이 점점 차게 굳어지는 걸 보고 머쓱해하며 물었다.

"자방은 이 계책을 어떻게 보시오?"

그러자 장량이 착 가라앉은 목소리로 가만히 되물었다.

"누가 이런 계책을 냈습니까? 대왕께서 이 계책을 따른다면 장차 대왕께서 하시려는 일은 크게 어그러지고 말 것입니다."

"무엇 때문에 그리된단 말이오?"

한왕이 역이기의 이름은 밝히지 않고 자신이 궁금한 것만 알려 했다. 장량이 가만히 왼손을 내밀어 상 위에 놓인 젓가락을 몇 개 집어 들며 말했다.

"바라건대 상 위에 놓여 있는 젓가락 몇 개만 빌려 주시면 대왕을 위해 그 계책을 따라서는 안 될 까닭을 하나하나 일러 드리겠습니다."

그러고는 오른손으로 왼손이 집어 들고 있는 젓가락 중에서 하나를 빼 들면서 차분히 따져 나갔다.

"옛날 은나라 탕왕이 하나라 걸왕을 쳐서 내쫓고도 그 후손을 기나라에 봉해 준 것은 탕왕이 마음만 먹는다면 언제든 다시 걸왕을 사지에 몰아넣을 수 있다고 믿었기 때문입니다. 또 주나라 무왕이 은나라 주왕을 쳐 없앤 뒤에 그 후손을 송나라에 봉한 것도 무왕이 바란다면 언제든 주왕의 목을 얻을 수 있다고 여겼기 때문이었습니다. 곧 탕왕과 무왕에게는 걸왕과 주왕이 죽고 사는 일[生死之命]을 자신이 마음대로 할 수 있다는 믿음이 있었기에 그 후손을 다시금 왕으로 봉할 수 있었던 것입니다. 그런데 지금 대왕께서는 언제든 항왕의 삶과 죽음을 마음대로 결정할 수 있습니까?"

"결코 그렇지는 못하오."

"그렇다면 그게 육국의 후손을 다시 왕으로 봉할 수 없는 첫번째 이유가 될 것입니다. 힘으로 천하를 온전히 움켜잡지 못했으니 제후들을 왕으로 봉할 수는 없는 일입니다."

장량이 그러면서 오른손이 뽑아 든 젓가락을 상 위에 내려놓고 다시 왼손에서 두 번째 젓가락을 뽑아 들었다.

"무왕이 은나라로 쳐들어 갈 때 상용(商容, 은나라 주왕 때의 현인으로 태항산에 은거하였다.)이 살던 마을 어귀[閭, 이문(里門)]에서 그의 밝고 어짊을 널리 드러내어 칭송하였으며, 옥에 갇혀 있던 기자(箕子, 바른말을 하다 수난을 당했다는 은나라의 현인)를 풀어 주었으며, 비간(比干, 바른말을 하다 죽은 은나라의 현인)의 무덤에 흙을 더해 봉분을 키웠습니다. 그런데 지금껏 대왕께서는 성인의 무덤에 흙을 더하거나 현자의 마을을 표창하시거나 지자(知者)의 마을 어귀를 지나며 공경을 드러내신 적이 있으십니까?"

"아니오. 아직 그럴 겨를이 없었소."

한왕이 머뭇거리다 그렇게 대답했다. 장량이 두 번째 젓가락을 상 위에 내려놓으며 말했다.

"그렇다면 그게 대왕께서 육국의 후손들을 다시 왕으로 세울 수 없는 두 번째 이유가 됩니다. 아직 천하 만민의 마음을 두루 어루만지지 못하셨으니 제후들을 왕으로 세울 수는 없는 일입니다."

장량은 그렇게 말하고 다시 왼손에서 세 번째 젓가락을 뽑아 들었다.

"주나라 무왕은 거교(鉅橋, 은나라의 큰 창고가 있던 곳)의 곡식을 풀어 굶주린 백성들을 먹였고, 녹대(鹿臺, 은나라 주왕이 꾸몄다는 사치스러운 동산)의 돈을 흩어 가난한 이들에게 나눠 주었습니다. 지금 대왕께서도 천하 모든 창고의 돈과 곡식을 꺼내 가난하고 힘없는 백성들에게 나눠 주실 수 있습니까?"

"그도 어려울 것이오. 과인은 아직 천하의 창고를 다 얻지 못했소."

"그게 세 번째 이유입니다. 천하의 돈과 곡식을 풀어 어려운 백성들을 보살펴 줄 수도 없으니 육국의 후손을 왕으로 되세울 수는 없는 일입니다."

장량이 그렇게 말하고 다시 네 번째 젓가락을 빼 들었다.

"주나라 무왕은 은나라를 쳐 무도한 주왕을 내쫓는 일이 끝나자 싸움 수레를 사람이 일상 타고 다니는 수레로 바꾸게 하고, 창칼에 호랑이 가죽을 씌워 거꾸로 매닮으로써 다시는 그걸 쓰지 않겠다는 뜻을 천하에 널리 알렸습니다. 또 무왕은 싸울 때 타던 말을 화산(華山) 남쪽에 풀어 쉬게 함으로써 다시 싸움터에서 타지 않을 뜻을 밝혔으며, 군량 나르던 수레를 끌던 소를 도림(桃林) 북쪽에 놓아주며 다시 싸움에 부리지 않겠다는 뜻을 드러냈습니다. 지금 대왕께서도 무력을 버리고 문교(文敎)를 행하시며 다시는 군사를 움직이지 않겠다고 언명하실 수 있겠습니까?"

"아직 천하 형세를 결정짓는 싸움이 다 끝나지 않았는데 어찌 그리할 수 있겠소?"

"그렇다면 제후를 왕으로 봉할 수 없으니, 이게 대왕께서 육국의 후손들을 다시 왕으로 봉할 수 없는 네 번째 이유입니다."

장량이 그래 놓고 다섯 번째 젓가락을 뽑아 들며 말했다.

"지금 천하의 뛰어난 호걸[游士]들이 부모처자와 헤어지고 조상의 묘소와 오래된 벗들을 떠나 분주히 대왕을 따라다니고 있습니다. 그들이 밤낮 없이 바라는 것은 뒷날 대왕께서 천하를 얻으셨을 때 한 뙈기의 땅이라도 떼어 제후로 세워 주시는 것입니다. 그런데 이제 대왕께서 육국의 후손들을 다시 왕으로 세우면 그들에게 떼어 줄 땅은 한 뼘도 남지 않게 되고 맙니다. 따라서 그들은 모두 대왕을 버리고 옛 주인을 찾아가 섬길 것이며, 부모 처자와 옛 벗들과 조상의 묘소가 있는 곳으로 돌아가 버릴 것입니다. 그리되면 대왕께서는 누구와 더불어 천하를 차지할 수 있으시겠습니까? 이것이 대왕께서 육국의 후손을 다시 왕으로 봉해서는 안 되는 다섯 번째 이유입니다."

거기서 잠시 숨을 돌린 장량은 마지막 젓가락을 들어 보이며 말을 이었다.

"지금은 오직 초나라가 강성할 수 없게 만드는 길만 보고 계시지만, 반드시 모든 일이 대왕의 뜻과 같지 못할 수도 있습니다. 만약 초나라가 강성해지면 대왕께서 세운 육국의 후손들은 다시 스스로를 굽혀 초나라를 따를 것이니, 그때는 그들을 어떻게 신하로 삼을 수 있겠습니까? 이것이 그들을 다시 왕으로 봉해서는 안 되는 여섯 번째 이유가 됩니다."

말을 마친 장량은 갈라 쥐고 있던 마지막 젓가락을 소리 나게 상 위에 놓았다. 그리고 잠시 입을 다물어 뜸을 들인 뒤에 자르 듯 말했다.

"그 계책을 올린 손님이 누구인지 알 수 없으나, 대왕께서 참으로 그 계책을 쓰신다면 천하를 얻는 일은 영영 글러 버리고 말 것입니다."

그와 같은 장량의 말을 듣자 한왕도 비로소 훤히 깨달아지는 일이 있는 듯했다. 마침 입에 넣고 우물거리던 음식을 뱉어 내며 성난 소리로 외쳤다.

"그 더벅머리 유생 놈이 하마터면 큰일을 망쳐 놓을 뻔했구나!"

그리고 다음 날로 말을 바꾸어 일껏 만들어 놓은 육국의 왕인(王印)을 모두 녹여 버리게 했다. 그런 한왕의 기색이 얼마나 엄중했던지, 그 소문을 들은 역이기는 무안하여 며칠이나 문밖을 나서지 못했다.

『자치통감』은 그 일을 기록한 끝에 순열(荀悅)의 논의를 실었는데 내용은 대강 이러하다.

일찍이 장이와 진여가 진섭(陳涉, 진승)을 찾아가 육국을 되일으켜 한편으로 삼으라[復六國自爲樹黨]고 한 것과 역생(酈生)이 한왕을 찾아가 달랜 것은, 그 말한 것은 같지만 얻는 것과 잃는 것은 다르다[說者同而得失異者]. 진섭이 일어날 때는 천하가 모두 진나라가 망하기를 바랐으나, 초나라와 한나라가 나뉘어 형세가 정해지지 않은 그때에는 천하가 반드시 항씨(項氏)가 망하기만을 바라지는 않았다.

따라서 진섭에게는 육국을 다시 세우는 것이 말하자면 자기편을 늘리고 진나라의 적을 더하는 것과 같은 일이었다. 거기다가 진섭은 아직 천하의 땅을 오로지하지 못했으니 제 것이 아닌 것을 남에게 주어[取其非有與於人] 속 빈 은혜로 알찬 복을 얻어 낸[行虛惠而獲實福] 셈이었다. 그러나 한왕에게는 육국을 다시 세우게 하는 것이 말하자면 자신이 가진 것을 잘라 내 적에게 보태 주는[割己之有而以資敵] 꼴이요, 헛된 이름을 내세워 실제의 화를 얻는[設虛名而受實禍] 길이었다……

그사이에도 형양성 밖은 점점 더 급박하게 돌아갔다. 패왕 항우는 겉보기에는 군사를 여러 갈래로 나누어 여기저기에서 마구잡이 싸움을 벌이고 있는 듯이 보였으나 실제로는 그렇지 않았다. 오창으로 보낸 군사들이나 용도를 끊는 군사들 모두 패왕의 본진에서 멀리 벗어나는 법이 없었다. 언제든 본진으로 돌아와 병력을 집중할 수 있는 거리에서 싸우다가 부름이 있으면 한달음에 달려갈 태세를 갖추고 있었다. 어쩌면 오창이나 용도 그 자체가 형양의 일부나 다름없이 이어져 있어, 패왕은 처음부터 한왕 유방이 있는 형양으로 대군을 집중해 왔다고 보는 게 옳겠다.

형양성 안에 틀어박혀 그런 바깥의 정세를 살피고 있는 한왕의 근심은 나날이 커졌다. 한신을 불러들일 수도 없고, 달리 크게 의지할 만한 원병을 기대할 수도 없어 그런지 다가오는 패왕의 대군이 훨씬 크고 강하게 느껴졌다. 그래도 어떻게 되겠지, 하는 느긋한 마음으로 근심을 억누르고 있는데 갑자기 급한 소식이 날아들었다.

"주발 장군이 용도를 버리고 형양성 안으로 들어왔습니다. 종리매와 용저가 번갈아 용도를 끊고 앞뒤에서 들이치는 바람에 군사를 태반이나 잃고 쫓겨 왔다고 합니다. 용도가 모두 허물어지고 말았으니, 이제 오창에서 오는 곡식은 온전히 끊어져 버린 셈입니다."

한왕이 그 말에 놀라고 있는데 피 칠갑을 한 주발이 비척거리며 들어왔다.

"못난 신 주발이 대왕을 뵙습니다. 형양성의 양도를 지켜 내지 못한 죄를 엄히 벌하여 주십시오."

주발이 한왕 앞에 엎드리며 먼저 죄부터 빌었다. 버틸 대로 버티다가 쫓겨 온 흔적이 온몸에 역력했다. 한왕이 주발에게 다가가 싸안듯 일으켜 세우며 말했다.

"장군이 초나라의 두 맹장과 맞서 외롭고 어려운 싸움을 하고 있다는 말은 과인도 일찍이 들었다. 진작 한 갈래 군사를 내어 장군을 도와야 했으나 형양성의 형세가 또한 불안하여 그리하지 못했다. 이 모두가 과인이 힘없고 모자란 탓이니 장군은 스스로를 너무 허물하지 말라!"

그리고 오히려 주발을 위해 크게 잔치를 열고 그가 이끌던 장졸들에게도 술과 고기를 넉넉히 내렸다.

그런데 주발이 형양성 안으로 쫓겨 든 그 이튿날이었다. 성 밖으로 나갔던 탐마들이 잇따라 뛰어들며 다시 급한 소식을 전해왔다.

"패왕이 군사를 한 덩어리로 모아 형양으로 다가들고 있습니다. 지금 이곳에서 동쪽으로 30리 되는 곳에 이르러 가만히 항오(行伍)를 정돈하고 있는데, 머지않아 형양성을 에워싸고 들이칠 듯합니다."

그 말을 듣고 놀란 한왕이 장량과 진평을 불러 물었다.

"이제 곧 형양성은 항왕이 몸소 이끈 초나라 대군에게 에워싸일 것이오. 아직 성문을 드나들 수 있을 때 반드시 해 두어야 할 일이 무엇이겠소?"

"먼저 각지로 사자를 보내 항왕의 등 뒤를 어지럽게 하는 일부터 재촉해야 합니다. 대장군 한신에게 사람을 보내 조나라와 인접한 땅에 있는 초나라의 군사들을 공격하게 하고, 팽월에게도 사자를 보내 보다 활발하게 양(梁) 부근의 초나라 군사들을 유격하게 하십시오. 또 구강왕 경포도 형양성에 갇히기 전에 회남으로 내려 보내십시오. 경포의 군사는 이곳에서는 큰 힘이 되지 않지만, 회수 남쪽으로 내려가 자기들의 옛 땅을 찾게 하면, 항백이 이끄는 초나라 군사들이라도 그대로 회남 땅에 잡아 둘 수 있을 것입니다."

장량이 마치 물어 주기를 기다리기라도 한 듯 그렇게 대답했다. 한왕도 이왕 도우러 올 원병이 없다면 성을 에워싼 적군의 압력을 줄여 줄 우군의 유격전이라도 독촉하는 일이 옳다 여겼다. 곧 장량의 말대로 한신과 팽월에게 사자를 보내고, 경포도 서둘러 회남으로 내려가게 했다.

패왕 항우는 한왕 유방이 헤아린 것보다 재빨리 형양성을 에워쌌다. 다음 날 새벽 날이 새면서 성루에서 망을 보던 한나라 군사들은 어느새 성이 초나라 군사들에게 두텁게 에워싸여 있음을 보고 몹시 놀랐다. 쇠를 두드리고 딱따기를 쳐 여럿에게 그 일을 알렸다.

그 바람에 새벽잠에서 깨난 한왕도 동문 문루로 나가 적의 형세를 살펴보았다. 성 밖 곳곳에 초나라 깃발이 휘날리고 네 성문 앞에는 각기 커다란 진채가 얽어져 있었다. 오래전부터 오리라 알고는 있었지만, 막상 패왕의 진채를 마주 보게 되자 한왕의 가슴은 자신도 모르게 서늘해 왔다. 다시 팽성에서 당한 일이 떠오른 까닭이었다.

그때 마치 한왕이 문루에 올라 보고 있음을 알고 있기라도 한 듯, 문루 앞 초군 진채의 진문이 열리며 한 장수가 말을 몰아 나왔다. 보검을 차고 오추마에 높이 앉은 패왕 항우였다. 패왕이 문루를 올려다보며 대뜸 우레같이 소리쳤다.

"한왕은 어디 있느냐? 한왕 유방은 어서 나와 과인의 말을 들어라!"

한왕 유방이 마지못해 성가퀴 사이로 얼굴을 내밀며 패왕 항우의 말을 받았다.

"유 아무개는 여기 있소. 대왕께서는 무슨 일로 과인을 찾으시오?"

말은 공손하게 존대를 하고 있었지만 그 말투나 표정은 유들유들하기 짝이 없었다. 그런 한왕의 얼굴을 보자 패왕의 얼굴이 이내 시뻘겋게 달아올랐다. 한왕이 여러 제후들을 이끌고 비어 있는 팽성에 쳐들어와 분탕질을 친 일이 새삼 분하기도 하였지만, 그보다는 그 마당에도 꼬박꼬박 존대를 올리며 겸손한 척하는 그의 의뭉스러움이 더 미웠다. 저 홍문에서도 신(臣)과 제(弟)를 아울러 칭하며 비굴하게 비는 데에 속아 그물에 걸린 고기 같던 한왕을 놓쳐 버리고 말지 않았던가.

"장돌뱅이 유계야, 너는 과인이 이른 줄 알면서도 어서 성문을 열고 나와 항복하지 않고 무얼 하느냐? 지금이라도 네놈이 항복하면 과인의 진중에 잡혀 있는 네 늙은 아비어미와 못생긴 계집을 풀어 줄뿐더러, 그것들과 함께 풍, 패로 돌아가 곱게 늙어 죽을 수 있도록 해 주겠다. 허나 되지도 않는 허풍을 떨며 뻗대다가 성이 떨어지는 날에는, 뉘우쳐도 이르지 못하는[後悔莫及] 지경에 이를 것이다. 네 고기로 젓을 담가 천하 곳곳에 돌려 과인에게 맞서려 한 죄가 얼마나 큰지를 뭇사람에게 깨우쳐 주겠다."

패왕이 대뜸 소리를 높여 그렇게 한왕을 꾸짖었다. 그러나 한왕은 안색 하나 변하지 않았다. 여전히 유들유들한 얼굴로 패왕을 내려다보며 깨우쳐 주듯 말했다.

"대왕께서 무슨 말씀을 하는지 통 알아듣지 못하겠소. 대왕과 과인은 다 같이 포의에서 몸을 일으켰고, 공을 이룬 뒤에는 또한 둘 모두 의제(義帝)로부터 봉지와 왕호를 받은 제후에 지나지 않았소. 대왕이 비록 의제를 해쳤으나, 이는 제후로서 천자를 시해한 것이지, 그 일로 대왕이 곧 천자가 되어 과인보다 높이 된 것은 아니외다. 지난여름 과인의 향리를 짓밟고 부모처자를 잡아간 것도 같은 제후로서 지나친 짓인데, 이제는 무슨 천자라도 된 것처럼 도리어 내게 죄를 묻겠다니 이 무슨 무례요?"

"저놈이 아직 제 죄를 모르고 찢어진 주둥이라고 함부로 놀리는구나. 너는 과인이 진나라의 주력을 맞아 피투성이 싸움을 벌이는 동안에 잔꾀와 요행수로 먼저 관중으로 들어갔다. 그리고 어리석고 겁 많은 자영(子嬰)을 속여 항복을 받은 뒤 진나라의 옥새와 보물을 모두 차지하였다. 그 죄만 해도 백 번 죽어 마땅하나, 과인은 홍문의 잔치에서 목숨을 애걸하는 네 몰골이 가긍하여 살려 주었다. 뿐만 아니라 그래도 함께 싸운 옛정을 살려 파촉 한중의 땅까지 떼어 주며 왕으로 봉했다. 그런데도 네놈은 제 분수도 모르고 봉지를 뛰쳐나와 삼진(三秦)을 삼키더니, 급기야 는 과인의 도읍인 팽성까지 노렸다. 제후들을 위협하여 군사를 부풀린 뒤에 과인이 잠시 비워 둔 팽성으로 불시에 치고 들어와 보름이 넘도록 갖은 분탕질을 쳤다. 이에 과인은 3만 정병을 몰 아 네놈의 56만 대군을 사수(泗水)와 수수(睢水)에 모조리 쓸어 넣고, 다시 한 갈래 군사를 풍, 패로 보내 네 가솔들을 잡아들이 게 하였다. 그리고 이제 대군을 내어 그 모든 행악과 분란의 원 흉이 되는 너를 잡으러 왔거늘 그래도 네 죄를 모르겠느냐?"

원래 패왕은 그리 긴 말 늘어놓기를 좋아하는 사람이 아니었 다. 그러나 한왕이 워낙 유들유들하게 나와서인지 하나하나 한왕 의 죄를 꼽으며 길게 꾸짖었다. 그래도 한왕은 조금도 움츠러드 는 기색 없이 받았다.

"지난날 의제께서는 누구든 먼저 관중에 드는 사람을 관중왕 으로 삼으리라고 온 천하에 대고 약조하셨소. 과인은 험준한 무 관(武關)을 도륙하고 관중으로 들어간 뒤 다시 요관(嶢關)을 깨뜨 리고 패상에 이르는 동안 갖은 간난과 신고를 겪었소이다. 그리 하여 제 땅에서 편히 쉬며 지키는 진나라의 대군을 모두 쳐 없애 자 마침내 진왕이 과인을 찾아와 항복하고 함양을 들어 바쳤소. 하지만 두 달이나 뒤처져 관중으로 들어온 대왕은 그 모든 공을 가로챘을 뿐만 아니라, 과인을 관중에서도 가장 궁벽한 모퉁이가 되는 파촉 한중 땅에 가두어 버렸소. 따라서 과인이 섶 위에 눕 고 쓸개를 맛보듯[臥薪嘗膽] 하여 다시 삼진으로 나온 것은 원래

의제께서 약조하신 관중의 땅을 온전히 되찾기 위해서였소이다. 이는 마땅히 차지해야 할 것을 되찾으러 나온 것일 뿐이니, 과인이 파촉 한중을 나온 것이 무슨 죄가 되겠소?

거기다가 대왕이 설령 진나라를 쳐 없애는 데 으뜸가는 공을 세웠다 하더라도, 그 뒤에 저지른 흉포함과 무도함은 그 공을 지우고도 남을 것이오. 대왕은 의제께서 세운 상장군에 지나지 않으면서도 제후로 남아 의제를 섬기기를 마다하고, 스스로 패왕(霸王)을 일컬으며 멋대로 천하의 우이(牛耳)를 움켜잡았소. 오직 대왕과 멀고 가까움에 따라 제후를 세우고 땅을 갈라 주더니, 천하가 공론으로 세운 의제마저 침현으로 내쫓아 마침내 장강 가운데서 시해하고 말았소. 그리고 망진(亡秦)을 대신해 천하를 힘으로 억누르고 함부로 사람을 죽이니, 제후들이 모두 과인에게 의지해 왔소이다. 과인은 관동 제후들의 간절한 부름을 외면하지 못해 함곡관을 나왔다가 낙양 신성에 이르러서야 비로소 숨어 있는 현자인 인근 고을의 삼로(三老) 동공(董公)으로부터 의제께서 시해당한 소식을 들었소.

과인은 왼쪽 어깨를 벗고 크게 통곡한 뒤에 의제를 위해 발상거애(發喪擧哀)하고 사흘이나 임곡(臨哭)하였소. 그리고 천하에 사자를 보내 제후들에게 의제가 시해당하신 일을 알리니 며칠도 안 돼 모여든 왕이 일곱에 군사가 50만이 넘었소. 이에 임금을 시해한 대역의 무리를 치고자 그 소혈이 되는 팽성으로 밀고 들어갔던 것이오. 군진의 강약이 반드시 충의와 나란히 하는 것이 아니라 불행히도 다시 밀리고 말았으나, 원통하게 시해된 임금을 위해 보수(報讐)하려 한 것이 무슨 죄가 되겠소?"

그 말을 듣자 패왕 항우는 화가 머리끝까지 치솟았다. 불이 철철 넘쳐흐르는 듯한 두 눈을 홉뜨고 문루를 올려다보며 무어라 거친 욕설을 퍼부으려는데, 패왕과 말머리를 나란히 하고 성안을 살펴보던 범증이 가만히 일깨워 주듯 말했다.

"대왕께서는 저 홍문의 잔치에서 겪은 일을 벌써 잊으셨습니까? 저잣거리에서 닳고 닳은 한왕의 더러운 잔꾀와 반들거리는 말솜씨에 다시 넘어가서는 아니 됩니다. 한왕은 지금 일부러 말을 길게 하여 한편으로는 대왕의 들끓는 기혈을 뒤집어엎고, 다른 한편으로는 듣고 있는 사졸들에게 대왕의 허물을 두루 성토하고 있는 것입니다. 더는 입을 섞어 말하지 마시고 이만 진채 안으로 드시지요. 어차피 성을 깨고 한왕을 사로잡아야 끝나게 될 싸움입니다."

그러면서 옷깃을 끌듯 패왕을 재촉해 진문을 닫고 안으로 들어가 버렸다. 한왕 곁에서 패왕과 범증이 하는 짓을 말없이 보고만 있던 장량이 문득 한왕을 보고 말했다.

"어서 장수들을 불러 한바탕 모진 싸움을 채비하게 하십시오. 우리는 어쩌면 오늘 이 형양성 안에서 치러야 할 싸움 중에 가장 힘든 싸움을 치르게 될지도 모르겠습니다."

한왕도 그 말을 옳게 여겼다. 곧 성안의 장수들을 모두 불러 모으게 한 뒤에 당부했다.

"이제 곧 항왕의 무서운 공성이 시작될 것이다. 모두 죽기로 싸워 성을 지켜라. 오늘 이 성을 지켜 내지 못하면 내일은 없다.

성이 떨어지면 그대들이 과인을 따라 눈비 맞고 들판에서 자며 세운 공은 모두 물거품이 될 뿐만 아니라, 한 목숨도 부지하지 못하고 낯선 형양 땅에 흰 뼈를 흩게 될 것이다. 그러나 오늘 이 성을 지켜 낸다면 천하는 머지않아 우리 한나라의 천하가 되고 그대들은 과인과 더불어 하늘이 내리신 복락을 누리게 된다."

그와 같은 한왕의 말을 받아 장량이 차분하게 장수들에게 일러 주었다.

"우리가 오늘만 버텨 낼 수 있으면 적의 날카로운 기세는 차차 무디어져 끝내 우리는 이 형양성을 지켜 낼 수 있게 될 것이오. 그리하여 우리가 여기서 항왕을 붙들고 있는 사이에 대장군 한신은 조, 연에 이어 제나라를 평정하고 서초의 동북으로 밀고 들 것이며, 구강왕 경포는 회남 땅을 되찾은 뒤에 서초의 염통이나 위장 같은 땅을 휩쓸어 버릴 것이외다. 거기다가 위나라 상국 팽월은 다시 대량 땅으로 나와 초나라 군사들의 양도를 끊어 놓을 것이니, 항왕도 더는 우리를 에워싸고 있을 수가 없게 되오. 울화가 치밀어 길길이 뛰다가 마침내는 지치고 굶주린 군사를 몰고 허둥지둥 서초로 돌아갈 터인데, 그때 우리가 그 뒤를 치고 대장군과 구강왕과 위 상국이 사방에서 에워싸고 두들기면 아무리 천하의 항왕이라도 견뎌 낼 수 없을 것이오."

그러자 두려움으로 은근히 질려 있던 한나라 장수들도 조금 생기를 얻은 얼굴이 되었다. 모두 제자리로 돌아가 패왕의 용맹과 초나라 군사들의 기세에 기죽어 있는 사졸들을 북돋고 다그쳤다. 이에 사졸들도 새로운 각오와 다짐으로 성을 지킬 채비에 들어갔다.

한군은 창칼의 날을 벼리고 전포와 갑주를 챙겨 맹렬한 공성전에 대비했다. 활시위와 화살촉을 손질하여 성벽으로 다가오는 적의 날카로운 기세를 꺾어 놓을 채비를 하는 한편 성벽을 기어오르는 적을 위해서는 그 머리 위에 퍼부을 통나무와 바위 덩어리를 성가퀴 곁에 가지런히 재어 놓았다. 따로 성벽 위에 큰 솥을 걸고 물과 기름을 끓이는 사졸들도 있었다.

장량이 헤아린 대로 패왕 항우의 첫 번째 공격은 그날 해가 지기 전에 시작되었다. 패왕은 전군을 휘몰아 동서남북 네 성문에 불을 지르게 하고 일시에 성벽을 기어오르게 했다. 자신도 성벽에 구름사다리를 걸치고 병졸들보다 앞장서 기어올랐다.

그런 초나라 장졸들의 기세도 엄청났지만 맞서는 한군의 분투도 그 못지않게 치열했다. 다가드는 적에게는 화살 비를 퍼붓다가 끝내 성벽에 사다리를 걸치면 장대로 사다리를 밀쳐냈다. 그래도 안 되면 기어오르는 적병의 머리 위에 통나무와 바위 덩어리를 내던지고 끓는 물과 기름을 퍼부었다.

아무리 패왕의 힘과 기세가 빼어나고, 한 번 떨치고 일어서면 무서운 전투력을 펼쳐 보이는 초나라 군사들이지만, 한군이 그렇게 나오자 밖에서 성을 들이치는 쪽의 불리함을 쉽게 이겨 내지 못했다. 성벽 위로 몇 명 기어올라가 보지도 못하고 군사만 적잖이 상하고 말았다. 장졸들 틈에 섞여 구름사다리를 기어오르던 패왕도 머리 위로 쏟아지는 통나무와 바위 덩어리 때문에 어찌

해 볼 수가 없었다.

"모두 물러나라. 전열을 가다듬은 뒤에 다시 들이쳐 보자!"

마침내 패왕이 그렇게 영을 내리고 징을 울려 군사를 물리게
했다.

첫 번째 공성에서 얻은 것 없이 군사만 상하고 물러났으나 패
왕 항우의 기세는 조금도 흔들리지 않았다. 성벽에서 물러난 장
졸들을 배불리 먹이고 쉬게 하더니 날이 저물기 바쁘게 다시 형
양성 성벽 위로 내몰았다.

"적은 낮의 싸움으로 지쳐 있을 뿐만 아니라 우리의 무서운 기
세에 반나마 얼이 빠져 있을 것이다. 적에게 숨 돌릴 틈을 주지
말고 몰아붙여 오늘 밤으로 형양성을 우려빼자!"

패왕이 그렇게 외치며 다시 장졸들의 앞장을 섰다.

그러나 한군의 대비도 만만치 않았다. 수많은 횃불에다 화톳불
까지 곁들여 성벽 위를 대낮같이 밝히고 기다리다가, 함성과 함
께 성벽을 쳐들어오는 초나라 군사들을 맞았다. 낮에 한 것과 마
찬가지로 초군이 성벽으로 다가들 때까지는 활과 쇠뇌를 쏘고,
성벽을 기어오르면 그 머리 위로 통나무와 돌덩이를 내던졌다.
더러는 끓는 물과 기름을 퍼붓기도 했다.

그래도 어둠 속이라 그런지 이번에는 낮보다 더 많은 초군 장
졸들이 성벽 위로 기어올랐다.

그 바람에 성벽 위에서 한바탕 피투성이 싸움이 벌어졌지만
초군은 그리 오래 버텨 내지 못했다. 특히 패왕이 앞장선 동문
부근의 성벽 위가 그랬는데, 기세 좋게 기어오른 백여 명의 초나

라 군사들도 끝내는 한군의 매서운 반격을 받아 바람에 쓸린 가랑잎처럼 성벽 아래로 다시 떨어져 내렸다.

"징을 울려 군사를 거두어라. 아무래도 밝은 날 다시 채비를 갖춰 싸우는 게 좋겠다."

밤이 깊어 이제는 창검 부딪는 소리와 성벽을 기어올랐다가 떨어지는 장졸들의 구슬픈 비명 소리마저 잦아지자 항우가 마침내 그런 명을 내렸다. 더 고집을 부려 보려 해도 마련된 공성 기구가 남아 있지 않을뿐더러, 다시 성벽 위로 몰아낼 장졸도 그리 많지 않았다. 아무리 급해도 같은 장졸을 하룻밤에 두 번씩이나 화살 비와 돌 우박 사이로 내몰 수는 없었다.

다음 날 웬일인지 패왕은 하루 종일 초나라 장졸들을 쉬게 했다. 그 대신 늙고 힘없어 간밤의 싸움에 빠졌던 후군과 시양졸들을 풀어 하루 종일 인근에서 공성에 쓸 기구와 물품들을 거둬 오게 했다. 부서진 구름사다리를 다시 얽을 장대와 막대, 성문을 사를 불쏘시개와 장작, 먼저 성벽 위 적의 기를 꺾어 놓기에 넉넉할 만큼 쏘아붙일 수 있는 활과 화살을 만들 재료 따위였다.

패왕의 불같은 성화에 다시 형양성을 들이치는 데 쓰일 기구와 병기의 재료들이 그날 한낮으로 대강은 거둬졌다. 패왕은 다음 날 아침 세 번째로 전군을 들어 성을 칠 작정으로 장졸들을 다그쳐 밤새 공성에 필요한 모든 채비를 갖추게 했다. 그런데 날이 저물기 바쁘게 범증이 찾아와 말했다.

"대왕, 오늘 밤에 다시 한번 형양성을 들이쳐 보지 않으시겠습니까?"

"아직 채비가 갖춰지지 않았소. 내일 밝은 날 채비를 갖춰 끝장을 내겠소."

"아닙니다. 성안에 있는 적에게 쉴 틈을 주어서는 아니 됩니다. 삼경이 되기 전에 반드시 군사를 내어 적의 밤잠을 설치게 만들어야 합니다. 어제 하루 두 번이나 무리하게 성을 치는 동안 상한 우리 군사의 목숨 값을 이제 받아 내야 합니다."

비로소 그런 범증의 말에 다른 뜻이 있음을 알아차린 패왕이 우기는 말투를 없애며 물었다.

"아부, 그건 또 무슨 말씀이오? 어제 상한 우리 군사의 목숨 값을 이제 와서 받아 내다니요?"

"어제 비록 적은 안간힘을 다 써 우리 군사를 막아 냈으나, 그 날카로운 기세에 간담이 서늘했을 것입니다. 따라서 우리가 움직이면 또다시 전력을 끌어내 맞서 올 것임에 틀림없습니다. 어둠을 틈타 성벽에 구름사다리 몇 개만 기대 놓게 한 뒤 일시에 횃불을 밝히고 든든한 방패를 든 군사 약간을 함성과 함께 성벽 쪽으로 밀고 들게 하십시오. 그러면 적은 다시 우리가 어제처럼 전군을 들어 야습을 온 줄 알 것입니다. 크게 놀라 활과 쇠뇌의 살[矢]이며 성벽 위에 마련해 둔 돌과 통나무를 있는 대로 퍼부을 뿐만 아니라, 우리가 물러나고도 밤새 잠을 이루지 못할 것입니다. 그리되면 우리는 군사를 더 상하지 않고도 성안의 물자를 소모케 하고 적의 심신을 고단하게 만들 수 있습니다. 그게 바로 어제 성을 공격하다 죽은 우리 군사들의 목숨 값입니다."

범증이 그렇게 말해 패왕에게 자신의 계책을 내놓았다. 패왕의 타고난 전투 감각도 그 말을 얼른 알아들었다. 썩 마음에 들지는 않지만 그 말을 따라 주었다. 패왕의 무시무시한 전투력과 범증의 빼어난 병략이 다시 배합되는 순간이었다.

그날 밤 삼경 무렵 패왕은 범증이 시키는 대로 사방으로 군사를 내어 형양성을 들이치는 척했다. 성벽의 한군이 이리 뛰고 저리 뛰며 성벽으로 다가오는 초나라 군사들에게 화살을 퍼붓고 돌과 통나무를 굴렸다. 횃불이 밝다 해도 성벽 아래는 잘 보이지 않아 구름사다리가 걸쳐져 있는 곳이면 무턱대고 끓는 물과 기름을 쏟아붓기도 했다.

그런데 알 수 없는 것은 초나라 군사들이었다. 전날 싸움으로 겁을 먹었는지 성벽 아래에서 함성만 지르며 오락가락할 뿐 사다리를 기어오르는 군사들은 없었다. 하지만 전날 급한 지경까지 몰려 본 한군이라 끝내 마음을 놓을 수가 없었다. 새벽까지 초나라 군사들의 함성에 쫓기다가 날이 훤히 밝은 뒤에야 겨우 성가퀴에 기대 눈을 붙였다.

다음 날 아침 해 뜨기가 무섭게 패왕은 다시 한번 군사를 내어 성을 치는 시늉을 했다. 이번에는 낮이라서 한군의 눈을 속이기 어려웠으나, 그래도 크게 군사를 상하지 않고 한나절 한군을 모두 성벽 위로 끌어내 고단하게 만들 수가 있었다. 하지만 성안의 한군도 무언가 초나라 군사가 달라졌다는 것은 눈치를 챘다.

"어째 초군의 움직임이 전과 같지 않구려. 간밤에도 함성만 질러 대더니 지금 또 구름사다리만 성벽에 걸쳐 놓았을 뿐 기어오

를 생각은 전혀 없어 보이지 않소? 방패 밑에 숨어 화살만 쏘아
붙이고 있는 품이 무언가 다른 꿍꿍이가 있는 것 같소. 자방 선
생은 어떻게 보시오?"

장졸들과 마찬가지로 간밤을 뜬눈으로 새우다시피 한 한왕 유
방이 성벽 위를 둘러보다가 뒤따르는 장량을 보고 물었다.

"우리를 속이기 위한 거짓된 움직임[陽動]입니다. 아무래도 범
증이 꾀를 낸 것 같습니다. 이제 우리 군사들은 밤낮 없이 적의
속임수에 끌려다니며 눈 한번 제대로 붙여 보기 어렵게 되었습
니다."

줄곧 성 밖 초나라 군사들의 움직임을 살피는 눈치이던 장량
이 가벼운 한숨과 함께 그렇게 대답했다. 한왕이 그렇다면 별일
아니라는 듯 시원스레 말했다.

"그럼 장졸들에게 명을 내려 저들을 못 본 체하게 하면 되지
않겠소?"

"아니 됩니다. 적진이 성벽에 너무 바짝 붙어 있어 자칫하면
적의 또 다른 계략에 말려들 수 있습니다. 건성으로 성을 치는
척하다가 갑작스레 강습으로 전환하면 그때는 걷잡을 수 없게
됩니다. 고단하더라도 매번 있는 힘을 다해 적을 맞는 수밖에 없
습니다."

장량이 어두운 얼굴로 그렇게 한왕의 말을 받았다. 한왕도 그
말을 듣자 가슴이 천 근 무게에 짓눌린 것처럼이나 무거워졌다.

"오창으로 이어지는 용도가 끊어져 군량도 넉넉지 못한데 이
제는 몸까지 고단하게 되었구려! 이 형양성이 얼마나 버텨 낼지

실로 걱정이오."

그렇게 말하면서도 장량의 말을 따랐다. 한왕은 장수들을 불러 모아 패왕과 범증이 노리는 바를 일러 주고 초군의 움직임이 속임수로 보일지라도 경계를 늦추지 못하게 했다. 그런데 장수들은 그런 한왕의 말을 알아들었지만 사졸들은 달랐다. 초나라 군사들이 같은 짓을 하루 더 되풀이하자 자기들도 다 알겠다는 듯 저희끼리 수군거렸다.

"뭐야? 누굴 놀리는 거야? 성벽 위로 기어오를 것도 아니면서 웬 난리야?"

"또 그 짓이군. 덤비지도 못하면서 고함만 질러 대 어쩌겠다는 거야?"

그리고 사흘째부터는 아예 무시해 버렸다. 초군이 아무리 성벽 가까이 다가와 금방이라도 기어오르는 시늉을 해도 한군 사졸들은 앉은 자리에서 일어나 성벽 아래를 내려다보려고도 하지 않았다. 장수와 군리들이 번갈아 사졸들 사이를 돌며 싸울 채비를 다그쳤으나 아무 소용이 없었다. 그러다가 바로 그날 밤 기어이 한군은 큰 낭패를 당하고야 말았다.

봄 2월이라고는 하나 차갑기 그지없는 밤기운에 어둠까지 짙은 삼경 무렵 또 전날 밤처럼 성벽 아래에서 함성이 일었다. 한왕의 엄명을 받은 장수와 군리들이 저마다 사졸들 사이를 돌며 싸울 채비를 다그쳤으나 사졸들은 앉은 자리를 털고 일어나려 하지 않았다. 그래서 장수와 군리들의 언성이 높아 갈 무렵 갑자기 성가퀴를 넘어서는 그림자가 있었다.

"초나라 군사다. 초나라 군사가 성벽을 기어올라왔다!"

숨넘어가는 비명 소리와 함께 그와 같이 놀란 외침 소리가 들렸다. 이어 성벽 여기저기서 더 많은 불길한 술렁거림과 비명이 들리고서야 한군 사졸들도 비로소 큰일이 터진 줄 알았다. 그제야 놀라 창칼을 집어 들고 초군을 맞아 싸우기 시작했으나, 어느새 성벽 위는 잇따라 구름사다리를 오른 초군들로 아수라장을 이루고 있었다.

마침 형양성 안에는 주발과 하후영, 주가, 기신 등 패현에서부터 따라온 장수들과 역상, 근흡, 종공 같은 역전의 맹장들이 남아 있었다. 또 한왕(韓王) 신(信)과 사로잡혀 온 위왕(魏王) 표(豹)도 장수들과 함께 사졸들을 다스렸다. 그들이 앞장서서 사졸들을 목 베어 가며 다그쳐서야 성벽 위로 올라온 수백 명의 초나라 장졸을 겨우 물리칠 수 있었다.

그날 밤 위태로운 고비는 넘겼지만, 이튿날부터 말 그대로 고달픈 한군의 농성전이 시작되었다. 형양성 안의 한군들은 뻔히 속임수인 줄 알면서도 밤낮 없이 이어지는 초군의 공세에 잠 한숨 편히 자지 못하는 신세가 되었다. 거기다가 날이 지날수록 성 안의 양식까지 다해 형양성은 점점 괴로운 지경으로 몰려 갔다.

진평의 독수

형양성이 패왕 항우의 대군에 에워싸인 지 달포가 지났을 무렵이었다. 초군의 양동(陽動)에 지치고 갈무리한 곡식이 바닥나 점차 굶주림에 시달리게 된 성안 군민들을 걱정스레 바라보던 한왕이 장량과 진평을 불러 놓고 말했다.

"초군의 공세가 갈수록 날카로워지는 데다 양도마저 끊어져 쌀 한 톨 성안으로 들여 올 수 없으니 실로 걱정이오. 식량은 앞으로 얼마나 버틸 수 있겠소?"

"끼니를 한 끼 줄이고 군마를 잡아 고기로 써도 두 달을 넘기기는 어려울 것입니다."

진평이 별로 헤아려 보는 법도 없이 그렇게 대답했다. 그때 진평은 호군중위로 일했으나, 이재(理財)에도 밝아 군중의 금전과 곡식의 출납까지 함께 맡아 보고 있었다. 한왕이 장량과 나란히 진평을 부른 것도 그 때문이었다.

"두 달로는 대장군 한신이 제나라를 평정하고 조, 연, 제의 전력을 긁어모아 돌아오기를 기다리기에는 모자라오. 팽월이 양(梁) 땅을 휘저어 초군의 양도를 끊어 놓는다 해도 초군이 굶주림에 몰려 돌아가기를 기다리기에 두 달은 너무 짧으며, 또한 경포가 구강 땅을 되찾고 다시 서초로 밀고 들어가 항왕을 그리로 불러들이기를 바랄 수 있을 만큼 길지도 못하오. 우리 힘으로 양도를 뚫지 못한다면 달리 우리에게 필요한 시간을 벌 궁리를 해 봐야겠소. 무엇이든 항왕에게 내주고 싸움을 미뤄 얼마간이라도 그 날카로운 칼끝을 피해 볼 길은 없겠소?"

"대왕께서는 항왕에게 무엇을 내주시고 싸움을 미루자 하시겠습니까?"

주고받는 이야기라서 그런지 이번에도 진평이 나서서 한왕의 말을 받았다. 한왕이 태연하게 대답했다.

"형양 동쪽의 땅을 모두 항왕에게 내어주기로 하고 잠시 휴전을 하면 어떻겠소?"

"형양 동쪽의 땅은 이미 항왕의 세력 아래 든 것이나 다름없습니다. 형양성만 우려뽑으면 천하가 모두 항왕의 땅이 될 참인데, 무엇 때문에 이미 차지한 것이나 마찬가지인 형양 동쪽의 땅을 받고 싸움을 그치겠습니까?"

"그렇지 않소. 진나라를 쳐 없애고 천하를 쪼갤 때 항왕은 우이(牛耳)를 쥐고 있으면서도 서초만을 갈라 그 뜻이 크지 않음을

드러내었소. 또 형양 동쪽에 있는 조나라와 연나라는 지금 대장
군 한신과 장이가 차지하고 있고, 양 땅과 구강은 팽월과 경포
때문에 어수선하오. 따라서 한신과 장이에게 조나라와 연나라를
내놓게 하고, 또 팽월과 경포마저 관중으로 불러들여 서초의 앞
뒤를 평온하게 만들어 준다는데 어찌 항왕의 귀가 솔깃하지 않
겠소?"

그래도 진평은 그런 한왕의 말을 곧이듣지 않았다. 차마 막 대
놓고 따지지는 못해도 어림없다는 표정으로 한왕의 말을 듣다가
장량을 건너다보며 희미하게 웃었다. 장량이 전혀 웃음기 없는
얼굴로 진평 대신 한왕의 말을 받았다.

"지금 항왕으로부터 휴전을 이끌어 낼 수 있는 것은 이치가 아
니라 힘입니다. 먼저 우리가 휴전을 요구할 수 있는 힘을 보여
준 뒤에 사자를 보내 싸움을 미루자고 달래야만 항왕도 대왕의
뜻을 받아들일 것입니다."

"먼저 힘을 보여 준다? 그게 무슨 뜻이오? 무얼 어떻게 보여
준단 말이오?"

한왕이 문득 반가워하는 낯빛으로 장량을 바라보며 물었다.

"지금 우리가 괴로워하는 일은 성안의 양식이 넉넉하지 못하
다는 것과 가까운 날에는 구원을 올 우군이 없다는 것입니다. 항
왕이나 범증도 그쯤은 헤아리고 있을 터이니, 우리는 먼저 그 헤
아림이 틀렸다는 것부터 깨우쳐 주어야 합니다. 사흘 뒤 술을 넉
넉히 거르고 마소를 여러 마리 잡아 성벽 위에서 크게 잔치를 벌
이도록 하십시오. 우리 장졸들이 종일 떠들썩하게 먹고 마시면

항왕은 아직도 성안에 곡식과 고기가 넉넉한 줄 알고 몹시 실망하게 될 것입니다.

그런 다음 다시 날을 잡아 한밤중에 성문을 열고 동남북 세 갈래로 군사를 내 급작스레 적을 들이치게 하십시오. 적병은 형양성을 에워싼 뒤로 처음 당하는 일이라 적잖이 허둥댈 것입니다. 그 틈을 타 길을 앗고 사자를 세 갈래로 배웅한 뒤 성안으로 돌아오면 적은 우리가 급히 원병이 부른 줄 알고 초조해질 수밖에 없습니다. 거기다가 성을 빠져나간 우리 사자가 한신과 팽월, 경포에게 달려가 초군과 전단을 열기를 재촉하고, 성고와 오창에서도 약간의 유군을 움직이게 하면, 항왕은 자신의 헤아림이 틀렸다고 보아 크게 마음이 흔들릴 것입니다.

그때 사자를 보내 형양 동쪽을 모두 내놓고 관중으로 물러날 터이니 이만 싸움을 거두자고 해 보십시오. 조금 전에 말씀하신 대로 한신과 장이를 불러들여 위(魏), 조(趙), 연(燕)을 내놓고, 팽월과 경포를 단속해 양과 구강을 소란스럽게 하지 않겠다고 약조하시면 항왕도 대왕의 요청을 무턱대고 뿌리치지는 못할 것입니다.”

“자방의 말을 들으니 비로소 길이 훤히 보이는 듯하구려. 그대로 따르리다.”

한왕이 한층 환해진 얼굴로 장량의 말을 받았다. 그러나 왠지 진평은 여전히 비웃는 듯한 미소를 입가에서 지우지 않았다.

한왕은 그날로 장량이 하자는 대로 했다. 곡식을 아끼지 말고 술을 빚게 하더니 술이 익기 바쁘게 걸러 독째 성벽 위로 옮기게

46

했다. 그리고 다시 보란 듯이 수십 마리 마소를 잡아 성벽 위에서 지지고 굽게 하며 장졸들과 흥청망청 잔치를 벌였다. 또 잔치를 벌인 그날 밤에는 동남북 세 성문으로 급작스레 군사를 내어 낮의 일로 어리둥절해 있는 초나라 군사들을 흩고 세 갈래 사자를 10리 밖으로 배웅하였다.

그렇게 되자 하늘 높은 줄 모르던 초나라 군사들의 기세는 눈에 띄게 수그러들었다. 쓸데없이 한군을 지치게 하는 양동을 멈추었고, 진채도 성문에서 너무 가까운 것은 몇 마장 뒤로 빼서 또 다른 성안으로부터의 기습에 대비했다. 무엇 때문인지 항왕도 며칠은 진문 밖으로 나오지 않았다.

"이제 때가 된 듯합니다. 항왕에게 사자를 보내 싸움을 거두자고 해 보시지요."

며칠 성벽 위에서 찬찬히 적진을 살피던 장량이 그렇게 한왕에게 권했다. 이에 한왕은 초나라 사람으로 말솜씨가 뛰어난 육가(陸賈)를 패왕에게 보내 휴전을 권해 보게 했다.

육가가 사자의 기치를 앞세우고 성을 나가자 초나라 기병이 험한 기세로 다가와 맞았다. 초나라 군사들은 육가가 한왕이 보낸 사자인 줄 뻔히 알면서도 한참이나 으르딱딱거리다가 겨우 패왕에게로 데려갔다. 며칠 전의 일로 마음이 어지럽던 패왕도 짐짓 위세를 부리며 육가를 맞았다.

"이제 형양성이 떨어질 날만 기다리게 된 터에 한왕 유방이 또 무슨 할 말이 있어 과인에게 사자를 보냈다는 것이냐?"

그렇게 꾸짖듯 육가에게 사자로 온 까닭을 물었다. 육가가 조금도 기죽은 기색 없이 패왕의 번들거리는 눈길을 받으며 말했다.

"우리 대왕께서 형양 동쪽의 땅을 모두 패왕께 바칠 터이니 이만 싸움을 거두자고 하십니다. 형양 서쪽에서 함곡관까지는 한나라와 초나라가 날카롭게 부딪치는 걸 막아 주는 바깥 울타리로 남겨 둘 뿐, 한나라는 애초대로 관중 땅만으로 넉넉하다고 하십니다."

"관중 땅만으로 넉넉하다는 사람이 함곡관을 나온 지 일 년이 넘도록 중원을 기웃거리고 있는가? 거기다가 형양 동쪽의 땅은 이미 과인의 다스림을 받고 있는 것이나 다름없다. 한왕이 무엇을 과인에게 들어다 바친다는 것인가?"

패왕이 여전히 꾸짖는 듯한 목소리로 어지러운 심기를 감추며 다시 육가에게 물었다. 육가가 미리 준비해 온 대로 한신과 팽월, 경포를 들먹이며 그들의 세력을 부풀리어 말하고 한나라와 싸움을 그치는 이로움을 차례로 손꼽아 나갔다. 그런 육가의 말을 듣자 며칠 전 한왕의 세 갈래 사자가 형양성을 빠져나간 게 한층 더 께름칙해졌으나, 패왕은 여전히 내색 없이 말했다.

"한신이나 팽월, 경포의 무리는 모두가 과인이 형양성을 깨고 한왕 유방만 사로잡으면 허깨비가 되어 흩어질 머리 없는 귀신들이다. 허나 네가 명색 제후의 사자로 와서 하는 말이니 내 장상들과 그 일을 논의는 해 보겠다."

그러고는 안으로 들어가 범증을 불러오게 했다.

"유방이 사자를 보내 휴전을 청해 왔소. 아부는 어떻게 했으면 좋겠소?"

"대군을 이끌고 먼 길을 와서 싸움을 하다 그만두는 것은 반드시 그럴 까닭이 있어야 합니다. 그런데 대왕께서는 지금 한군과 더 싸울 수 없는 까닭이 무엇입니까?"

범증이 무슨 소리냐고 묻는 듯한 눈길로 패왕을 바라보며 물었다. 패왕이 구차한 기색을 보이지 않으려고 애쓰며 말했다.

"과인이 싸울 수 없는 것이 아니라, 휴전으로 얻을 게 있어서요. 유방은 과인에게 형양 동쪽을 모두 들어다 바치기로 했소."

"유방만 죽이면 형양 동쪽만이 아니라 천하가 모두 대왕에게 무릎을 꿇을 것입니다."

"하지만 한신과 장이가 조나라와 연나라를 차지하고 있고, 팽월과 경포의 무리도 곧 움직일 것이오."

패왕이 비로소 마음속의 걱정 한 자락을 펼쳐 보이자 범증이 차게 웃으며 받았다.

"대왕, 또 장돌뱅이 유방에게 속으셨습니다. 바로 말씀드리자면 저들이 술과 고기로 흥청거릴 때나 불시에 군사를 내어 에움을 뚫고 세 갈래로 사자를 내보낼 때는 신도 적잖이 걱정스러웠습니다. 하지만 이제 휴전을 청하는 한나라의 사자를 맞고 보니 오히려 모든 게 훤히 들여다보이는 듯합니다. 지금 성안의 적은 식량이 넉넉한 것도 아니고 급히 구하러 올 원병이 있는 것도 아닙니다."

그런 범증의 말에 패왕도 퍼뜩 깨달아지는 게 있었다. 그제야 비로소 그 며칠 형양성 안에서 한나라 군사들이 벌인 일들이 무엇을 노린 것인지 알 수 있을 것도 같았다. 그때 다시 범증이 어린아이 달래듯 간곡하게 권했다.

"대왕, 지금이야말로 유방을 잡아 죽이고 한나라를 쳐 없애기에 절호한 때이니, 부디 이때를 놓치지 마십시오. 이번에 유방의 목을 얻지 않고 다시 놓아 보낸다면 나중에 뼈저리게 후회하시게 되는 날이 반드시 올 것입니다."

그 말에 패왕이 시뻘게진 얼굴로 칼자루를 잡으며 소리쳤다.

"알겠소, 아부. 내 이제 사자로 온 자의 목부터 베어 그 주인 유방의 간교한 속임수를 벌하겠소."

"아니 됩니다. 사자는 죽이는 법이 아니거니와, 형양성 안의 사기를 떨어뜨리기 위해서도 사자는 살려 보내야 합니다. 사자가 돌아가 우리가 속지 않은 것을 성안에 전함으로써 저들을 더 큰 두려움에 떨게 하십시오."

범증이 그렇게 패왕 항우를 말렸다. 이에 다시 육가를 부른 패왕은 성난 목소리를 감추지 않고 꾸짖었다.

"마땅히 너를 죽여 과인을 속이려 한 죄를 물어야 하나, 명색 사자라 목숨만은 살려 준다. 돌아가서 유방에게 전하라. 내 사흘 안으로 형양성을 떨어뜨려 배은망덕한 유방을 사로잡고 지난날 홍문에서 붙여 보낸 머리를 반드시 그 어깨에서 떼어 놓으리라고."

겁을 먹은 육가가 목을 자라처럼 움츠리고 돌아와 패왕의 말을 전하자 기대에 차서 기다리던 형양성 안은 갑자기 찬물이라도 뒤집어쓴 듯했다. 장량은 자신의 꾀가 듣지 않자 소태 씹은 얼굴로 입을 다물었고, 장량만 믿고 있던 한왕 유방도 무거운 한숨만 쉬었다. 장수와 막빈들도 두려움에 질린 얼굴로 서로를 바라보며 앞날을 걱정했다.

그런데 오직 한 사람 호군중위 진평만은 다른 이들과 달랐다. 겨우 목숨을 건져 쫓겨난 육가가 패왕의 으름장을 부풀리어 전해도 차게 비웃을 뿐, 겁내는 기색이 없었다. 그걸 알아본 한왕이 진평을 불러 넌지시 물었다.

"천하가 이처럼 어지러우니, 어느 때가 되어야 안정될지 모르겠소."

"천하를 안정시키는 일은 누가 어떤 사람을 얻고 어떻게 부릴 수 있는가에 달려 있습니다. 아무리 뛰어난 군주라도 사람을 바로 얻어 쓰지 못하면 혼자서는 결코 천하를 평정할 수 없습니다."

진평이 묻기를 기다린 듯 그렇게 대답했다. 한왕이 얼른 알아듣지 못하고 물었다.

"진(陳) 호군은 과인에게 무슨 말을 하려는 것이오? 어떻게 해야 사람을 잘 얻고 바르게 쓰는 것이 되오?"

"항왕은 사람됨이 남을 공경할 줄 알고 인정이 많아서 청렴과 지조를 높이 치며 예절을 좋아하는 의사들이 그에게로 많이 모여들었습니다. 그러나 공을 쳐 주고 상을 베푸는 일과 작위를 내리고 봉지를 갈라 주는 데는 인색하여, 일껏 항왕을 따라나선 의사들조차 온전히 그의 사람이 되지 못하고 있습니다. 지난번 함양에서도 거기까지 따라가 공을 세운 이들을 마지못해 제후와 왕으로 세우기는 했으나, 그 도장 모서리가 닳아빠지도록 관인을 내주지 않았다는 말이 나왔을 만큼 봉작 내리기를 아까워했습니다.

그런데 대왕께서는 그와 다릅니다. 대왕께서는 오만하시고 예의를 가볍게 여기시어 청렴하고 절개 있는 의사들은 잘 찾아오지 않습니다. 그러나 사람들에게 벼슬을 내리고 땅을 떼어 주는 데는 아낌이 없으시니, 품위와 지조를 돌아보지 않고 이익 탐하기를 부끄러워하지 않는 재사들이 많이 대왕을 찾아와 따르고 있습니다.

만약 초나라와 한나라 양쪽의 잘못됨을 버리고 그 바른 길을 따라 인재를 거두어 쓴다면, 이는 곧 사람을 바로 얻는 길이 될 것입니다. 그리고 사람을 바로 얻으면, 천하는 손 한번 휘젓는 것만으로도 쉽게 평정할 수 있습니다."

그래도 한왕은 진평이 말하려는 바를 잘 알아들을 수가 없었다. 잠깐 진평의 얼굴을 살피다가 다시 물었다.

"공의 말이 그르지 않음은 알겠으나, 강한 적에게 에워싸여 궁색한 성안에 갇혀 있는 것이나 다름없는 과인이 할 수 있는 일은 별로 없는 듯하구려. 이제 이 지경에 이르러서 무슨 수로 그런 인재를 불러 모을 수 있겠으며, 불러 모은다 한들 어떻게 그들을 써야 이 어려움에서 벗어나 천하를 안정시킬 수 있단 말이오?"

"이쪽에서 새로 얻고 보탤 수가 없다 하더라도, 맞서고 있는 저쪽에서 덜어 내거나 빼앗아 올 수만 있다면, 이쪽에서 새로 얻고 보태는 것이나 다름없게 됩니다. 대왕께서 마음 내키시는 대로 사람을 욕보이고 나무라시기 때문에 청렴하고 절개 있는 선비들을 얻지 못하듯이, 항왕에게도 대왕의 것보다 결코 가볍지 않은 단처(短處)가 있습니다. 그걸 파고들어 항왕의 사람들이 줄어들고 떠나가게 할 수 있다면, 대왕께서 좋은 선비들을 새로 얻는 것이나 마찬가지일 것입니다."

그와 같은 말을 듣고서야 한왕도 비로소 진평이 뜻하는 바를 짐작할 수 있을 것 같았다. 기대에 가득 찬 얼굴로 진평에게 물었다.

"어찌해야 항왕의 사람들이 줄어들고 떠나가게 할 수 있겠소?"

진평도 더는 뜸들이지 않고 물음에 답했다.

"항왕이 믿고 의지할 만한 강직한 신하[骨鯁之臣]는 범 아부와 종리매, 용저, 주은 등 몇 사람밖에 되지 않습니다. 대왕께서는 황금 수만 근을 푸시어 이간책을 쓰시고[行反間] 그들 군신 사이를 떼어 놓아 서로를 의심하게 만드십시오. 항왕은 사람됨이 남을 시기하고 의심하는 데다 헐뜯는 말을 잘 믿으니, 머지않아 안에서 저희끼리 죽이고 죽는 일이 벌어질 것입니다. 그때 우리 한나라가 군사를 일으켜 들이치면 반드시 초나라를 쳐부술 수가 있습니다."

"항량이 죽은 뒤로 패왕은 범증을 아비처럼 따르고 있소. 실로 그를 일러 버금아비[亞父]라 하는 것도 말치레만이 아니오. 그런데 다른 사람이라면 또 몰라도 그들 사이를 황금으로 갈라놓을 수 있겠소?"

"항왕의 시기와 의심 많은 성품으로 미루어 얼마든지 남의 말에 넘어가 범증을 멀리하게 될 수 있습니다. 하지만 정히 항왕이 우리 반간계(反間計)에 넘어가지 않으면 또 다른 독수를 써야겠지요."

진평이 표정 없는 얼굴로 그렇게 받자 마침내 한왕도 마음을 정했다.

"좋소. 그리해 봅시다. 모든 걸 진 호군께 맡기겠소."

그러고는 황금 4만 근을 진평에게 내주고 마음대로 쓰도록 허락했다. 정말로 그 뒤 한왕은 그 황금이 들고 나는 것에 관해서는 한 번도 진평에게 묻지 않았다.

진평은 전에 패왕 항우를 섬긴 적이 있을 뿐만 아니라 한때 그 신임을 얻어 장수로 중용되기까지 했다. 패왕을 버리고 떠난 지한 해가 넘었지만, 아직도 초나라 군중에 적지 아니 연줄이 남아있었다. 진평은 먼저 기억을 되살려 그들 중에서도 쓸 만한 연줄을 따로 헤아려 두었다.

또 한나라 이졸들 중에는 초나라 사람들이 많아 초나라 군중에 첩자로 넣기에 크게 어려움이 없었다. 진평은 그들 가운데 똑똑하고 말 잘하는 백여 명을 골라 그들이 함부로 한왕을 저버리고 초군에게 넘어갈 수 없도록 꼼꼼하게 손을 썼다. 형양성 안에 누군가 인질이 될 만한 사람을 남기게 하는 한편, 서로를 이리저리 엮어 모두가 모두를 감시하는 형국이 되게 만들었다. 비상한 전술적 책략일수도 있지만 비열하고 표독한 암수로 비하되기도 하는 용간[用間術]이었다.

진평은 그 모든 일이 뜻대로 짜였다 싶자 한왕에게서 받은 황금을 풀어 그들에게 듬뿍 나누어 주며 말했다.

"너희들은 이제 초나라 군중으로 들어가 황금을 뿌려 저들의 마음을 산 뒤 내가 시킨 대로 헛소문을 퍼뜨려라. 항왕이 그걸 믿고 그 막빈이나 장수들을 멀리하면, 그 모두가 너희들의 공인 줄 알고 크게 상을 주겠다. 살아 돌아오는 대로 지금 가져간 만큼의 황금을 더 내릴 것이요, 뒷날 우리 대왕께서 천하를 차지하는 날에는 모두 장상의 줄에 서게 해 그 공에 보답할 것이다."

그런 한군 첩자들을 몰래 받아들여 초나라 군중에 끼어들 수 있게 해 준 것은 바로 진평이 따로 헤아려 둔 연줄이었다. 그들은 한편으로는 지난날의 은의와 정분에 얽매이고, 다른 한편으로는 진평이 보낸 금덩이에 삶겨, 찾아간 한나라 간세들에게 몸붙일 곳을 마련해 주었다. 덕분에 어렵지 않게 초나라 군중으로 숨어든 한군 첩자들은 크게 두 갈래로 헛소문을 퍼뜨렸다.

그 한 갈래는 초나라 장수들의 마음을 패왕 항우로부터 멀어지게 만드는 말이었다.

"패왕은 종성(宗姓)인 항씨들만을 믿어 타성 장수들은 중하게 여기지 않는다. 종리매나 용저와 계포 등을 보아라. 오중을 떠날 때부터 이날까지 개나 말보다 더 충직하게 패왕을 위해 싸웠지만 아무도 제후나 왕에 봉해지지 못했다. 천하가 평정된다 해도 항씨 아닌 장수는 아무도 제후나 왕에 봉해지지 못할 것이다."

"패왕은 우(虞) 미인에게 깊이 빠져 장차 그녀를 왕후로 세우려 한다. 그리고 우씨와 그 피붙이들을 처족으로 여겨 곳곳에서 무겁게 쓰고 있다. 초나라의 장수는 무릇 항씨가 아니면 패왕의 처족이라도 되어야 앞날이 있을 것이다. 그렇지 않으면 설령 패왕이 천하를 얻는다 해도 결코 큰 광영을 기대할 수 없다."

간세들은 먼저 황금을 넉넉히 풀어 듣는 사람의 마음을 산 뒤에 거짓과 참됨을 교묘하게 섞어 그렇게 수군거리고 다녔다. 오래잖아 그 말은 공공연한 소문이 되어 초나라 군중을 떠돌고, 그걸 전해 들은 항씨 성 아닌 장수들은 저마다 무겁게 고개를 끄덕이며 낯빛이 어두워졌다.

한군 첩자들이 퍼뜨린 다른 한 갈래의 헛소문은 패왕으로 하여금 장수들을 의심하게 만드는 내용이었다.

"종리매는 초나라에서 으뜸가는 장수로서 진나라를 쳐 없애는 데 그 어떤 제후나 왕에 못지않게 큰 공을 세웠다. 그러나 땅 한 뼘 얻지 못하고 여전히 천한 몸종처럼 패왕 곁에서 부림을 받게 되자 그도 마음이 달라졌다더라. 한왕 유방과 가만히 손을 잡고 패왕을 쳐부순 뒤에 천하를 나눠 가지기로 약조하였다고 한다."

"용저는 구강 땅 때문에 심사가 틀어져 진작부터 한왕의 사람이 되어 있다더라. 항성과 더불어 경포를 쳐부수었으나, 패왕은 종성인 항백에게 구강 땅을 주어 경포 대신 다스리게 함으로써 그의 기대를 저버렸다. 용저는 아직도 패왕에게 그지없이 충성스러운 체하지만 때가 오면 칼끝을 돌려 천하를 한왕 유방의 것으로 만들어 버릴 것이다. 한왕이 용저를 구강왕으로 삼기로 약속했다는 소문도 있다."

"패왕이 종성과 처족만 중하게 여기니 대사마 주은도 예전의 그 사람이 아니라더라. 이미 한군과 선이 닿아 사람까지 몰래 오가고 있다는 소문도 있다. 형양성을 칠 때마다 앞장을 서는 것도 패왕의 눈을 속이기 위해서일 뿐, 실상은 사졸들을 이끌고 한군에게 넘어갈 때만 엿보고 있다고 한다."

하나같이 터무니없는 말을 그럴듯하게 얽은 것이었는데, 특히 지독한 것은 아부 범증에 관한 것이었다.

"범증은 옛 초나라 유신(遺臣)을 자처하였고, 무신군 항량으로 하여금 양치기 중에서 초나라 왕손을 찾아 회왕으로 세우게 한 것도 그였다. 그와 달리 패왕은 진나라를 쳐 없애고 서초 패왕이 되자 회왕을 죽이고 스스로 황제가 되려 하였다. 그러나 범증이 있어 마침내는 회왕을 지켜 내었으며, 오히려 의제로 높여 세우게까지 했다. 하지만 패왕이 의제를 장사로 내쫓고, 끝내 형산왕, 임강왕을 시켜 강수 위에서 죽이자 범증은 마음이 변했다고 한다. 겉으로는 여전히 패왕 곁에 붙어 꾀를 짜내고 있는 듯하지만, 속으로는 하루빨리 패왕을 죽여 원통하게 죽은 의제의 한을 풀어 줄 날만을 기다리고 있다.

방금 패왕으로 하여금 형양성을 에워싸게 한 일도 그렇다. 가까이 있는 적은 제쳐 놓고 멀리 있는 한왕을 쫓아 천 리가 넘는 길을 오게 한 것은 패왕의 세력이 빨리 피폐해지기를 기다리고자 함이다. 거기다가 이제는 한술 더 떠, 강한 적이 굳게 지키는 성을 멀리 달려와 지친 군사로 거듭 무리하게 치도록 패왕을 몰아대기까지 한다. 그리하는 것은 하루빨리 초군의 기력을 소진케 하여 한군에게 반격할 틈을 주고자 하는 속셈 때문이 아니고 무엇이겠는가."

하나같이 그럴듯하게 짜인 말들인 데다 진평이 넉넉하게 푼 황금이 뒤에서 거드니 한군 첩자들이 퍼뜨린 유언비어는 곧 초나라 군중 구석구석까지 퍼져 나갔다. 그러나 장수들은 패왕 항우를 두려워하여 들어도 못 들은 척하고, 패왕은 또 워낙 높은 곳에 있어 그 말이 잘 들어가지 않은 탓인지 당장은 이렇다 할 효과가 없었다. 진평이 첩자들을 푼 지 열흘이 지나도 초나라 군중이 수런거리는 기색은커녕 항우의 불같은 공격만 기세를 더해 갔다.

"항왕이 저리도 무섭게 성을 들이치는 것은 아직도 범증을 믿고 그 말을 따른다는 뜻이오. 거기다가 초나라 장졸들도 아무런 동요가 없으니 어찌 된 일이오?"

걱정이 된 한왕이 진평을 불러 물었다. 그러나 진평은 별로 걱정하는 낯빛이 아니었다.

"원래가 이런 일은 바로 성과가 드러나지 않게 되어 있습니다. 며칠 더 두고 보시지요. 소금 먹은 놈이 물켜는 법이니, 머지않아 반드시 무슨 변화가 있을 것입니다."

무얼 믿는지 그렇게 자신 있게 말하고는 알 듯 말 듯한 미소까지 띠었다. 그런데 한왕이 은근히 마음 졸이며 지켜보는 사이에 다시 며칠이 지난 어느 날이었다. 갑자기 초나라 군사들의 공격이 끊어지더니 초군 전령 하나가 문루 아래 나타나 소리쳤다.

"성안의 한군은 듣거라. 내일 우리 대왕께서 사자를 성안으로 보낼 터이니 한왕에게 그리 전하고 왕사(王使)를 맞을 채비를 하라 이르라!"

"싸우다 말고 난데없이 사자는 무슨 사자냐?"

문루를 지키던 한나라 장수가 어리둥절해 물었다. 초군 전령이 대답했다.

"너희 한왕도 지난번에 사자를 보내지 않았느냐? 이번에는 우리 대왕께서 사자를 통해 물으실 것이 있다 하셨다."

그러자 문루를 지키던 장수가 한왕에게로 가 그 소식을 전했다. 한왕이 곁에 있던 장량과 진평을 돌아보며 물었다.

"지난번 육가가 과인의 사자로 갔을 때 항왕은 두 번 다시 보지 않을 듯 내쫓지 않았소? 그리고 이 보름 말 한마디 없이 성만 짓두들기더니 갑자기 어찌 된 일이오?"

"아마도 이제야 우리가 황금과 사람을 푼 효험을 보는 것 같습니다. 드디어 항왕에게도 우리에게서 엿보고 싶은 것이 생겼음에 틀림없습니다."

진평이 나서 그렇게 대답했다. 한왕이 얼른 알아듣지 못하고 다시 진평에게 물었다.

"항왕이 우리에게서 무얼 엿본단 말이오?"

"드디어 항왕의 의심이 발동한 것입니다. 그의 사람들이 얼마나 우리 한나라와 내통하고 있는지 살펴보고자 함입니다. 이제 범증을 항왕에게서 영영 떼어 놓을 독수를 펼쳐 볼 때가 왔습니다."

"그건 또 무슨 소리요?"

"대왕께서 신의 계책대로만 따라 주신다면 범증은 앞으로 항왕 곁에 그리 오래 머물지 못할 것입니다."

진평은 그렇게 말해 놓고 이어 귓속말로 한왕에게 무언가를 길게 일러 주었다. 듣고 난 한왕이 장량을 돌아보며 쓴웃음과 함께 말했다.

"교묘하면서도 무서운 계책이로구나. 실로 독수(毒手)라 할 만하다……."

한편 그때 패왕 항우는 조금만 건드려도 터질 듯한 심사로 형양성에 사자로 보낼 군리 하나와 마주 앉아 있었다. 우씨(虞氏) 성을 쓰는 그 도필리는 초나라 군중에 떠도는 유언비어를 처음 패왕의 귀에 넣어 준 자이기도 했다.

"이번에 가거든 싸움을 그만둘 것처럼 하면서, 저것들에게 우리 장수들의 불충스러움을 흥보아라. 그리고 한왕과 그 신하들의 눈치를 면밀히 살펴, 우리 군중에 떠도는 소문이 어디까지가 참인지를 알아보아라."

"그리하겠습니다."

"특히 종리매, 용저, 주은 등의 이름을 들먹여 가며 저들의 인물평을 구해 보아라. 저들이 아무리 시치미를 떼도, 정말로 서로 내통하고 있다면 무언가 언행에서 드러나는 일이 있을 것이다."

"아부의 일은 어찌하시겠습니까?"

군리가 그렇게 묻자 패왕의 얼굴은 마주 보기 민망할 만큼 심하게 일그러졌다. 그러나 애써 평온을 회복한 패왕이 깊은 한숨과 함께 말했다.

"설마 아부까지 그렇기야 하겠느냐? 아부의 일은 굳이 파헤치려 하지 말라."

그때 사람이 들어와 범증이 왔음을 알렸다. 범증은 항우의 속마음이 어떤지도 모르고 치하부터 했다.

"형양성 안으로 사자를 보내기로 하셨다니 실로 잘한 일이십니다. 지금 성안의 형편을 자세히 살필 수 있다면 몇 만의 대군을 얻는 것보다 유방을 사로잡는 데 더 큰 도움이 될 것입니다. 그래, 사자는 누구를 보내려 하십니까?"

"바로 여기 이 사람이오. 언변이 좋고 눈치가 빠르니 휴전을 의논하는 척하며 성안의 형세를 가만히 알아볼 수 있을 것이오."

패왕이 시치미를 떼고 그 군리를 가리키며 그렇게 말했다. 범증은 형양성 안에서 기다리는 것이 무엇이며, 그 군리가 자신의 운명에 어떤 변화를 가져올 것인지를 전혀 짐작하지 못했다. 그저 그 군리가 알아 와야 할 것만 한참이나 늘어놓은 뒤에 그를 놓아주었다.

"먼저 성안 군민들에게서 주린 기색이 있는지를 살펴야 하고, 여자와 어린아이가 어떻게 보살펴지고 있는지를 보아야 하며, 성안을 다니는 우마의 수를 살펴야 한다. 병사들이 얼마나 여위고 지쳐 있는지를 살펴야 하고, 병장기나 갑주가 얼마나 상했는지도 살펴야 한다. 사신을 접대하는 음식이 어떠하며, 그 음식을 만드는 숙수(熟手)나 음식을 나르고 시중드는 사람들이 그 음식을 어떻게 대하는지도 눈여겨보아야 한다. 성가퀴에 놓인 바위 덩어리와 통나무도 살피고 대강이나마 성벽 위를 오가는 병졸들을 셈해 보는 것도 또한 네가 할 일이다……."

다음 날이 되었다. 초나라 사자는 수레에 높이 올라 있는 위엄,

없는 위엄을 다 부리며 형양 성문 앞으로 왔다. 형양 성문이 열리고 한나라 군리가 나가 사자를 맞아들였다.

초나라 사자는 곧 한왕의 행궁 격인 건물로 안내되었다. 기다리고 있던 한왕이 너털웃음과 함께 달려 나와 사자를 맞았다. 그리고 수인사도 나누기 전에 사자의 옷깃을 끌듯 하며 행궁 한쪽 널찍한 방으로 데려갔다.

초나라 사자는 한왕이 워낙 은근하게 대하는 데 얼떨떨해졌다. 정신없이 이끌려 가다 보니 떡 벌어지게 상이 차려져 있는 방이었는데, 그 상 위에 올라 있는 것은 놀랍게도 태뢰(太牢)였다.

태뢰란 제사나 잔치에서 세 가지 희생, 곧 소와 양과 돼지의 고기를 두루 갖춘 음식을 말한다. 『주례(周禮)』에 따르면 천자는 매일 태뢰를 먹고, 제후는 세 가지 고기 가운데 둘을 쓰는 소뢰(少牢)를 먹으며, 대부는 셋 가운데 하나만을 쓰는 특생(特牲)을 먹는다고 한다. 또 제사에서는 제후와 천자를 모시는 대부가 다 태뢰를 쓴다고 되어 있다. 그러나 진나라가 번다한 옛 예법을 모두 고쳐 버린 그때는 여러 가지 고기가 갖춰진 풍성한 상이면 대강 태뢰라 불렀다.

초나라 사자는 태뢰를 갖춘 상을 받게 되자 더욱 얼떨떨해졌다. 한나라가 무엇 때문에 자신을 그토록 융숭하게 대접하는지 궁금히 여기며 자리에 앉는데 한왕이 불쑥 물었다.

"그래, 아부께서는 무양하시오?"

"예. 일흔이 넘은 연세에도 말을 타고 행군하시기에 아무런 어려움이 없습니다."

얼결에 그렇게 대답을 하면서도 사자는 괴이쩍은 기분이 들었다. 한왕이 패왕을 제쳐 놓고 범증의 안부부터 물었기 때문이었다. 그런데 한왕이 다시 알 수 없는 물음을 던졌다.

"아부께서는 이번에 무슨 일로 그대를 보낸 것이오? 초나라 군중에 무슨 급한 일이라도 생겼소?"

그제야 이상한 느낌이 든 사자가 멈칫거리며 받았다.

"저는 아부께서 보낸 사자가 아니라 패왕께서 보내신 사자입니다."

그런 초나라 사자의 말을 듣자 갑자기 한왕의 낯빛이 싹 변했다. 이어 한동안이나 놀라 넋 잃은 사람마냥 서 있던 한왕이 어이없다는 듯 중얼거렸다.

"과인은 그대가 아부의 사자인 줄 알았는데, 알고 보니 항왕이 보낸 사신이었구려!"

그러더니 마침 뒤따라 들어오는 진평을 보고 못마땅한 얼굴로 말했다.

"항왕이 보낸 사자라면 경이 알아서 접대해 보낼 일이지, 어찌하여 과인에게 바로 데려왔소? 하마터면 아부의 사자인 줄 알고 할 소리, 못할 소리 다 쏟아 낼 뻔하였소이다."

뿐만이 아니었다. 한왕은 시중드는 이들에게도 핀잔 주듯 말했다.

"상을 거둬라. 손님을 잘못 알아보았다. 아무리 성안에 음식이 넉넉하다 해도, 너희는 아무에게나 태뢰를 갖춰 내느냐?"

그러고는 초나라 사자를 두 번 다시 거들떠보는 법도 없이 그

방을 나가 버렸다. 한왕이 나가자 시중드는 이들은 일껏 차려 냈던 태뢰상을 거두고 보잘것없는 나물 요리[惡草具]로 바꾸어 내었다.

사자는 그같이 갑작스러운 한왕의 변화에 얼음물이라도 한 바가지 뒤집어쓴 기분이 들었다. 어찌할 줄 몰라 허둥대고 있는데, 진평이 능청스럽게 상 맞은편에 앉으며 초나라 사자에게도 앉기를 청했다.

"이것 참, 민망스럽소이다. 내가 깜빡 잊고 공을 잘못 모신 듯하오. 우리 대왕께서 워낙 거침없는 성품이시라 속마음을 감출 줄 모르시오. 서운하셨다면 내가 사죄드리겠소이다. 그리고…… 우리 대왕과 아부의 내왕을 너무 괴이쩍게 생각하지 마시오. 군진을 마주하고 있어도 사자는 오가는 법이잖소? 거기다가 무슨 대단한 뒷거래가 있는 것도 아니고……."

진평이 그렇게 말하자 초나라 사자가 같이 능청을 떨었다.

"그야 당연한 일이지요. 한왕께 사자를 보내는 이가 어찌 범아부 한 분뿐이겠습니까? 종리매나 용저 같은 장수들도 여럿 한왕과 내왕이 있는 줄 알고 있습니다만……."

초나라 사자는 그렇게 슬며시 진평을 찔러 보았다. 이왕 이렇게 된 바에야 범증 말고도 한왕과 연줄이 닿아 있는 초나라 장수들까지 모두 알아 가야겠다는 생각이 든 때문이었다. 진평이 그런 사자의 속셈을 아는지 모르는지, 별로 따져 보는 기색 없이 그 말을 받았다.

"아, 예. 잘은 모르지만 몇몇 분 초나라 장수들도 가끔씩 사자를 보내거나 글로 우리 대왕께 안부를 전해 오는 걸로 알고 있습니다. 뭐니 뭐니 해도 무신군과 의제께서 살아 계실 때는 모두가 한편이 되어 싸우시던 분들 아닙니까?"

초나라 사자는 그런 진평의 말을 듣자 더 물어볼 것도 없다 싶었다. 물어보았자 그 이상 깊이 감춰진 속내를 알려 줄 것도 아니거니와, 그때까지 보고 들은 것만으로도 초나라 군중에 떠도는 말이 헛소문이 아님을 알기에는 넉넉하다 여겼다. 이에 초나라 사자는 마음에도 없는 휴전 얘기를 꺼내 건성으로 떠들다가 성 안의 사정 몇 가지를 더 곁눈질해 저희 진채로 돌아갔다.

"뭐 아부까지? 그리고 종리매와 용저도 정말 한왕 유방과 내통하고 있었다고?"

자신이 보냈던 사자로부터 성안에서 일어난 일을 전해 들은 패왕 항우가 금세 시뻘게진 얼굴로 그렇게 소리쳤다. 그리고 우두둑 이를 갈며 보검을 끌어당기는 품이 당장이라도 무슨 일을 낼 것 같았다. 사자로 형양성을 다녀온 군리가 놀라 패왕을 말렸다.

"대왕, 고정하십시오. 그들이 한왕과 내왕이 있는 것은 틀림없으나, 정말로 역심을 품고 내통하고 있는지는 신이 다 알아 내지 못했습니다. 게다가 신을 접대한 자의 말대로, 무신군께서 살아 계실 때 그들은 모두 한왕과 한 깃발 아래 싸운 적이 있는 이들 아닙니까? 모든 것을 깊이 알아보신 뒤에 처결하셔도 늦지 않을 것입니다."

그래도 패왕은 제 분을 이기지 못했다.

"창칼을 맞대고 있는 마당에 사람과 글이 오가고 있다면 그게 내통이 아니고 무엇이냐? 내 이것들을 용서할 수가 없다!"

그러면서 자리를 차고 일어서는데 때맞춰 범증이 들어왔다. 형양성 안으로 들어갔던 사자가 돌아왔다는 말을 듣고 서둘러 달려오는 길이었다. 그러나 패왕에게는 범증이 무언가 마음에 찔리는 게 있어 일부러 달려온 듯 보였다.

"아부, 무슨 일로 이렇게 급히 달려오셨소? 무엇이 궁금하신 거요?"

패왕이 억지로 속을 누르고 그렇게 넘겨짚어 보았다. 그러나 범증은 조금도 그런 패왕의 말을 껴듣지 않았다.

"형양성 안의 일을 알고 싶어 달려왔습니다. 이제 형양성을 우려빼고 유방의 목을 얻을 때가 되었는지 궁금합니다."

그러고는 사자로 갔다 온 군리에게 떠날 때 당부한 것부터 물었다.

"그래, 성안 사정은 잘 살펴보고 왔겠지? 군민의 사기는 어떠하고 식량 사정은 또 어떠해 보이던가?"

이미 범증을 의심하고 있는 패왕에게는 밉살맞을 만큼 천연덕스러운 물음이었다. 사자로 갔다 온 군리도 속마음을 감추려고 애쓰며 대답했다.

"군민에게는 한결같이 두려워 떠는 기색이 없었고, 주리거나 지쳐 보이지도 않았습니다."

군리가 보고 온 대로 대답했다. 범증이 잠시 고개를 기웃거리더니, 퍼뜩 깨달은 게 있는지 패왕을 보고 목소리를 높였다.

"대왕, 그것은 틀림없이 꾀 많은 장량과 엉큼한 유방이 부린

술책입니다. 군민을 몰아대고 얼마 남지 않은 곡식을 퍼 대어 그와 같이 꾸몄을 것입니다. 사자를 속여 성안에 싸울 힘이 아직 남아 있음을 보여 줌으로써, 대왕과 화평을 맺고 위태로운 싸움에서 빠져나가려는 수작입니다. 어서 전군을 들어 형양성을 들이쳐 천하의 우환거리를 뿌리 뽑으십시오."

"하지만 저 사자의 말이 사실이라면 어쩌시겠소? 배부르고 편안한 대군이 높고 든든한 성벽에 의지해 굳게 지키는 성을 억지로 들이치다가 우리 군세만 피폐해지지 않겠소?"

패왕 항우가 이죽거리듯 그렇게 범증의 말을 받았다. 하지만 범증은 아직도 패왕의 뒤틀린 심사를 눈치 채지 못하고 있었다. 한층 간곡한 어조로 권했다.

"그렇지 않습니다. 당장이라도 대군을 들어 형양성을 들이치도록 하십시오. 적은 이제 지치고 군량도 다해 며칠 안으로 항복하고 말 것입니다. 지금이 형양성을 깨뜨리고 유방을 잡아 죽일 절호의 기회입니다."

그러자 더 참지 못한 패왕이 범이 으르렁거리듯 소리쳤다.

"아부, 지금 내 가슴과 배가 곪고 썩어 들어가는 판에 적을 깨뜨릴 겨를이 어디 있소? 이 장졸을 거느리고 어디를 치며 누구를 잡아 죽인단 말이오?"

"대왕, 그게 무슨 말씀이십니까? 가슴과 배가 곪고 썩어 들어가다니요? 그리고 이 장졸이라니요? 대왕의 범 같은 장수들과 목숨을 돌보지 않고 그들을 따르는 우리 병사들이 어찌 됐다고 그리 말씀하십니까?"

그제야 놀란 범증이 패왕을 바라보며 그렇게 물었다. 그런 범증의 물음을 받자 패왕도 퍼뜩 정신이 들었는지 억지로 목소리를 부드럽게 해 둘러댔다.

"아니, 아부께서 그리 놀라실 것은 없소. 반드시 무슨 일이 있어서가 아니라……. 다만 사자가 형양성 안에서 보고 들은 것 가운데 하도 놀라운 일이 있어 잠시 과인의 감정이 격해졌던 듯하오."

그러고는 잠시 숨을 가다듬은 뒤에 다시 덧붙였다.

"과인이 숙부를 따라 오중을 나온 뒤로 크고 작은 싸움을 수없이 치렀건만 언제 진 적이 있소? 형양성을 치는 것도 싸움, 싸우는 일이라면 과인에게 맡겨 주시오. 군사를 내고 아니 내는 것은 모두 과인이 알아 결정하겠소."

"형양성 안의 무슨 일이 그리 놀라우셨습니까?"

"아부께서는 아실 것 없소. 그것도 싸움에 관련된 것이라 여기고 며칠 기다려 주시오. 모든 것을 알아본 뒤에 유방을 잡도록 하겠소."

패왕이 다시 그렇게 잘라 말하자 범증도 더는 다그쳐 묻기가 나빴다. 뭔가 석연찮은 느낌이 드는 대로 패왕의 군막에서 물러나오지 않을 수 없었다.

패왕은 다음 날이 되고 또 다음 날이 되어도 군사를 움직이려 들지 않았다. 사흘이 지나자 마음이 다급해진 범증이 다시 패왕의 군막을 찾았으나 위사들이 패왕의 엄명을 구실로 범증을 안으로 들여 주지도 않았다. 군사가 되어 패왕을 따른 뒤로 처음 있는 일이었다. 그제야 범증도 가슴이 섬뜩했으나 아무리 머리를 쥐어짜 보아도 그 까닭을 알 수가 없었다.

범증이 한없이 무거워지는 발걸음으로 거처에 돌아가니 뜻밖에도 용저와 종리매가 와서 기다리고 있었다.

"아니, 장군들이 어찌하여 이 누추한 곳을 찾으셨소?"

범증이 놀란 눈으로 그들을 보며 물었다. 종리매가 대답 대신 긴 한숨과 함께 되물었다.

"아부께서는 대사마 주은의 소식을 들으셨습니까?"

"아니, 못 들었소. 주은이 어떻게 되었소?"

"간밤에 쫓기듯 구강으로 떠났습니다."

그 말을 듣자 심상찮은 느낌이 든 범증이 두 사람에게로 바싹 다가앉으며 물었다.

"주은이 구강으로 갔으면 갔지, 쫓기듯 떠났다니 그게 무슨 뜻이오?"

"항백을 대신해 구강을 지키라고 보냈지만, 딸려 보낸 군사가 겨우 백여 기라 맨몸으로 보낸 것이나 다름없습니다. 거기다가 항백에게는 구강에 있는 전군을 거느리고 이곳 형양으로 오라고 했다 하니, 주은은 군사도 없이 구강을 지키러 간 것이나 다름없습니다. 그게 쫓겨 간 것이 아니고 무엇이겠습니까?"

"장군들의 말을 통 알아들을 수가 없구려. 장수를 보내고 불러들이는 것은 군왕의 당연한 권한인데, 대왕께서 주은을 구강으로 보내고 항백을 불러들인 게 무엇이 잘못되었다는 거요?"

아직도 종리매의 말을 잘 알아듣지 못한 범증이 그렇게 되묻자 이번에는 용저가 나서서 물음을 받았다.

　"대왕께서 주은을 구강으로 보내고 항백 장군을 부르신 것은 종성이나 처족이 아니면 믿지 못하시기 때문입니다. 주은이 한왕과 내통할까 걱정하여 멀리 구강으로 보내고 종성인 항 장군을 곁으로 불러들이신 것입니다."

　"아니, 용 사마, 그 무슨 말씀이오? 아무러면 대왕께서 그러실 리가 있소?"

　범증이 놀라 펄쩍 뛰듯 하며 용저를 보고 그렇게 목소리를 높였다. 그러자 다시 종리매가 땅이 꺼질 듯한 한숨과 함께 범증의 말을 받았다.

　"아부께서는 대왕과 한 몸처럼 가까이 계시면서도 아직 그걸 모르십니까? 지금 대왕께서는 주은만 의심하고 계신 게 아닙니다. 항씨나 인척이 아니면 아무도 믿을 수 없으신지, 며칠 전부터는 우리들에게까지도 사람을 붙여 손 한번 내젓고 발걸음 한번 내딛는 것까지 살피게 하고 계십니다."

　"손발만 묶이지 않았을 뿐이지 저희들은 이미 갇혀 있는 바나 다름없습니다. 대왕을 따라나서 목숨을 건 싸움만도 수십 전을 치른 저희들이 아닙니까? 그런데 이렇게 되고 보니, 대왕의 의심이 두렵기보다는 분하고 욕스러워 견딜 수 없습니다!"

　그렇게 맞장구를 치는 용저의 눈에는 죽음을 겁내지 않고 전장을 내달리던 맹장답지 않게 눈물까지 비쳤다. 그런 용저와 종리매를 보자 범증도 문득 깨달아지는 것이 있었다. 그 며칠 패왕에게서 받은 어떤 석연찮은 느낌이 불현듯 훤하게 깨달아지는 듯했다.

"그렇다면 이 늙은이도 의심받고 있다는 것이오? 대왕께서 이 늙은이의 말을 따르지 않고 형양성을 에워싸고만 계신 것도 바로 이 늙은이를 믿지 못해서란 말이오?"

범증이 치솟는 화를 다스리지 못해 수염까지 푸르르 떨며 누구에게랄 것도 없이 그렇게 소리쳤다. 종리매가 어둡고 무거운 목소리로 그런 범증의 말을 받았다.

"그렇습니다. 대왕께서는 이미 이틀 전에 아부에게서 병권을 거두셨습니다. 저희에게 이르시기를, 앞으로는 대왕의 명이 없으면 누구도 군사 한 명, 말 한 필 움직일 수 없다 하시고, 특히 아부를 지목하여 그 명을 그대로 받들어서는 아니 된다 하셨습니다. 반드시 대왕께 먼저 알려 다시 대왕의 허락을 받은 뒤에야 따르라 하셨으니, 그게 바로 병권을 거둔 게 아니고 무엇이겠습니까?"

그 말을 들은 범증은 종리매와 용저가 듣고 있다는 것도 잊은 듯 큰 소리로 외쳤다.

"더벅머리 아이[豎子]를 천하의 패왕으로 길러 놓았더니 실로 너무하는구나. 아무리 군왕이기로서니 어찌 내게 이럴 수 있다는 말이냐!"

그러고는 늙은 두 눈으로 줄줄 눈물을 흘렸다. 종리매와 용저도 처연한 얼굴로 함께 탄식해 마지않았다.

이윽고 마음을 가다듬은 범증이 주름진 볼을 적시는 눈물을 주먹으로 훔치며 말했다.

"내 늙은 몸을 이끌고 너무 오래 권세를 뒤쫓다가 오늘 이 욕을 보는구나. 늦었지만 이제라도 고향으로 돌아가 삭아 가는 해골이라도 욕을 면하게 해 줌이 옳으리라!"

범증은 그길로 패왕을 찾아갔다. 아직도 어지러운 심사를 바로 하지 못한 패왕은 이번에도 범증을 만나 주려 하지 않았다. 그러나 범증은 전처럼 곱게 물러나지 않았다. 패왕의 군막 앞에 엎드려 큰 소리로 외쳤다.

"범증이 대왕께 간곡히 청합니다. 이 늙은 것의 뼈를 돌려주소서[願賜骸骨]!"

그런 범증의 외침을 듣자 패왕도 더는 모른 척할 수 없었다. 범증을 군막 안으로 들이게 한 뒤 굳은 얼굴로 물었다.

"아부, 한밤중에 이 무슨 소란이오? 뼈를 내달라니, 갑자기 그 무슨 말씀이오?"

"천하의 일은 대강 형세가 정해졌으니, 이제부터는 대왕께서 홀로 해 나가실 수 있을 것입니다. 바라건대 이 늙은 것을 이만 놓아주시어 고향 땅에 뼈를 묻게 해 주십시오!"

범증은 길게 에둘러 말할 것도 없이 그렇게 바로 속을 털어놓았다. 하지만 지난 몇 년 함께 목숨을 건 싸움터를 내달으며 쌓인 애증 때문인지 절로 목소리가 떨리고 콧등이 시큰해 왔다.

갑작스러운 감정의 변화를 겪기는 패왕도 마찬가지였다. 패왕은 범증이 찾아오기 직전까지만 해도 배신감에 떨며 범증을 어떻게 처결하나 망설이고 있었다. 그런데 범증이 먼저 찾아와 떠나려 하니 갑자기 가슴이 철렁하며 난데없는 미련이 일었다.

"아직 교활한 도적이 살아 있고 큰 싸움이 남았는데, 무슨 형세가 정해졌다는 거요? 그리고 아부는 왜 이 밤에 갑자기 떠나야 하오?"

패왕이 그러면서 어물어물 범증을 말려 보려 했다. 하지만 범증의 마음은 이미 돌이킬 수 없게 굳어진 뒤였다. 한 병가로서는 속임수와 거짓도 마다 않는 그였으나, 인정과 의리를 주고받는 데는 여리고 섬세하다 할 만큼 개결한 데가 있었다. 그런데 패왕의 어처구니없는 의심이 그 개결한 감정을 여지없이 짓밟아, 한시도 패왕 곁에 더 머물고 싶지 않게 만들어 버리고 말았다.

패왕도 난데없는 미련에 어물거리며 범증을 잡는 척하고는 있으나, 마음속의 의심이 다 풀려 그런 것은 아니었다. 남을 잘 믿지 못하는 천성에다 사자가 형양성 안에서 보고 들은 증거가 너무 뚜렷해, 범증을 말려도 건성일 수밖에 없었다. 그러다가 범증이 기어이 떠나기를 고집하자 오히려 자기 손으로 범증을 해치지 않아도 되는 것을 다행으로 여기며 허락하고 말았다.

"알겠소, 아부. 정히 그러시다면 날이 밝는 대로 떠나시오."

그리고 다음 날 일찍 범증이 떠날 때는 제법 애틋한 작별까지 나누었다.

"그럼 잘 가시오, 아부. 고향에 돌아가 편히 쉬시며 길이 하늘의 호생지덕(好生之德)을 누리시오. 부디 강령하시오. 과인은 천하가 평정되는 대로 아부를 찾아 오늘 못 다 푼 회포를 옛말 삼아 돌이켜 보겠소."

그러나 떠나는 범증도 보내는 항우도 자신들이 적의 이간책, 특히 진평의 독수에 걸려들어 그리된 것이라고는 조금도 깨닫지 못했다.

패왕과 작별한 범증은 곁에서 오래 자신을 시중들어 온 이졸 하나만 데리고 팽성으로 떠났다. 그곳에 있는 가솔들을 거두어 고향인 거소로 돌아갈 작정이었다. 이제는 급할 것도 없어 느릿느릿 말을 몰며 늦은 봄 길을 가다 보니 온갖 감회가 가슴을 채웠다.

'돌아보니 내가 거소를 떠나 처음 항량의 군막으로 찾아든 것도 이맘때였구나. 보자, 벌써 다섯 해가 지났는가. 그사이 참으로 많은 일이 있었다. 초나라를 다시 일으켜 망국의 유신(遺臣) 된 욕스러움을 면했고, 진나라를 쳐 없애 부조(父祖)의 나라가 당한 수모를 씻었다. 천하 만민을 가혹한 진나라의 법과 부세(賦稅)에서 구해 냈고, 의제를 세워 천하를 초나라의 것으로 하였다……'

첫날 오랜만에 한가로운 기분이 되어 그렇게 지난날을 되돌아볼 때만 해도 범증의 가슴에는 뿌듯한 자부까지 일었다. 그러나 외로운 객사에서 쓴 술로 울분을 달래며 긴 밤을 보내게 되면서 이내 감회가 달라졌다.

'하지만 한스러운 일이 너무 많구나. 큰 뜻을 품은 선비가 주인을 정해 천하를 도모한다는 것은 그 주인과 공과를 함께한다는 뜻이다. 그런데 내 주인이 항복한 진나라 사졸 20만을 신안에서 산 채 땅에 묻을 때 나는 무엇을 하였던가. 아무리 포악무도한 진나라였지만, 내 주인이 항복한 그 왕을 죽이고 그래도 한때 천하의 주인이었던 시황제의 무덤을 파헤칠 때, 삼대(三代) 이래 천년 도읍 함양을 약탈하고 백성들이 피땀으로 일으킨 아방궁을 불사를 때, 나는 어디 있었던가. 제후들을 세우고 땅을 갈라 주는 게 아까워 관인 모서리가 닳아빠지도록 내 주인이 제후의 인수(印綬)를 내주지 못하고 있을 때 나는 무엇 때문에 보고만 있었던가. 천하를 도모하고자 그 주인을 따라나선 지사가 할 일을 나는 과연 다하였던가…….'

생각이 거기에 미치자 범증의 가슴이 후회로 미어지는 듯하면서 갑자기 등허리가 뜨끔했다. 며칠 전부터 까닭 모르게 욱신거리던 곳이었다. 하지만 후회는 꼬리에 꼬리를 물고 범증에게 거듭 술잔을 권하다 마침내는 울분 섞인 한탄으로 바뀌었다.

'저 더벅머리 아이가 홍문의 잔치에서 내 말만 들었더라도 천하는 일찌감치 판가름 났을 것이다. 내가 권한 대로 의제만 끼고 있었어도 서초는 천하를 오래 호령할 수 있었다. 유방이 한중을 나왔을 때는 오와 초의 전력을 끌어모으고 천하 제후들을 모두 불러내 함곡관 서쪽에서 쳐 없애야 했다……. 그런데도 저 더벅머리 아이는 제 성을 못 이겨 살갗에 난 종기나 다름없는 전영(田榮)을 잡는 데 힘을 쏟다가 도읍인 팽성을 잃는 수모까지 당했다. 팽성 탈환이나 수수의 싸움은 볼만한 것이었으되 그 뒤는 또 마찬가지다. 그 품성에 어울리지 않게 이것저것 돌아보다가 유방에게 재기할 시간만 벌어 주었다. 그리고 지금은 이 무슨 하늘의 뜻이냐? 내일이라도 전력으로 형양성을 치면 유방을 사로잡아 천하의 형세를 결정지을 수 있건만, 대군을 성 밖에 조용히 묶어 두고 있다. 피붙이와 처족만 믿어 가슴이나 배와 같은[心腹] 장수들을 의심하여 내치고…… 이 나마저 믿어 주지 않는다.

아아, 내 명색 천시(天時)와 지리(地利)를 헤아릴 줄 아는 지사를 자처하면서도 정작 이 한 몸의 나아가고 물러남을 헤아리는 데는 너무 둔하였다. 유방이 홍문의 잔치 자리를 빠져나갔을 때 나는 한탄만 할 게 아니라 그 더벅머리 아이를 떠났어야 했다. 스스로 패왕이 되어 기어이 의제를 시해하고 말았을 때 떠났어야 했고, 함곡관을 나온 유방을 놓아두고 굳이 전영을 치러 제나라로 출병할 때 떠났어야 했다. 그런데 미련을 부리다가 이 오늘을 맞게 되었다. 내 살아 이 눈으로 무슨 험한 꼴을 보게 될까 실로 두렵구나…….'

그러자 항우와 함께 함양에 든 뒤로는 애써 마음 깊숙한 곳에 묻어 두었던 옛 벗 남공(南公)의 말이 갑작스레 귓전에 되살아났다. 마지막으로 귀곡(鬼谷)에서 그를 만났을 때 새로운 세상을 열 사람, 마땅히 주인으로 섬겨야 할 사람을 궁금해하는 범증에게 해 준 말이었다.

'기다리게. 기다리면 스스로 찾아올 것이네.'

'서두르지 말게. 서두르다 그르치면 일생의 기다림이 헛되게 되네.'

'진인이 올 때는 곳곳에 사이비(似而非)가 날 것이네. 서두르다 주인을 잘못 고르면 아니 만남만 못할 터…….'

먼저 항량을 찾아가 헌책(獻策)을 함으로써 자신을 맞아 가게 했을 때만 해도 범증은 자신이 서두르고 있는 것이 아니라고 속으로 우겼다. 항량이나 항우는 자신의 주인이 아니었으며, 그들을 따라나서면서도 자신은 아직 주인이 찾아오기를 기다리고 있다고 믿었다. 하지만 항량이 죽고 항우가 송의를 죽여 초나라의 군권을 장악하게 되면서 그 믿음은 조금씩 흔들리기 시작했다.

범증은 송의를 죽인 항우가 자신을 이름뿐인 말장(末將)에서 군사로 올려 세우고 다시 아부라고 부를 때 비로소 한 주인으로서 자신을 찾아온 것이라 여겼다. 그러다가 거록의 싸움에서 이긴 항우가 제후군의 종장(縱長)이 되어 진나라의 심장으로 찔러 들어가게 되면서 드디어 자신도 주인을 정하게 되었다는 생각이 들었다. 특히 함곡관을 깨고 관중으로 접어들면서부터는 어김없이 주인인 항우를 도와 새로운 세상을 열고 있다고 믿고 있었다.

그 뒤 무관으로 관중에 들어간 패공 유방이 먼저 패상에 이르고 진왕 자영의 항복을 받아 내는 뜻밖의 일이 생겼을 때도 범증은 자신의 믿음을 굳건히 지켜 나갔다. 유방이 홍문의 잔치에서 목숨을 건져 달아났을 때도 통탄스럽기는 했지만 천명이 달라진 것은 없다고 보았다. 항우에게 목숨을 구걸하는 유방의 구차하고 비굴한 언동을 보며 새로운 천하의 주인은 변함없이 항우라고 믿고 다시는 의심하지 않으려 애썼다.

'하지만 결국 항우가 아니었다는 말인가. 내가 늙음을 핑계로 서둘러 주인을 찾아 나섰다가 정녕 일을 그르치고 말았단 말인가……'

오래 억눌러 온 의심이 가슴속 깊은 곳에서 그렇게 불현듯 고개를 들자 범증은 견딜 수 없는 느낌으로 술잔을 움켜잡았다. 그리고 오래 목말랐던 사람처럼 마지막 식은 술잔을 단숨에 비우는데 갑자기 훅 치솟는 신열과 함께 등짝이 벌건 인두로 지지는 듯 뜨겁게 쑤셔 왔다.

범증이 부르르 떨며 온몸으로 그 고통을 받아 냈다. 그러나 범증을 엄습한 고통은 그 한 번으로 잦아들지 않았다. 다시 두 번째, 세 번째 고통이 잇따라 등짝을 찔러 왔다. 범증은 몸을 웅크려 몇 차례 더 그 고통에 저항했으나 마침내 술상에 쓰러지며 정신을 잃고 말았다.

범증을 따르며 시중들던 이졸은 온몸이 불덩이처럼 되어 술상 앞에 쓰러진 범증을 자리에 옮겨 뉘고 인근에서 가장 용하다는 의자(醫者)를 불렀다. 진맥을 하고 고개를 기웃거리던 의자가 범증의 옷을 벗겨 온몸을 살피다가 등허리를 보고 흠칫했다.

"무슨 일입니까? 어떤 병이 난 것입니까?"

이졸이 그렇게 묻자 의자가 어두운 낯빛으로 대답했다.

"등에 종기가 났소[疽發背]. 뿌리를 내린 지 벌써 며칠 돼 보이는데, 지금 한창 성이 나서 자리를 잡아 가는 중이오."

"그럼 어떻게 해야 합니까?"

"워낙 살 깊이 자리 잡은 독창(毒瘡)이라 곪아도 쨀 수는 없소. 편히 쉬면서 약물로 다스려 종기가 삭아 없어지기를 기다려야 하오. 만약 이 독창이 터지는 날이면 그때는 편작(扁鵲)이 와도 살려 낼 길이 없을 것이오."

이에 이졸은 그 의자가 주는 약을 달여 놓고 범증이 깨나기를 기다렸다.

범증은 다음 날 아침에야 겨우 눈을 떴다. 이졸이 달여 둔 약을 올리며 간밤 의자가 남기고 간 말을 전한 뒤에 말했다.

"아무래도 잠시 이곳에서 편히 쉬시면서 병을 다스린 뒤에 팽성으로 떠나야 될 듯싶습니다."

범증이 가만히 고개를 가로저으며 말했다.

"편히 쉬는 것이라면 고향에 이른 뒤라도 늦지 않다. 한낱 종기 때문에 갈 길을 멈춰서야 되겠느냐?"

그러고는 억지로 말에 올라 떠나기를 재촉했다. 이졸이 말렸으나 범증의 고집을 이기지 못해 다시 동쪽 팽성을 향해 길을 잡았다.

범증은 신열 때문에 덜덜거리면서도 그날 하룻길은 일없이 넘겨 해 질 무렵에는 진류에 이를 수 있었다. 그러나 다음 날 다시 말에 올라 길을 재촉하다가 기어이 일을 내고 말았다. 옹구를 지날 무렵 갑자기 정신을 잃고 말에서 떨어졌다. 일흔을 한참이나 넘긴 나이에 며칠이나 무리해 말을 달린 데다, 날이 갈수록 더 깊어 가는 상심이 등에 난 독창을 덧나게 한 듯했다.

놀란 이졸이 범증을 객사에 뉘고 약을 달이며 깨어나기를 기다렸다. 그리고 깨어난 범증에게 다시 그곳에 머물면서 병을 다스리기를 권했으나 범증은 여전히 말을 듣지 않았다.

"수레를 구해 오너라. 종기쯤은 수레 위에서도 다스릴 수 있다."

그러면서 무엇에 씐 사람처럼 팽성으로 가는 길만 재촉했다.

다음 날 하는 수 없이 크고 편한 수레 한 대를 빌린 이졸은 거기에 범증을 태우고 다시 동쪽으로 길을 잡았다. 이번에는 며칠 별일이 없었다. 그런데 수레가 외황, 우현을 지나 탕군에 이르렀을 때였다. 낮의 여독 탓인지 일찍 잠자리에 들었던 범증이 한밤중에 이졸을 깨워 말하였다.

"필묵과 흰 깁을 가져오너라."

그리고 이졸이 시킨 대로 하자 병든 몸을 일으켜 날이 새도록 흰 비단에 무언가를 썼다.

'나는 서두른 것도 주인을 잘못 만난 것도 아니었다. 아니, 결코 그래서는 안 된다. 그래서는 내 70 평생의 배움과 단련을 변명할 길이 없어진다. 대왕은 나의 주인이시며, 마땅히 천하를 얻으셔야 한다. 유방의 닳고 썩은 슬기보다 우리 대왕의 깨끗하고 곧은 마음 바탕이 새 세상을 열어야 한다.'

죽음이 다가오고 있음을 직감한 순간에 범증이 마지막 힘을 짜내 되살린 믿음으로 패왕 항우에게 올리는 주책(籌策)이었다.

"내게 무슨 일이 있거든 이 글을 대왕께 전해다오."

다음 날 새벽같이 시중드는 이졸을 부른 범증이 글이 적힌 흰 비단 자락을 말아서 건네 주며 그렇게 말했다. 그리고 날이 밝기 바쁘게 길을 재촉했으나 끝내 팽성에는 이르지 못하고 소성에 못 미쳐 죽었다. 독창이 터져 등으로 피고름을 한 되나 쏟으며 죽었는데, 그때 범증의 나이 일흔여섯이었다.

꽃잎과 방패

　진평의 독수가 불 지핀 의심과 분노로 앞뒤 없이 내닫던 패왕 항우도 범증이 떠나자 퍼뜩 정신이 들었다. 의심이 다 풀린 것은 아니었으나, 옷깃을 자르며 헤어지듯 뒤 한 번 돌아봄 없이 떠나가는 범증에게서 자신의 의심과는 거리가 먼 어떤 개결(介潔)함이 느껴졌기 때문이었다.

　'아부의 일은 아무래도 알 수가 없구나. 내가 의제를 죽인 일 때문에 내게서 멀어졌다고 하나, 가만히 돌이켜 보면 도무지 앞뒤가 맞지 않는다. 내가 형산왕, 임강왕에게 의제를 죽이라고 할 때, 그는 말릴 수 있는 자리에 있으면서도 팔 걷고 나서 말린 적이 없었다. 그리고 그 뒤로도 일 년이 넘도록 나를 도와 꾀를 짜내고 일을 꾸며 오지 않았던가. 그런데 이제 와서 무엇 때문에

독 안에 든 쥐 꼴이 난 유방에게 붙는단 말인가. 또 유방에게 붙었다면 그토록 급하게 형양성을 치게 하는 까닭은 무엇인가.'

그런 생각으로 밤새 뒤척이던 패왕은 날이 밝는 대로 중연(中涓) 하나를 보내 범증의 군막을 살펴보게 했다.

"아부께서는 이미 새벽에 길을 떠나셨습니다. 대왕께서 내리신 금은과 재보는 모두 봉해 군막 안에 남겨 두고, 말 한 필에 시중드는 이졸 하나만을 데리고 팽성으로 향했다고 합니다."

돌아온 중연이 그렇게 보고 들은 대로 알려 왔다. 그 말에 패왕은 다시 무언가 큰 잘못을 저지르고 있는 아이 같은 기분이 되었다. 이제라도 빠른 말로 뒤쫓게 해서 범증을 데려오게 하고 싶었으나, 천하를 떨게 하는 패왕의 체면 때문에 그러지도 못했다.

"팽성으로 가는 길목에 있는 장수들과 수령들에게 급히 전갈을 보내 아부께서 돌아가시는 길을 편안하게 보살펴 드리라고 이르라."

그런 명으로 범증을 향한 때늦은 미련을 달랬다.

범증이 그렇게 떠남으로써 패왕이 다른 장수들에게 품고 있던 의심의 불길도 차츰 잦아들었다. 대사마 주은을 내쫓듯 구강으로 보낸 뒤로 패왕은 어떤 장수도 벌주거나 내쫓지 않았다. 덕분에 불안하고 울적해하던 종리매와 용저는 한시름 놓을 수가 있었다.

그렇게 열흘쯤 지났을 무렵이었다. 갑자기 집극랑 하나가 군막 안으로 달려 들어와 패왕에게 알렸다.

"범 아부께서 돌아가셨다고 합니다. 아부를 모시고 팽성으로 떠났던 이졸이 돌아와 대왕께 뵙기를 청합니다."

"뭐? 아부께서 돌아가셨다고?"

놀라 소리친 패왕이 얼른 그 이졸을 불러들여 물었다.

"아부께서 대체 어디서 어떻게 돌아가셨느냐?"

"소성 못 미친 곳에서 등에 난 독창이 터져 돌아가셨습니다."

"결국 팽성에 이르지도 못했구나. 그렇다면 너는 아부의 유해
라도 모시고 팽성으로 돌아가지 않고 어떻게 돌아왔느냐?"

"돌아가시기 전날 밤 아부께서 제게 글을 남기시며 무슨 일이
있거든 지체 없이 대왕께 전하라고 하셨습니다. 그런데 이제 이
렇게 돌아가셨으니……. 유해는 소성의 수장께서 맡아 팽성으로
운구하셨을 것입니다."

"아부께서 남긴 글이 어디 있느냐? 어서 내놓아 보아라."

패왕이 재촉하자 그 이졸은 품 안에서 흰 비단 두루마리 하나
를 꺼내 바쳤다. 패왕이 펼쳐 보니 거기에는 눈에 익은 글씨로
이렇게 씌어 있었다.

신이 듣건대 새가 죽을 때는 그 울음소리가 슬프고 사람이
죽을 때는 그 말이 착하다 하였습니다. 간밤 잠자리에 들 때만
해도 신은 군왕의 믿음을 사지 못해 고향으로 내쫓기는 원통
한 신하였으나, 이제 문득 죽음이 가까이 이른 것을 깨닫고 보
니 모든 것이 그저 부질없을 뿐입니다. 버림받은 분한(忿恨)에
서 깨어나 곰곰 헤아리다가, 반드시 군왕을 깨우쳐 드려야 할
일이 있어 신열로 어지러운 가운데도 이렇게 붓을 들었습니다.

다섯 해 전 무신군의 장하(帳下)에 들어 군왕을 모신 뒤로

신에게는 자랑도 많고 부끄러움도 많았으며, 그만큼 기쁨도 크고 한도 깊었습니다. 하오나 이제 영영 이 세상을 떠나려 하니 이 늙은 신하의 바람은 오직 하나 군왕께서 큰 뜻을 이루시는 것입니다. 처음 포의(布衣)에서 몸을 일으킬 때와 달리 뒤틀리고 얼룩지기는 하였으나, 그 큰 뜻이야말로 신이 군왕께 의탁해 이루고자 했던 꿈에 다름 아니기 때문입니다.

그런데 이제 군왕께서는 한 발만 내디디면 그 큰 뜻을 이룰 수 있는 곳에서 오히려 이제까지의 그 어느 때보다 더 위태로운 지경에 빠지셨습니다. 적의 더러운 술책에 넘어가 가슴이나 배 같은 장수[心腹之將]를 의심하고 팔다리 같은 신하[股肱之臣]를 시기하시는 병이 도졌기 때문입니다. 신의 짐작에 적은 간세를 풀고 황금을 뿌려 군왕과 장상(將相)들을 이간질하는 유언비어를 퍼뜨리고 있음에 분명합니다. 간교한 잔꾀로 군왕의 눈과 귀를 속이고 가을 하늘 같은 심사[昊天之心]를 어지럽게 만들었을 것입니다.

늙은 신하의 마지막 정성으로 엎드려 빌건대, 군왕께서는 먼저 군중에 엄명을 내리시어 떠도는 거짓말과 헛소문의 뿌리를 캐고 거기 달려 있을 간세들을 잡아 목을 베십시오. 그리고 장수들을 불러 모아 군왕의 의심으로 다치고 억눌린 그들의 마음을 어루만져 주십시오. 그런 다음 옛날처럼 아래위가 하나가 되어 형양성을 들이치면, 열흘도 안 돼 성을 깨뜨리고 유방을 사로잡을 수 있을 것입니다. 천하의 형세는 그것으로 결정나고 군왕의 날이 시작될 것이오니, 부디 신이 죽음을 앞두고 올리는 이 간곡한 당부를 물리치지 마소서.

패왕이 원래 그리 아둔한 사람은 아니었다. 범증의 글을 다 읽고 나자 그때까지도 자신의 고집에 가려져 있던 눈이 문득 훤히 밝아지는 듯했다. 걷잡을 수 없는 후회와 슬픔에 젖어 범증의 글이 쓰인 비단 자락을 내던지고 아이처럼 소리 내어 울었다.

"아부, 아부. 내가 아부를 죽게 하였소……."

그러다가 이내 정신을 가다듬고 먼저 장수들부터 불러 모으게 했다. 종리매와 용저를 비롯해 여러 장수들이 놀라고 겁먹은 얼굴로 모여들었다. 패왕이 그들에게 범증의 편지를 읽게 한 뒤 말하였다.

"과인이 이제 아부를 위해 발상하려 하니 장군들은 모두 상복을 갖추시오. 우리 서초의 대군은 먼저 아부의 장례를 치른 뒤에 아래위가 한 덩이가 되어 형양성을 들이칠 것이오. 반드시 성을 깨뜨리고 더러운 술책으로 우리를 이간질한 유방을 목 베어 아부의 외로운 넋을 달래 주어야 하오!"

아직도 초나라 군중에 남아 있는 간세들로부터 범증이 패왕에게 버림받고 팽성으로 돌아가다 도중에 죽고 말았다는 말을 들은 형양성 안은 일시 잔칫집같이 들떴다. 하지만 초나라 군사들은 형양성 안이 오래 기쁘게 놓아두지 않았다. 패왕의 명을 따라 범증의 영구(靈柩)도 없이 발상한 지 사흘 뒤, 초나라 군사들이 전에 없이 사나운 기세로 형양성을 들이치기 시작했다.

범증의 죽음은 성을 치는 초군에게는 분발을 가져왔으나 성안에서 지키는 한군에게는 오히려 독이 되었다. 자기편이 펼친 반간계가 성공했다는 소문이 방심을 일으켜, 적군이 펼친 갑작스러운 강습의 효과를 몇 배나 키웠다. 하루이틀은 얼결에 막아 냈지만, 사흘이 자나자 형양성 안의 한나라 군신들은 저마다 깊은 시름과 불안에 잠겨 들었다.

많은 군사가 죽거나 다쳐 사기가 꺾인 데다 성을 지키는 데 쓰이는 병장기와 채비들도 점점 바닥을 보였다. 화살이 떨어지고 성가퀴에 쌓아 둔 돌덩이와 통나무가 다해 갔다. 하지만 무엇보다도 큰 걱정은 성안에 먹을 것이 없는 일이었다. 오창에서 오는 용도는 이미 달포 전에 끊겨 낟알 하나 성안으로 들어오지 못했고, 소나 말도 줄어 이제는 꼭 필요한 군마 백여 필밖에 남아 있지 않았다.

"범증만 패왕에게서 떼어 놓으면 형양성의 위급이 풀릴 줄 알았는데, 이건 오히려 잠자는 범한테 코침을 놓은 격이 되었구려. 항왕이 성난 대군을 휘몰아 저렇게 길길이 날뛰니 실로 걱정이오. 게다가 군량까지 바닥이 났으니 이 일을 어찌했으면 좋겠소?"

어지간한 한왕도 드디어 걱정이 되는지 장량, 진평과 함께 여러 장수들을 불러 놓고 물었다. 워낙 일이 급박해서인지 꾀주머니[智囊]라는 장량도, 별난 술책과 독한 수를 잘 내는 진평도 당장은 대답을 하지 못했다. 장량과 진평이 그러하니 다른 장수들인들 내놓을 만한 계책이 있을 리 없었다. 그저 죽기로 싸워 성을 지키겠노라는 다짐만 되풀이할 뿐이었다.

그런데 군신 간에 별 소득 없는 그 의논이 끝난 다음이었다. 장수들이 모두 돌아가고 한왕만 홀로 남아 어울리지 않게 머리를 쥐어짜고 있는데 노관이 와서 알렸다.

"기신(紀信)이 홀로 찾아와 대왕을 뵙기를 청합니다."

"기신이? 그 더벅머리 유자(儒者)가 무슨 일로 과인을 찾는다 하더냐?"

한왕은 그렇게 되물으면서도 기신을 불러들이게 했다. 방 안으로 들어온 기신은 먼저 좌우부터 물리쳐 주기를 빌었다. 한왕은 그런 기신의 얼굴빛이 하도 무거워 바라는 대로 해 주면서도 별 기대 없이 물었다.

"그래, 그대는 무슨 일이 그리 엄중하기에 좌우까지 물리라 하는가?"

"대왕, 일이 매우 위급하게 되었습니다. 바라건대 대왕께서는 신을 써서 초나라를 속이고[誑楚] 그 틈을 타 이 형양성을 빠져나가도록 하십시오."

"그건 또 무슨 소린가? 그대를 써서 어떻게 초나라를 속인단 말인가?"

한왕이 기신의 말뜻을 얼른 알아듣지 못해 그렇게 다시 물었다. 기신이 차분하게 가라앉은 목소리로 대답했다.

"외람된 말씀이오나, 여러 사람에게 들으니 신의 생김이 다소 대왕과 비슷한 데가 있다고 합니다. 따라서 신이 대왕의 복색에다 대왕의 수레를 타고 성을 나가 항복하면 초나라 장졸들을 일시 속이기는 어렵지 않을 것입니다. 대왕의 항복으로 오랜 싸움이 끝난 줄 알고 모두 그곳으로 몰려들어 기뻐하는 사이에 대왕께서는 가만히 다른 성문으로 빠져나가십시오. 가벼운 차림으로 위사(衛士) 수십 기만 데리고 나가시면 이 위급에서 옥체를 빼내 뒷날을 도모하실 수 있을 것입니다."

"그럼, 그대는 어찌 되는가? 그대가 과인으로 꾸미고 저들을 속인 걸 알면 패왕이 가만히 있지 않을 것이다. 그대는 지금 나를 위하여 죽겠다는 말을 하고 있는가?"

한왕 유방이 잘 알아듣지 못하겠다는 듯 그렇게 물었다. 기신이 남의 말처럼 대답했다.

"아마도 열에 아홉은 그리되겠지요. 허나 반드시 대왕을 위하여서만은 아닙니다."

"그럼 또 무엇을 위해서인가?"

"그게 신이 배움에 뜻을 둔 이후[志于學] 받은 성현의 가르침이기 때문입니다. 임금이 위태로운 걸 보면 목숨을 내던지는 것[見危致命]이 유자의 바른 도리입니다. 신이 몸을 일으켜[立身] 천하를 위해 일한 지도 여러 해, 이제 배운 바를 몸으로 따를[行] 때가 된 듯합니다."

거기까지 듣자 한왕도 기신이 하려고 하는 바가 무엇인지를 뚜렷이 알 것 같았다. 하지만 기신이 왜 그래야 하는지는 여전히 잘 이해가 되지 않았다. 한참을 생각하다 무겁게 고개를 가로저으며 말했다.

"경의 뜻은 가상하나 과인은 차마 그 뜻을 받아들일 수 없다. 정히 초나라를 당해 내지 못하면 우리 군신이 나란히 성벽을 베고 죽을 뿐이다."

저잣거리의 실용에 익숙할 뿐, 유가적인 이념미(理念美)를 배우거나 익힌 바 없는 한왕으로서는 그럴 법도 했다.

그때 기신을 그렇게 내몬 분발의 동기로 한왕이 추측할 수 있었던 것은 기껏해야 조급한 공명심과 허영 정도였다. 기신은 조참이나 소하, 관영, 주발, 하후영처럼 한왕이 패공으로 출발할 때부터 그를 따라 싸웠으나 군중에서의 성취는 보잘것없었다. 옥리였던 조참이나 누에치기 주발, 비단 장수 관영은 말할 것도 없고 수레몰이꾼 하후영까지 그 맹렬한 투혼으로 장수 대접을 받는데도, 농사를 지으면서 유가의 가르침을 익힌 기신만은 여전히 낮은 군리로 남아 있었다. 한왕은 그런 기신을 속으로 딱하게 여기면서도 한편으로는 그것이 유자의 공론이나 허약 탓이라 여겨 짓궂게 놀려 왔다.

'오래도록 싸움터를 따라다니면서도 공명을 이루지 못한 것이 어지간히 마음을 상하게 한 것이로구나. 같은 땅에서 함께 떠나 누구는 승상이 되고 누구는 장군이 되었으며, 누구는 기장이 되고 누구는 후가 되어 식읍까지 받는데 홀로 졸오(卒伍)를 벗어나지 못한 데서 온 조급함이 유가의 허영과 어우러져 목숨까지 걸게 하였다. 차마 받아들여 줄 수 있는 일이 아니다……'

하지만 기신을 내쫓듯 돌려보낸 뒤에도 한왕은 한동안 알 수 없는 감동에 빠져 들었다. 무언가 자신이 이해하지 못하는, 애잔하면서도 장엄한 아름다움을 본 것 같은 느낌이었다. 그때 근시가 들어와 이번에는 진평이 찾아왔음을 알렸다.

한왕은 진평을 들이게 한 뒤 먼저 기신이 한 말부터 들려주고 물었다.

"호군(護軍)은 기신의 일을 어찌 보시오?"

"이제 공맹의 아름다운 가르침이 대왕의 나라에 찬연히 빛을 뿌리려 하고 있습니다."

평소 실질을 중시하는 진평답지 않게 말을 꾸며 하는 것을 보고 한왕이 알 수 없다는 듯 다시 물었다.

"그게 무슨 소리요?"

"대왕께서는 평소 유자들을 놀리고 욕보이셨습니다. 허나 그게 오히려 유자들을 분발시킨 게 아닌지 모르겠습니다. 고양(高陽)의 객사에서 역(酈) 선생 이기를 무례하게 맞으셨으되 역 선생은 오히려 대왕을 위해 진류의 현령을 항복하게 만들었으며, 우현에서 알자(謁者) 수하를 함부로 깔보다가 오히려 수하로 하여금 경포를 대왕께로 끌어들이는 큰 공을 세우게 하였습니다. 이제 기신의 분발 또한 대왕께서 우현으로 찾아온 주가와 기신을 놀린 일에서 비롯된 듯합니다."

"그건 또 무슨 말이오?"

"실은 조금 전 기신이 신을 찾아와 대왕께 올린 말씀을 그대로 들려주었습니다. 그런데 얘기 끝에 기신은 대왕께서 먼저 견위치명(見危致命)이란 말씀을 하신 바 있다고 했습니다."

"과인이 우현의 진중에서 한 말은 그저 우스갯소리였을 따름이오."

"진중에서는 희언(戲言)이 없다는 말을 듣지 못하셨습니까? 게

다가 기신이 하고자 하는 바가 반드시 유자의 오기 때문만은 아닙니다. 그것만이 지금 우리 대왕께서 고르실 수 있는 유일한 길이기도 합니다."

"그래도 과인이 살기 위해 기신을 죽을 구덩이로 몰아넣을 수는 없소. 과인은 아직도 기신의 목숨을 살 만큼 그에게 베푼 것이 없소."

한왕 유방이 솔직한 심경으로 그렇게 말했다. 그게 바로 한왕이었다. 매사에 느긋하고 너그러운 편이지만, 대의명분을 내세우거나 추상적인 이치 같은 것으로 홀려 사람을 부리려고 하지는 않았다. 진평이 별로 표정 없는 얼굴로 한왕의 말을 받았다.

"그래도 대왕께서는 기신의 말을 따르셔야 합니다."

"그건 또 왜 그런가?"

한왕이 알 수 없다는 눈길로 진평을 건너다보며 물었다. 진평이 대답 대신 되물었다.

"대왕께서는 전에 수수 싸움에서 지고 초나라 군사에게 쫓기실 때 태자와 공주님을 태복(太僕)이 모는 수레에서 내던지신 적이 있으십니다. 그때는 왜 그리하셨습니까?"

"그것들 때문에 수레가 느려져 과인이 초군에게 사로잡히게 될까 두려웠기 때문이오. 과인이 사로잡히면 우리 한나라도 끝이고, 과인을 따라다니며 싸워 온 장졸들의 땀과 피눈물도 모두 헛일이 되지 않소?"

"바로 그것 때문입니다. 대왕의 몸은 이미 대왕의 것이 아닙니다. 지금까지 죽음을 무릅쓰고 대왕을 따른 수십만 장졸들의 것이요, 천하가 바른 주인을 얻어 안정되기를 바라는 뭇 백성들의 것입니다. 어떤 값을 치르더라도 이 위태로움에서 빠져나갈 길이 있다면 그리하시어 뒷날을 도모하셔야 합니다. 반드시 흙먼지 말아 올리며 되돌아오시어[捲土重來] 저들의 애틋한 믿음과 간절한 바람에 보답해 주셔야 합니다."

그래도 한왕은 진평의 말을 얼른 받아들이려 하지 않았다.

"그 아이들은 내 자식이니 내가 버릴 수 있었지만 기신은 내 충실한 신하였소. 그를 생으로 죽여 가면서까지 이 한목숨을 구차하게 살리고 싶지는 않소……."

그렇게 말하며 무거운 한숨을 내쉬었다. 진평이 다시 냉정한 목소리로 덧붙였다.

"하지만 대왕께서 받지 않으셔도 이미 기신의 목숨은 남아 있을 수 없게 되어 있습니다. 이대로 성이 무너지면 모두가 함께 죽을 뿐입니다. 그럴 바에야 그의 목숨을 비싸게 사 주시는 것이 사람을 바로 쓰는 법이 되지 않겠습니까?"

"그래도 이 몸을 살리고자 기신을 죽이지는 않겠소. 그가 스스로 찾아와 과인을 위해 기꺼이 목숨을 내놓겠다고 한 것만으로도 과인을 위해 그를 죽게 할 수 없는 까닭이 되오. 이미 과인은 기신이라는 사람을 바로 썼소."

한왕이 그답지 않은 진중함으로 고개를 가로저었다. 그러자 진평이 그런 한왕에게 덮어씌우듯 잘라 말했다.

"기신은 이미 대왕을 위해 죽기로 작정한 사람입니다. 결코 그의 죽음을 헛되이 해서는 안 됩니다. 심기를 굳건히 하시고, 내일

성을 나가실 때 함께 데리고 나갈 사람들이나 골라 두십시오. 신은 기신과 함께 초나라 군사들을 속일 계책이나 빈틈없이 짜 보겠습니다."

그러고는 한왕의 대답도 듣지 않고 짧게 읍한 뒤 물러났다.

다음 날이었다. 날이 환하게 밝자 갑자기 형양성 동문이 열리며 투구 쓰고 갑옷 입은 군사 수천 명이 쏟아져 나왔다. 아침밥을 짓고 있던 초나라 군사들이 그들을 보고 놀라 싸울 채비를 했다.

그런데 다시 성안에서 누른 비단으로 덮개를 한 수레 한 대가 달려 나오더니 군사들을 헤치고 나와 앞장을 섰다. 아무것도 모르는 군사들이 먼빛으로 보기에도 심상찮은 수레였다. 바로 임금이 타는 누른 비단 덮개를 한 수레[黃屋車]로서, 수레 왼쪽에는 검정 소의 꼬리와 꿩의 깃으로 만든 좌독(左纛, 태극 팔괘 별자리 등이 그려진 의장 깃발)까지 내걸려 있었다.

먼저 싸울 채비를 마친 초나라 군사 한 갈래가 서둘러 동문 쪽으로 몰려갔다. 군사들을 이끌고 간 초나라 장수가 누른 비단 덮개를 한 수레 앞을 가로막으며 큰 소리로 물었다

"멈춰라. 수레에 탄 것은 누구며 어디로 가느냐?"

그때 수레의 주렴이 걷히며 임금의 복색을 갖춘 사람이 얼굴을 내밀고 대답했다.

"나는 한왕 유방이다. 성안에 식량이 다해 이제 항복하려 한다. 어서 과인을 패왕께로 데려다다오."

그 말에 초나라 장수는 흠칫하며 스스로 한왕이라고 밝힌 사
람을 자세히 바라보았다. 전에 한왕이 초나라의 별장처럼 되어
한편으로 싸울 때 멀리서 한왕을 본 적이 있는 장수였는데, 그때
는 그게 오히려 탈이 되었다. 그의 눈에 한왕의 복색을 하고 수
레 안에 앉아 있는 사람은 어김없이 한왕으로 비쳤다. 이에 그
장수는 한왕에게 제법 공손하게 군례까지 올리며 말했다.

"지금 우리 대왕께서는 서문 쪽을 지키고 계십니다. 곧 그리로
사람을 보내 이 일을 대왕께 아뢰겠습니다."

그러고는 군사들로 하여금 한왕의 수레를 에워싸게 하는 한편
부장 하나를 급히 패왕에게로 달려가게 했다. 그때 패왕은 형양
성 서문 밖에서 한왕의 퇴로를 끊고 있었다. 한왕이 관중으로 달
아나려면 그리로 나가는 수밖에 없기 때문이었다.

한왕이 항복해 왔다는 게 워낙 놀라운 일인 데다, 군사들 중에
도 어슷비슷 한왕을 알아보는 자들이 적지 않았다. 한왕이 스스
로 성문을 열고 항복해 왔다는 소문은 동문 쪽 초군들의 입에서
입으로 재빠르게 퍼져 나갔다. 그리하여 서문 쪽에 있는 패왕에
게 그 일이 알려지기도 전에, 동문 쪽을 에워싸고 있던 초나라
군사 모두에게 그 놀라운 소문이 돌았다.

"이제 이 지긋지긋한 싸움이 끝났구나."

"어디 보자. 한왕 유방이란 자가 대체 어떻게 생겨 먹었는지."

군사들이 그렇게 주고받으며 병장기를 거둬들고 한왕의 수레
가 있는 곳으로 몰려와 구경했다. 서로 손짓하며 낄낄거리는 것
이 조금도 싸움터에 있는 군사들 같지 않았다. 한왕의 수레를 따

르는 수천 명의 한군이 아무도 병장기를 쥐고 있지 않아 더욱 마음을 놓았는지도 모를 일이었다.

그와 비슷한 일은 서문 쪽에서도 일어났다. 무엇보다도 패왕부터가 한왕이 항복해 왔다는 것을 너무도 당연하게 받아들였다. 동문 쪽에서 달려간 부장이 소식을 전하기 바쁘게 껄껄 웃으며 말했다.

"그 비루한 작자가 또다시 목숨을 빌러 왔구나. 하지만 이번에는 안 된다. 반드시 그 머리를 제물로 올려 아부의 원통한 넋을 달래 주리라."

그러고는 아무런 의심 없이 동문 쪽으로 달려갔다. 서문을 에워싸고 있던 나머지 장졸들도 그 소문을 듣자마자 환성을 지르며 항복하러 나온 한왕 유방을 구경하려고 동문 쪽으로 몰려갔다. 서문 문루 위에서 그와 같은 초나라 군사들의 움직임을 살피고 있던 이졸 하나가 아래를 보며 가만히 알려 왔다.

"이제 성문 밖에는 초나라 장졸들이 하나도 없습니다. 모두 동문 쪽으로 몰려갔습니다."

그러자 형양성 서문 쪽 성벽에 숨듯이 붙어 서 있던 인마 수십 기가 조용히 서문 쪽으로 다가갔다. 말 위에 높이 앉아 앞장을 선 것은 뜻밖에도 여느 장수 차림을 한 한왕이었다. 곁에는 장량과 진평, 역이기가 뒤따르고, 노관, 하후영 같은 패현 이래의 측근 장수들이 갑사 몇 십 기와 함께 그들을 에워싸듯 호위했다.

어사대부 주가(周苛)와 종공(樅公), 한왕(韓王) 신(信)과 위왕(魏王) 표(豹)가 나란히 서서 그런 한왕 일행을 배웅하였다. 한왕이 그들 네 사람을 보고 잠긴 목소리로 말했다.

"내 반드시 돌아오겠소. 부디 그때까지만 살아 계시오!"

"대왕께서도 옥체를 보전하시어 천하를 포악한 항왕의 손에서 구해 주십시오. 저희들은 땅바닥에 간과 뇌를 쏟아 땅바닥을 칠갑하게 되더라도[肝腦塗地] 이 형양성을 지켜 낼 것입니다."

네 사람이 입을 모아 그렇게 다짐했다. 한왕이 그들 넷을 한참이나 그윽하게 바라보다가 결연히 돌아서며 소리쳤다.

"가자. 어서 떠나 서초의 대군을 물리칠 수 있는 힘을 모아 보자. 그리하여 하루라도 빨리 이 형양성을 구하러 돌아오는 것이 남아서 지키는 이들을 진정으로 위하는 길이다."

그러고는 말 배를 박차 그사이 소리 없이 열린 서문 밖으로 달려 나갔다. 그러자 한왕과 함께 형양성을 나가게 된 사람들도 저마다 남은 사람들에게 작별의 말을 남기고 그 뒤를 따랐다.

주가와 종공, 한왕(韓王) 신, 위왕 표 네 사람은 성문 밖까지 나가 한왕 일행이 서쪽으로 사라지는 것을 지켜보았다. 그사이에도 한왕에게 무슨 일이 있으면 바로 군사를 이끌고 달려 나갈 태세였다. 하지만 부연 먼지를 일으키며 내닫던 한왕 일행은 별 탈 없이 서쪽 성고로 드는 골짜기로 사라졌다.

네 사람은 그제야 성안으로 들어와 다시 성문을 닫아걸게 했다. 그런데 성문에 굵은 빗장이 미처 다 질러지기도 전이었다. 주가와 종공이 서로 가만히 눈짓을 주고받더니 갑자기 칼을 빼 들어 위왕 표를 찍었다. 위표가 놀라며 피해 보려 했으나 워낙 갑작스러운 일인 데다 두 사람이 한꺼번에 덤비니 피해 낼 길이 없었다. 이내 칼을 맞고 버둥거리다가 숨을 거두었다.

"아니, 두 분 장군. 이 무슨 일이오? 대왕께서는 우리 네 사람이 서로 합심하여 형양성을 지키라 하지 않았소?"

위표가 피투성이가 되어 숨을 거두는 것을 보고 놀란 한왕 신이 허옇게 질린 얼굴로 그렇게 물었다. 주가가 다시 한번 종공과 눈을 맞춘 뒤에 차갑게 대답했다.

"나라를 저버린 적이 있는 왕[反國之王]과는 함께 성을 지켜 내기 어렵소. 그래서 우리 두 사람이 의논 끝에 위표를 죽이기로 한 것이오."

나라를 저버린 적이 있는 왕이란 말은 전에 위왕 표가 한나라를 배신하고 초나라에 항복한 일을 가리킨다. 한왕이 팽성을 패왕에게 되뺏기고 서쪽으로 쫓겨나자 늙은 부모를 핑계 대고 위나라로 돌아간 위표는 그 길로 패왕에게 항복하고 말았다. 그리고 하수의 나루를 끊어 한나라를 막아섰다가 대장군 한신에게 사로잡혀 다시 한왕 밑에 들게 되었다.

한왕 신도 주가와 종공이 하는 말을 알아들었으나 그래도 그들이 한 일에 무턱대고 승복할 수는 없었다.

"하지만 위왕은 그 일을 뉘우치고 대왕께서도 위왕을 용서하시지 않았소? 지금 강한 적을 맞아 군사 한 명도 아쉬운데 아까운 장수를 죽이니 실로 두 분의 뜻을 알 수가 없소."

그렇게 두 사람에게 따지고 들었다. 주가가 다시 흔들림 없는 어조로 받았다.

"한 번 깨진 사발은 다시 맞춰 쓸 수 없소. 사람의 신의도 그러하니, 한 번 군왕을 저버린 자가 두 번인들 못하겠소? 위표가 다시 마음이 변하여 성안에서 적에게 호응하는 일이라도 생기게 되면, 형양성을 지키기는 애초부터 글러 버린 일이오. 차라리 일찍 죽여 걱정을 없애는 게 상책일 것이오."

종공도 주가를 거들어 말했다.

"자, 이만 위표의 일은 잊고 맡은 자리로 돌아갑시다. 항왕이 우리에게 속은 줄 알면 결코 그냥 있지 않을 것이오. 그 어느 때보다 무섭게 치고 들 것이니 단단히 채비해야 하오!"

이에 한왕 신도 더 따지지 못하고 맡은 성벽 위로 가서 곧 있을 패왕 항우의 공격에 대비했다.

한편 동문 쪽으로 간 패왕은 저만치 누른 비단 덮개를 한 한왕(漢王)의 수레가 보이자 범의 울부짖음 같은 호령 소리부터 먼저 내질렀다.

"한왕 유방은 어디 있는가? 항복하러 왔다면서 과인이 이르렀는데도 어찌 수레 위에 그대로 앉아 있는가?"

그러자 수레 문에 드리운 발이 걷히며 눈에 익은 얼굴 하나가 나타났다.

"군자는 죽일지언정 욕을 보이지 않는 법이라 했소. 아무리 사세(事勢) 부득이하여 항복하게 되었지만 과인도 명색 한 나라의 왕이오. 대왕과 나란히 왕으로 봉해진 과인더러 땅바닥에 무릎이라도 꿇으라는 거요?"

그렇게 이죽거리듯 말을 받는 사내는 얼른 보아서는 한왕 같았으나, 목소리부터가 벌써 아니었다. 좌독(左纛)까지 꽂은 황옥

거(黃屋車)를 빌리고 왕의 복색을 걸쳐도 그가 한왕 유방이 아니라는 것을 한눈에 알아차린 패왕은 그때 벌써 두 눈이 뒤집혔다. 그런 일을 꾸민 한왕의 속셈이 무엇인지는 알 수 없지만, 어쨌든 또 속았다는 느낌에 이가 갈렸다.

패왕이 급한 마음에 말을 몰아 한왕의 수레 앞으로 달려가며 소리쳤다.

"너는 한왕 유방이 아니다. 도대체 너는 누구냐?"

그러자 수레 안의 사내가 서슴없이 자신을 밝혔다

"밝게 보셨소. 나는 한나라 대장군 기신이오."

"과인은 그런 이름 없는 졸개[無名小卒]가 한나라 대장군이 되었다는 소리를 듣지 못했다. 바로 말하라. 너는 누구냐?"

"어버이께서 지어 주신 자랑스러운 이름을 들려주었는데도 왜 내 이름이 없다 하시오? 또 이 몸이 한나라 대장군인 것도 어김없는 사실이오. 간밤 우리 대왕께서 내게 이 형양성을 맡기시면서 나를 대장군에 가임(假任)하셨소."

그와 같은 기신의 말에 패왕은 문득 한왕이 있는 곳이 궁금해졌다. 기신이 끝에 한 말을 되뇌며 앞뒤 없이 물었다.

"너에게 이 형양성을 맡겼다? 그럼 한왕 유방은 지금 어디 있느냐?"

"이미 성을 나가셨소. 아마도 지금쯤은 관중으로 들고 계실 것이오."

기신이 짐짓 느긋한 목소리로 그렇게 대답했다. 그 말을 듣자 패왕은 더 참을 수가 없었다. 때마침 위사들을 이끌고 거기까지 뒤따라온 계포에게 소리쳤다.

"또 그 교활하고 음흉한 장돌뱅이한테 속았다. 어서 저놈을 끌어내려라! 그리고 수레를 뒤따라오고 있는 것들도 모조리 끌어다가 땅에 묻어 버려라!"

이에 위사들이 달려가 기신을 수레에서 끌어내고, 뒤이어 달려온 한 갈래 초나라 군사가 수레를 뒤따르는 한군을 덮쳐 마소 몰듯 한곳으로 몰았다. 그런데 그때 다시 패왕을 분통 터지게 하는 일이 생겼다.

초나라 군사들이 거칠게 몰아대자 기신을 따라 병장기도 들지 않고 항복해 온 한군들이 갑자기 갑옷과 투구를 벗어던지고 슬피 울어 댔다. 초나라 군사들이 어리둥절해 살펴보니 기신을 따라 항복해 온 한군 2천 명은 모두가 여자였다. 그 일을 전해 들은 패왕 항우는 화가 꼭뒤까지 치솟았다.

"이건 또 무슨 수작이냐?"

속으로 짐작 가는 바가 있으면서도 위사들에게 끌려온 기신을 무서운 눈길로 노려보며 그렇게 물었다. 기신이 한층 느긋한 목소리로 대답했다.

"저 가여운 여인네들을 물으시는 것이오? 저들을 군사들처럼 꾸며 성 밖으로 끌어낸 것은, 대왕의 눈을 속임과 아울러 먹을 것이 모자라는 성안에서 싸우지도 못하면서 먹을 것만 축내는 입을 줄여 주려 함이었소이다. 남자들은 형양성 안에 남아 우리 대왕이 돌아오실 때까지 싸우면서 성을 지켜야 하지 않겠소?"

"그럼 남아서 지키기로 한 것은 누구누구냐?"

"이도 군진의 일이라 함부로 밝혀서는 아니 되지만 대왕께서 물으시니 알려 드리겠소이다. 어사대부 주가와 종공, 한왕 신과 위왕 표 넷이서 우리 대왕께서 돌아올 때까지 형양성을 지키게 될 것이오."

그러자 무엇 때문인지 패왕이 조금 누그러진 목소리가 되어 물었다.

"위왕 표와 한왕 신은 과인이 안다. 그런데 주가와 종공은 어떤 자들이냐?"

"성현의 가르침에 따라 임금을 섬기고 백성들을 보살피는 떳떳한 선비들이오."

기신이 그렇게 거침없이 대답했다.

"유가의 무리로구나. 그래 너와는 어떤 사이냐?"

"주가와는 한 스승에게서 배운 동문이요, 함께 대말을 타고 놀던 어릴 적부터의 벗[竹馬故友]이외다."

이번에도 기신은 자랑처럼 거침없이 대답했다. 항우가 한층 목소리를 부드럽게 해 그런 기신을 달래듯 말했다.

"위왕 표는 전에 제 발로 과인을 찾아와 항복한 적이 있고, 한왕 신도 형세가 다급해지면 과인의 뜻을 따를 것이다. 그런데 네가 주가와 그리 가깝다니 주가는 네가 한번 달래 볼 수 있겠구나. 어떠냐? 주가를 달래 과인에게 형양성을 싸움 없이 바치도록 할 수는 없겠느냐? 그렇게만 해 주면 네가 과인을 속이고 한왕 유방을 빼돌린 죄를 용서할뿐더러 우리 상장군으로 써 주겠다."

그러자 기신이 하늘을 쳐다보고 껄껄 웃다가 갑자기 사나운 눈길로 패왕을 노려보며 꾸짖었다.

"이놈 항적(項籍)아, 네 아무리 어리석고 미련하기로서니 어찌 그리도 나를 작게 보느냐? 다시 말하거니와 군자는 죽일지언정 욕보이는 법은 아니라고 했다. 우리 대왕의 수레를 빌려 탈 때부터 이 목숨은 이미 충의에 바친 것인데, 이제 다시 그 목숨을 아껴 구차한 말이나 글로 오랜 벗의 눈과 귀를 더럽히란 말이냐?"

그 말에 억누르고 있던 화가 일시에 솟구치는지 패왕의 낯빛이 홱 변했다. 칼자루를 움켜잡으며 다시 범 울음소리를 냈다.

"닥쳐라. 너야말로 스스로를 너무 크게 여기는구나. 네 몸도 피와 살로 이루어졌을 터, 과연 그게 네 혀처럼 굳세고 씩씩한지 보자."

패왕은 그렇게 기신을 꾸짖은 뒤 좌우를 돌아보며 말했다.

"어서 섶과 장작을 모아 저 쥐새끼 같은 놈을 태워 죽여라!"

그러나 기신은 낯빛 하나 변하지 않았다. 차게 웃은 뒤 굳게 입을 다물고 패왕을 쏘아볼 뿐이었다.

명을 받은 군사들이 흩어져 섶과 장작을 구해 왔다. 오래잖아 섶과 장작이 더미 지어 모이자, 그걸 보고 있던 패왕이 다시 말을 바꾸었다.

"섶과 장작을 동문 문루에서 잘 보이는 곳에 쌓고 그 위에 저 놈을 산 채 묶어라."

그리고 군사들이 시킨 대로 하자 문루 아래로 말을 몰아가 성 안을 보고 외쳤다.

"주가와 종공, 한왕 신과 위왕 표는 문루로 나오너라. 과인이 너희에게 이를 말이 있다."

패왕이 거듭 그렇게 외치자 문루 위가 수런거리는가 싶더니 두 사람이 나타나 패왕의 말을 받았다.

"나는 어사대부 주가요, 이 사람은 종공이외다. 대왕께서 아시듯 이 형양성을 지키려고 남은 장수는 모두 넷이나 각기 맡은 구역이 있어 한 문루에 몰려 있을 수는 없소. 이곳에는 우리 두 사람밖에 있을 수 없으니 하실 말씀이 있으면 우리 두 사람에게 하시오."

"너희들은 지금 어떤 처지에 빠져 있는지 알고나 있느냐? 한왕 유방이 너희 넷을 남겼다 하나, 위왕 표는 과인에게 스스로 항복해 왔던 자이니 과인이 부르면 언제든 다시 올 것이다. 또 한왕 신도 과인이 왕으로 키운 것이나 다름없는 자이니 때가 되면 반드시 과인의 부름을 받들 것이다. 그리되면 너희 둘이서 어떻게 이 형양성을 지킬 것이냐? 한왕 유방이 범 같은 장수들을 거느리고도 지키지 못해 버리고 달아난 형양성이 아니더냐?"

패왕이 그렇게 말해 놓고 문루 위에 있는 주가와 종공을 올려다보았다. 두 사람이 서로 눈짓을 주고받더니 순순히 대답했다.

"그 일이라면 먼저 대왕께 보여 드릴 게 있습니다. 잠시 기다려 주시겠소이까?"

그러더니 곁에 있는 군졸을 시켜 무언가를 가져오게 했다. 오래잖아 그 군졸이 상자 하나를 가져오자 주가가 상자 속에 든 것을 꺼내 패왕 앞으로 내던지며 물었다.

"대왕, 그게 무엇인지 아시겠소?"

패왕이 멀지 않은 곳에 굴러 떨어진 것을 보니 잘라진 목이었다. 머리칼을 풀어 헤치고 눈을 홉뜬 채 죽어 쉽게 알아볼 수는 없었으나 어딘가 낯익은 데가 있었다. 패왕이 자신도 모르게 눈살을 찌푸리며 두 사람에게 물었다.

"이 어인 사람의 목이냐?"

"바로 위표의 목이외다. 대왕의 말씀처럼 또다시 우리 한나라를 저버릴 수 있는 위인이라 우리 두 사람이 미리 손을 썼소. 또 한왕 신은 설령 딴마음을 먹는다 해도 이제는 우리가 두려워 함부로 움직일 수 없을 것이오."

주가의 그와 같은 대답에 패왕의 얼굴이 벌겋게 달아오르기 시작했다. 터질 듯한 화를 억누르며 애써 지은 부드러운 목소리로 주가에게 물었다.

"너는 저 사람을 알고 있느냐?"

"아무리 서로가 궁박한 처지에 빠져 있기로서니 내 눈이 멀지 않은 한 오랜 벗 기신을 못 알아볼 리 있겠소?"

주가가 차분한 목소리로 패왕의 물음을 받았다. 패왕도 여전히 목소리를 부드럽게 해 달래듯 다시 물었다.

"기신은 과인의 눈을 속이고 거짓으로 한왕 유방 노릇을 해, 더러운 겁쟁이 유방이 쥐새끼처럼 형양성에서 빠져나가게 만들었으니 그 죄가 크다. 게다가 언행까지 불손하여 이제 태워 죽이려다가, 네가 마침 그 오랜 벗이라 하니 먼저 묻고자 한다. 만약 네 벗도 살고 너도 살 길이 있다면 생각을 달리해 볼 수 있겠느냐?"

"그게 어떤 길이오?"

"네가 성문을 열고 항복하면 기신도 살고 너도 살 수 있다. 또 네가 기신과 함께 과인을 도와 유방을 사로잡게 해 준다면 너희 둘을 모두 제후로 삼고 10만 호를 봉할 것이다."

그러자 주가가 크게 웃으며 패왕을 나무랐다.

"항적은 듣거라. 네 일찍이 잔인무도한 사람 백정[人屠]으로 이름이 났으되, 앞뒤 막히고 답답하기는 내가 마치 높은 담장 앞에 바짝 다가선 것 같구나. 너는 조금 전 네 발 앞에 굴러 떨어진 위표의 목을 보지도 못했느냐? 더구나 선비의 죽음은 네가 아는 그런 죽음이 아니다. 인의를 따르고 충서(忠恕)에 맞는 죽음이라면, 그 몸은 백 번 죽어도 맑은 이름만으로 천추를 사는 게 선비다. 내 벗은 이미 그 한 몸을 버려 천추의 삶을 골랐고, 나 또한 그리 하려 하거늘, 네 무슨 헛소리를 지껄이고 있느냐?"

그와 같은 주가의 외침에 패왕의 참을성도 끝장나고 말았다. 이를 부드득 갈더니 불길이 뚝뚝 듣는 듯한 눈길로 주가를 노려보며 소리쳤다.

"과인은 여정(呂政, 시황제를 여불위의 아들이라고 욕해 부르는 이름)이 왜 유자들을 모조리 구덩이에 파묻었는지 알겠다. 기다려라. 내 반드시 너를 사로잡아 네 말대로 해 주겠다. 네 몸을 찢어발겨 백 번을 죽여 네 이름을 천추에 길이길이 살게 해 주마!"

그러고는 좌우를 돌아보며 차갑게 명했다.

"섶에 불을 붙여라!"

군사들이 시킨 대로 하자 기신의 발밑에 쌓인 섶과 장작더미에 연기와 불길이 치솟았다.

"잘 가게, 기신. 불행히도 우리 대왕께서 돌아와 구해 주시기전에 이 성이 떨어지면 나도 곧 자네 뒤를 따르게 될 걸세."

주가가 그래도 흔들림 없는 목소리로 기신에게 작별의 말을던졌다. 기신도 불붙은 장작더미 위에 묶여 있는 사람 같지 않게카랑카랑한 목소리로 받았다.

"성현의 가르침과 함께하는 내 길이 외롭지 않으니 서둘러 따라올 것은 없네. 부디 형양성을 지켜 내어 우리 대왕께서 반격의발판으로 삼을 수 있도록 해 주게."

그러고는 호탕한 웃음으로 비명을 대신하며 거세지는 불길에그을려 갔다.

가만히 살펴보면 그런 기신의 죽음은 한조(漢朝) 4백 년의 벽두를 장식한 유가적(儒家的) 이념미의 한 극치였다. 유학이 국가통치의 이념으로 채택되어 한나라를 떠받드는 것은 그 뒤 거의한 세기나 지난 무제 이후의 일이 되지만, 다소 느닷없고 애매한대로 그 이념은 그때 형양성에서 벌써 휘황한 불꽃으로 타오르고 있었다.

한편 그런 기신의 죽음을 보고 있는 패왕 항우는 까닭 모를 분노와 모욕감으로 속이 터질 것만 같았다. 나름의 자부심과 자신감으로 꽉 차 있는 패왕으로서는 기신이나 주가를 지배하고 있는 감정을 쉽게 이해할 수가 없었다. 무엇이든 실용적인 것만 높이 치고 몸으로 확인할 수 있는 것만 믿는 패왕에게 아직 제도로정착하지 못한 유가적 이념미는 기껏해야 어쩔 수 없는 책상물

림의 병폐로만 여겨졌다.

'무슨 선비의 정신이 저같이 나약하고 비루한가. 주인이 무엇이며, 임금은 또 무엇이기에 저토록 자신을 하찮게 내던진다는 것이냐. 아무리 주인으로 정하고 임금으로 섬기게 되었다고는 하지만, 저 천박하고 비굴한 장돌뱅이 유방 놈 그 어디에 목숨까지 던져 가며 받들 무엇이 있다는 것이냐. 더군다나 감히 나를 거슬러 가며…….

나는 온 초나라 사람들이 우러르는 명문가의 후예이며, 그 안타까운 죽음 때문에 전설로 되살아나기까지 한 명장 항연의 손자이다. 또 숙부와 더불어 진나라에 맞서 일어난 뒤로는 한 번도 싸움에 진 적이 없었고, 이제는 천하를 호령하는 패왕이다. 그런데 마흔이 넘도록 노름꾼 주정뱅이에 좀도둑 떼의 우두머리 노릇이나 하다가 풍운에 떼밀려 현령으로 출발한 저 허풍선이 유방을 위해 감히 내게 맞서다니. 죽음조차 저리 하찮게 여기다니…….'

한왕 유방이 성을 빠져나간 뒤로 사흘 밤낮, 패왕으로 하여금 전군을 들어 형양성을 공격하게 만든 것은 아마도 그런 느낌에서 비롯된 그 까닭 모를 분노와 모욕감이었을 것이다.

하지만 한왕이 겨우 몇 십 기만 이끌고 빠져나가 성안의 전력은 크게 줄지 않은 데다, 성을 맡아 지키기로 한 장수들의 각오와 결의도 한창 날카로운 기세로 변해 있었다. 주가와 종공이 한왕 신과 더불어 남은 장수들의 기운을 북돋우고, 성안의 물자와 군민을 모두 성벽 위로 끌어내어 죽기로 싸우니, 형양성은 쉽게 떨어지지 않았다. 거기다가 다시 성고에서 날아온 소식이 패왕을 맥 빠지게 했다.

"어젯밤 한왕 유방이 성고성을 버리고 관중으로 달아났다고 합니다."

그 말을 듣자 패왕은 바로 대군을 내어 한왕을 뒤쫓지 않은 게 한스럽기 짝이 없었다. 기신의 말만 믿고 제 분에 못 이겨 펄펄 뛰는 사이에 한왕은 유유히 제 소혈로 돌아가 똬리를 틀고 앉은 셈이었다. 형양성을 치는 일도 더는 무리를 할 수 없었다.

"좋다. 군사를 거두어라. 며칠 더 굶주리고 지치기를 기다려 다시 형양성을 치자."

성은 떨어질 기색이 없는데 군사들만 상하자 마침내 패왕이 그렇게 명을 내려 공격을 멈추었다. 그리고 물샐틈없이 성을 에워싸게 해 쌀 한 톨, 군사 한 명 성안에 들지 못하게 막고 나니 다시 궁금증이 일었다.

'불에 타 죽은 기신뿐만 아니라 가망 없는 성안에서 저토록 완강하게 버티는 저들이 기대고 있는 것은 또 무엇일까. 내 듣기로 유방은 무례하고 오만하여 마음 내키는 대로 선비들을 모욕하기 때문에 절개 있는 선비들은 그를 찾아가지 않는다고 했다. 다만 저잣거리 장사치들에게서 배운 더러운 수법으로 땅과 재물을 아낌없이 내려 탐욕스러운 무리의 환심을 살 뿐이라고 들었다. 그런데 지금 저들이 보여 주고 있는 것은 무엇인가. 아무래도 땅과 재물에 팔린 무리들이 할 수 있는 짓 같지가 않구나. 도대체 그 엉큼하고 능글맞은 장돌뱅이가 저들에게 무슨 짓을 한 것일까.'

그렇지만 형양성 안이라고 모두 기신이나 주가 같은 이들만 있는 것은 아니었다. 양도가 끊긴 채 에워싸인 지 오래되는 바람에 굶주리고 지친 데다, 그 며칠 패왕의 위세에 겁을 먹어 밤중에 몰래 성벽을 넘어 도망쳐 나오는 한나라 군사들도 더러 있었다. 패왕이 그들 중에서 기신과 주가를 잘 아는 자들을 찾아오게 해 물었다.

"며칠 전에 불타 죽은 기신이라는 자는 한왕으로 꾸며 나를 속이기 전에는 무엇을 하였느냐? 한왕이 그에게 어떤 벼슬을 내리고 어떤 대접을 하였느냐?"

"기신은 풍, 패에서부터 막빈으로 한왕을 따라나선 사람입니다. 일찍이 칠대부(七大夫)에 올랐으나 이름뿐이었고, 지금까지는 대개 이졸들 사이에 묻혀 싸워 왔습니다."

그 말을 듣자 패왕도 이제야 뭔가를 조금 알겠다는 눈길이 되어 말했다.

"그렇다면 한왕 유방은 그런 기신을 갑자기 대장군으로 올려 세우면서 자기를 대신해 죽어 주기를 당부한 것이로구나."

"그건 아닙니다. 듣기로 한왕처럼 꾸미고 항복할 꾀를 먼저 낸 것은 오히려 기신이었다고 합니다. 한왕이 기신을 대장군에 가임(假任)한 것은 그저 항복하는 모양새를 제대로 갖춰 주기 위함이었습니다."

그 말에 패왕은 다시 알 수 없는 기분이 되었다. 잠깐 생각에 잠겼다가 다시 물었다.

"주가는 어떠했느냐?"

"원래는 종제 주창(周昌)과 더불어 사수군의 졸사(卒史)로 있었는데, 한왕이 패공으로 몸을 일으켜 사수군을 칠 때부터 그를 따랐다고 합니다. 벼슬은 진작부터 어사대부에 올랐으나 그 또한 싸움터를 떠도는 한왕의 진중에서는 그리 대단할 게 없었습니다. 게다가 한왕은 주가가 유자라 하여, 수하나 기신 같은 이들처럼 자주 놀리고 욕 뵈기까지 했다고 합니다."

그렇다면 한왕이 벼슬이나 재물로 주가와 기신을 마음을 산 것도 아니었다.

'무엇일까. 한왕은 무엇을 주고 저들의 목숨을 산 것일까.'

항복해 온 군사들을 내보낸 뒤 패왕은 다시 한동안이나 더 생각에 잠겼으나 끝내 그게 무엇인지는 알아낼 수 없었다. 다만 그때부터는 까닭 모를 분노와 모욕감 대신 어떤 섬뜩함으로 유방을 다시 바라보게 되었다.

'처지를 바꾸어 내가 유방처럼 된다면 기신처럼 나서 줄 사람이 얼마나 될까. 살이 불에 타는데도 뜻을 바꾸지 않고 웃으며 나를 위해 죽어 갈 수 있는 사람이 몇이나 있을까.'

하지만 어쨌든 형양성은 오래 날을 끌지 않고 떨어뜨려야 할 성이었다. 며칠 뒤 패왕은 다시 장졸들에게 형양성을 칠 채비를 하게 했다. 그런데 그날 한낮이었다. 갑자기 성문이 열리더니 성안에서 수천 명이 우르르 몰려나왔다. 초나라 군사들이 급히 마주쳐 나가 보니 이번에 나온 것은 늙은이와 아이들이었다.

성난 패왕이 그날을 넘기지 않고 대군을 몰아 형양성을 쳤다. 패왕이 몸소 통나무를 메고 흙 자루를 져 나르며 앞장서 싸웠으나 주가와 종공은 군민을 이끌고 한 번 더 성을 지켜 냈다. 지난번에 여자들을 모두 내보내고 그날 다시 늙은이와 아이들을 내보내 군살을 던 때문인지 성안의 전력은 며칠 전보다 오히려 정비되어 있는 듯했다.

기신과 주가 모두 유자였지만, 기신은 그 이념을 한순간에 처절하게 꽃피우고 져 간 데 비해, 주가는 그 이념으로 살아남아 한나라의 방패로서 제 몫을 하고 있는 셈이었다.

떠돌며 싸우며

기신을 내세워 초나라 군사들과 패왕의 눈을 속이고 형양성을 빠져나온 한왕 유방은 우선 다급한 대로 성고로 갔다. 성고성 안에는 형양성과 기각지세를 이룬다며 따로 갈라 둔 군사 1만 명과 장수 여럿이 있었고, 구강왕 경포와 회남에서 긁어 온 그의 군사도 3천이 넘었다. 그러나 그곳에서 하룻밤을 묵자 한왕은 다시 불안해졌다. 형양성에서 더 많은 장졸들을 거느리고서도 사로잡힐까 걱정될 만큼 어려움을 겪은 탓이었다.

"아니 되겠소. 항왕의 기세가 워낙 날카로워 이 성고성도 안전한 곳이 못 되오. 아무래도 관중으로 물러나 세력을 정비해야겠소."

한왕이 가만히 장량과 진평을 불러 놓고 그렇게 말했다. 장량이 무겁게 고개를 가로저었다.

"대왕께서 성고까지 버리시면 형양성은 정말로 외로워집니다. 성고가 빈 것을 안 항왕이 뒤를 걱정하지 않고 전군을 들어 형양성을 짓두들기면 주가와 종공 등은 오래 버텨 낼 수 없을 것입니다."

"성고에 약간의 군사를 남겨 의병으로 삼고 허장성세로 항왕을 속이면 되지 않겠소?"

한왕이 그렇게 대답했다. 장량이 그래도 고개를 무겁게 가로저으며 말했다.

"하루이틀은 속일 수 있겠지만 오래가지는 못할 것입니다."

그때 진평이 덤덤한 얼굴로 말했다.

"항왕은 기왕에도 성고를 돌아보느라 형양성을 치는 데 부릴 군사를 따로 제쳐 놓은 적은 없습니다. 다만 성고를 버림으로써 이곳과 오창, 형양을 잇는 관동의 발판을 잃는 게 아쉬울 뿐입니다. 하지만 당장은 아무래도 대왕을 지키는 일이 우선이니, 잠시 관중으로 물러나 항왕의 날카로운 칼끝을 피하는 것도 한 방책일 것입니다."

"과인의 뜻도 호군과 같소. 아무래도 대세가 기운 듯하니, 멀리 떨어진 곳에서 한숨을 돌린 뒤에 돌아와 다시 겨뤄 보는 것이 좋겠소."

무엇에 놀랐는지 한왕이 전에 없이 기가 죽어 거듭 관중으로 물러나기를 고집했다. 장량과 몇몇 장수가 끝내 성고를 지키자고 우겼으나 다음 날 밤 기어이 성고성을 떠났다. 떠나기에 앞서 한왕이 경포를 불러 말했다.

"과인이 3천 군사를 보태 줄 터이니 구강왕은 회남으로 가 보시는 게 어떻겠소? 항백이 패왕 곁으로 불려 오고, 그 대신 항왕의 의심을 받는 대사마 주은이 많지 않은 군사를 이끌고 그 땅을 지키러 갔다 하니 한번 건드려 볼 만한 것 같소."

경포도 한왕을 따라 관중으로 들기보다는 위험을 무릅쓰더라도 제 근거지인 회남으로 돌아가는 게 나을 듯싶었다. 원래 이끌고 있던 구강군 수천에다 한왕이 나눠 주는 군사 3천을 받아 남쪽으로 길을 잡았다. 거기에 한왕을 호위하며 따라가는 군사가 또 5천이라, 성고성은 늙고 약한 군사 3천에 이름 없는 장수 몇 명이 남아 지키는 흉내만 냈다.

하지만 성고를 버리듯 떠나고서도 한왕은 쫓기는 기분에서 쉬 놓여나지 못했다. 쉴 새 없이 길을 재촉해 다음 날로 평음에 이르렀으나 거기서도 하룻밤 편히 쉴 여유가 없었다. 군사들과 잠시 눈을 붙이고 새벽같이 길을 떠나 낙양으로 향했다. 그런데 날이 희붐하게 밝아 올 무렵 뒤를 살피며 따라오던 군사 하나가 달려와 숨넘어가는 소리로 한왕에게 알렸다.

"적의 기병대가 따라붙고 있습니다. 말발굽 소리로 미루어 대군인 듯한데, 이미 멀지 않은 곳에 이른 것 같습니다."

그 말을 들은 한왕은 그처럼 재빠른 초군의 추격에 놀란 낯빛을 지으며 탄식했다.

"벌써 적의 추격이 따라붙었다면 형양과 성고는 어찌 되었다는 것이냐? 또한 적의 기마대가 대병이라면 우리 5천 군사로 어떻게 막아 낸단 말이냐?"

그때 하후영이 투구 끈을 여미며 다가와 말했다.

"대왕, 너무 심려치 마시옵소서. 여기까지 따라붙었다면 그리 큰 대군은 아닐 것입니다. 제가 남은 군사를 들어 뒤를 끊을 것이니 대왕께서는 곧장 낙양으로 가시옵소서."

그러고는 군사들과 싸움 수레를 몰아 추격을 뿌리치러 떠났다. 그제야 겨우 정신을 가다듬은 한왕은 남은 근신들과 함께 낙양으로 급하게 말을 몰았다.

그런데 헤어진 지 한 시진도 안 돼 하후영이 보낸 유성마가 달려와 뜻밖의 소식을 전했다.

"대왕께서는 마음 놓으시고 어가를 편안히 옮기셔도 된다고 합니다. 뒤따라온 것은 초나라 추격대가 아니라 기장 관영의 낭중병(郎中兵) 5천의 선두 기마대였습니다. 지금 관영 장군은 하후 태복과 함께 말머리를 나란히 하고 대왕을 따라오고 있습니다. 곧 본진에 이르러 대왕의 어가를 호위할 것이라 하였습니다."

그 말에 한왕은 몹시 기뻐하며 걸음을 멈추고 그들이 이르기를 기다렸다. 이윽고 한왕 앞에 다부진 모습을 드러낸 관영이 그곳에 이르게 된 경위를 간결하게 말했다.

"백마 남쪽에서 초군의 양도를 끊다가, 대왕께서 계신 형양, 성고가 위태롭다는 말을 듣고 다시 하수를 건너 서쪽으로 달려왔습니다. 수무에 이르러 대왕께서 형양을 버리셨다는 소식을 듣고 닫기를 배로 하여 어가를 호위하려 했으나, 도중에 길을 막는 초군이 있어 이제서야 여기에 이를 수 있었습니다."

5천의 군사로도 사람의 눈에 잘 띄지 않는 샛길로, 그것도 어두운 밤에만 내닫던 한왕은 비로소 한시름 놓은 표정이 되었다. 그날부터 관도를 따라 당당하게 행군했다. 한왕이 다시 이틀을 더 달려 낙양에 이르렀을 때였다. 낙양을 지키고 있던 장수가 다시 5천 군사를 이끌고 한왕을 마중했다. 군사가 배로 불어나고 장수들이 늘자 한왕도 이전의 여유를 되찾았다. 낙양성 밖에 진채를 내리게 하고 자신은 성안에 들어 하룻밤을 편히 쉬었다.

　낙양에서 함곡관까지는 보졸이 종일을 내달아도 사흘이 넘는 길이었으나, 초나라 세력이 전혀 미치지 않는 곳이라 안심해도 좋았다. 거기다가 낙양에서 편히 쉰 하룻밤이 한왕의 느긋한 속과 유들유들한 배포를 되살려 놓았다. 전날 밤까지 누렇게 뜬 얼굴로 쫓기던 사람 같지 않게 기장 관영을 불러 불쑥 말했다.

　"장군은 이제 군사 3천에 5백 기를 이끌고 한단으로 가라. 거기서 대장군 한신의 명을 받들면서 아울러 과인과의 연결도 끊어지지 않게 하라."

　한왕 특유의 직관으로 무엇인가를 본 것이었을까? 아니면 너무 쉽게 성고와 형양을 버리고 온 자신이 한심스러워 부려 본 허세였을까. 하지만 먼 길을 달려와 겨우 사흘밖에 한왕을 호위하지 못한 관영에게는 아닌 밤중에 홍두깨 같은 소리였다.

　"그럼, 대왕은 누가 호위합니까? 아직도 함곡관까지는 5백 리 가까운 길이 남았습니다."

　관영이 그렇게 묻자 한왕은 거기서 한술 더 떴다.

　"한단으로 가는 길에 오창으로 사람을 보내 그곳에 갇혀 있는 조참은 장군과 같이 대장군 한신에게 배속되게 하고, 주발은 샛길로 과인을 따라오게 하라. 여기서 함곡관까지는 남은 장졸들만으로도 넉넉하다."

마치 천하의 형세를 손바닥 안에 쥐고 있는 사람 같은 말이었다. 패왕이 형양성을 에워싸고 있어 바람 앞의 등불처럼 위태롭건만, 범 같은 두 장수와 적지 않은 군사를 하북과 산동에 흩뿌리고 있었기 때문이었다. 뒷날로 보면 요긴한 배치였으나, 그때로서는 너무도 터무니없는 결정이라 관영이 다시 한왕을 보고 물었다.

"지금 대왕께서는 기신을 죽이고 주가와 종공을 죽을 곳에 남겨 둔 채 간신히 형양성에서 빠져나오셨습니다. 그리고 성고에서도 버티지 못해 관중으로 물러나는 길이십니다. 그런데 장졸을 따로 갈라 멀리 조나라로 보내신다는 것입니까?"

"천하를 다투자면 조, 연, 제부터 우리 손에 넣어야 한다. 그런데 아무래도 한신과 장이만으로는 너무 더디다. 그대들 풍, 패의 맹사(猛士)들이 가 봐야겠다."

한왕이 눈도 한번 껌벅하지 않고 그렇게 받았다. 그런데 알 수 없는 것은 관영이었다. 한왕이 그렇게 억지처럼 나오자 갑자기 무엇을 떠올렸는지 태도를 바꾸었다. 이내 사람이 달라진 듯 공손하게 한왕의 말을 받아들였다.

"알겠습니다. 대왕의 뜻을 받들어 먼저 한단으로 가겠습니다. 대왕께서도 저희와 호응하는 데 너무 늦지 않도록 하십시오."

그러고는 다음 날로 기병 5백 기에 보졸 3천을 이끌고 한단으로 떠났다.

관영이 그렇게 한왕의 말을 믿고 따르게 된 것은 아마도 이따 금씩 그에게서 번뜩이는 직관이나 어려울 때마다 그를 구해 주 는 알지 못할 행운 같은 것들에 대한 기억 때문이었을 것이다. 장량과 진평도 관영과 마찬가지인 듯했다. 알 수 없다는 눈길로 서로를 쳐다보면서도 굳이 그런 한왕을 말리지는 않았다.

한왕은 장졸 대부분을 낙양에 남겨 지키게 하고 자신은 다시 몇 백 기만 거느린 채 함곡관 안으로 들어갔다. 지난해 팽성에서 패왕에게 여지없이 지고 허둥지둥 관중으로 쫓겨 든 지 꼭 일 년 만이었다. 태자 영(盈)과 함께 도읍인 역양을 지키고 있던 승상 소하가 위수 나루까지 사람을 보내 한왕을 영접하였다.

한왕이 역양에 이르러 보니, 사람을 풀어 관동의 소식을 꿰고 있던 소하는 마치 한왕이 그렇게 돌아올 것을 알고 있었다는 듯 빈틈없이 준비해 놓고 있었다. 지난해 끝낸 호구 조사를 통해 알 아 둔 장정 3만을 새로 뽑아 조련하는 중이었고, 창고마다 군량 이며 피복 갑주에 병장기가 가득했다.

역양에 든 지 스무날도 안 돼 이리저리 긁어모은 5만의 군사 에 넉넉한 군량과 병장기가 마련되자 한왕의 기세는 다시 살아 났다.

"어서 함곡관을 나가 때가 늦기 전에 형양성을 구하자. 기신은 어찌할 수 없었다 하더라도 주가와 종공까지 항왕의 손에 죽게 할 수는 없다."

한왕이 그러면서 서두르기 시작했다. 다른 장수들도 쓸데없이 관중에 머뭇거릴 일이 없어 아무도 그런 한왕의 서두름을 마다 하지 않았다. 이에 한왕이 새로 얻은 군사를 몰아 함곡관으로 나오려는데 한 서생이 찾아왔다. 진(陳)나라 대부의 후예지만 몇 대째 관중에 살고 있다는 원씨(轅氏) 성을 쓰는 서생이었다.

"선생께서는 어떤 가르침을 주시려고 과인을 찾아오셨소?"

그새 마음의 여유를 되찾은 한왕이 원생(轅生)을 행궁 안으로 맞아들이고 공손하게 물었다. 원생이 목청을 가다듬어 말했다.

"한나라와 초나라가 형양에서 서로 맞붙은 지 여러 해 되었지만, 언제나 우리 한군이 고달프게 내몰렸습니다. 바라건대 군왕께서는 이번에는 무관으로 나가 보도록 하십시오. 그러면 항왕은 틀림없이 군왕을 따라 군사를 이끌고 남쪽으로 내려올 것입니다. 그때 군왕께서는 성벽을 높이 하고 굳게 지키기만 하시면, 항왕을 그곳에 묶어 둘 수 있어 성고와 형양의 우리 군사들은 쉴 수 있게 됩니다.

그런 다음 대장군 한신 등으로 하여금 하북의 조나라 땅을 온전히 거둬들이게 하시고, 다시 연과 제와 굳건히 이어지게 하십시오. 대왕께서 형양으로 다시 가시는 것은 그 뒤라도 늦지 않습니다. 만약 그렇게만 하신다면 초군은 막고 지켜야 할 곳이 많아져 힘이 나누어지고 우리 한군은 편히 쉬었으니, 다시 초나라와 싸우게 되면 반드시 이기게 될 것입니다."

한왕이 들어 보니 그럴듯한 말이었다. 거기다가 이미 낙양에서 관영과 조참을 대장군 한신에게 보낸 것과도 맞아떨어지는 계책이라 한왕은 원생의 말을 따랐다. 군사를 남쪽으로 돌려 무관으로 향했다.

5만 군사와 함께 무관을 나온 한왕은 옛 한나라 땅을 가로질러 남양 완읍(宛邑)으로 갔다. 원래 완성은 왕릉(王陵)이 세력을 기른 곳이었고, 팽성을 되찾은 패왕이 다시 서쪽을 압박해 올 때까지는 왕릉이 지키고 있었다. 하지만 패왕이 대군을 형양, 성고쪽으로 내면서 구강을 지키고 있는 항백에게 서북으로 치고 들게 하자 왕릉은 완성을 버리고 무관으로 물러나 버렸다. 대신 완성은 빈 성을 거저 줍다시피 한 항백의 부장 하나가 군사 몇 천명과 함께 지키고 있었다.

한왕은 먼저 완성을 빼앗아 형양성을 에워싸고 있는 패왕 항우의 귀에 요란스러운 소문부터 들어가게 했다. 완성은 오랫동안 초나라와 한나라 양쪽 모두로부터 크게 주목받지 못하던 땅이었다. 거기다가 쉽게 얻은 성이라 마음 놓고 있는데 어느 날 한나라의 5만 대군이 홀연히 성을 에워싸자 그곳을 지키던 초나라 장졸들은 그야말로 넋이 날아가고 얼이 흩어졌다. 더욱이 형양, 성고에서 다 죽어 간다던 한왕 유방이 몸소 대군을 이끌고 나왔다는 소리까지 들리자 한번 싸워 보지도 않고 성문을 열어 항복함으로써 멀리서 듣는 패왕을 더욱 분통 터지게 했다.

한왕은 다시 대군을 몰아 섭성으로 달려갔다. 섭성은 완성에서 동북쪽으로 2백 리 남짓 되는 곳에 있는 성으로 원래는 한왕 신의 봉지에 들어 있었다. 그러나 패왕이 형양, 성고로 군사를 내면서 등 뒤를 깨끗하게 쓸기 위해 특히 족중의 무장을 보내 거둬들인 성이었다. 따라서 섭성은 장수의 질에서도 군사의 머릿수로도 완성과는 아주 달랐다. 한왕의 대군이 이르러도 겁먹지 않고 성문을 닫아걸며 맞섰다.

하지만 기상은 좋아도 섭성을 에워싼 한군에 비해 성을 지키는 초군의 세력이 워낙 밀렸다. 거기다가 때마침 섭성에 당도한 구강왕 경포가 1만 군사를 보태자 사흘을 더 견뎌 내지 못했다. 끝내 성은 떨어지고 패왕의 당질(堂姪) 된다는 장수는 난군 속에서 죽고 말았다. 한왕은 그 장수의 목을 항복한 초나라 군사에게 들려 패왕에게 보냄으로써 아직도 형양을 에워싸고 있는 패왕의 속을 한 번 더 뒤집어 놓았다.

완성과 섭성을 지키던 장수들이 잇따라 항복하고 죽었다는 급한 전갈을 받자 정말로 패왕은 형양성을 그대로 에워싸고 있지 못했다. 그러잖아도 주가와 종공이 워낙 죽기로 맞서 형양성의 싸움이 지루해지기 시작하던 참이었다. 거기다가 밉살스러운 유방이 나타나 두 현성을 빼앗아 갔을 뿐만 아니라 거기서 장정과 물자까지 거둬 세력을 키우고 있다고 하니 보고만 있을 수가 없었다.

"군사를 물려라! 남쪽으로 간다. 유방부터 잡아 죽여 이 형양성을 머리 없는 귀신으로 만들어 버리자."

패왕이 그렇게 명을 내려 군사를 남쪽으로 몰고 갔다. 하지만 종리매에게 한 갈래 군사를 남겨 그대로 형양성을 에워싸고 있게 하니, 형양의 군민은 여전히 지옥 같은 성안에 갇혀 있을 수밖에 없었다.

그런데 남쪽으로 군사를 휘몰아 내려오던 패왕은 양성에 못

미쳐 또다시 분통 터지는 소리를 들었다.

"회남으로 내려간 구강왕 경포가 그곳에서 군사 1만을 이끌고 올라와 한왕과 합세하였다고 합니다. 지금 그 두 갈래 군사가 합쳤다 나뉘었다 하며 완읍과 섭읍(葉邑) 사이에서 온갖 분탕질을 치고 있는데, 그들의 기세가 여간 사납지 않습니다. 그대로 두면 회북의 땅은 영영 대왕의 다스림에서 벗어나고 말 것입니다."

섭읍에서 쫓겨 온 이졸로부터 그런 말을 들은 패왕의 눈길에서 다시 불길이 일었다. 먹물로 떠서 시퍼런 경포의 얼굴이 그 어느 때보다 흉악하게 떠올랐다. 항백을 시켜 그 처자를 모조리 죽여 버린 일 때문에 더욱 그랬는지도 모를 일이었다.

"그 얼굴 푸른 도적놈이 회북으로 올라왔다고? 회남을 지키러 간 대사마 주은은 무얼 하고 있단 말이냐?"

패왕이 그렇게 소리치며 한층 사납게 군사를 몰아댔다.

그 무렵 한왕과 경포도 패왕이 남쪽으로 내려오고 있다는 소리를 들었다. 섭성에서 만나 머리를 맞대고 패왕을 맞이할 궁리를 짜냈다.

"항우의 성격으로 보아 이번에도 대군을 끌고 오지는 않을 것입니다. 기껏해야 5만을 넘지 않을 것이니, 대왕과 신의 군사를 합치면 머릿수로는 항우와 맞서 볼 만합니다. 게다가 초나라 군사는 급한 마음에 천 리를 달려오는 군사들이라 우리가 길목에서 쉬며 기다리다가 받아치면 못 이길 것도 없습니다. 완성으로 대군을 물리는 척하고 매복과 유격을 배합하여 적을 괴롭히다가,

틈이 생기는 대로 우리 양쪽 군사를 일시에 집중하여 적을 들이쳐 보면 어떻겠습니까?"

아내와 자식들을 모두 잃은 원한 때문인지 경포가 그렇게 정면으로 싸워 보자고 우겼다. 한왕이 무겁게 고개를 가로저으며 말했다.

"항왕의 무서운 돌파력은 천하가 익히 알고 있소. 항왕이 강동을 나온 이래 정면으로 그의 대군과 맞서 견뎌 낸 이는 아무도 없었소. 게다가 이미 우리 싸움은 한두 번의 전투로 정해지는 것이 아니오. 크고 작은 기세가 얽히고, 곳곳의 전기(戰機)가 엇갈리면서 풍운을 일으키다가, 때가 되면 홀연 승패가 갈리면서 천명이 그 주인을 찾아 이를 것이오. 따라서 우리는 각기 성벽을 높이고 굳게 지키며 그때가 무르익기를 기다려야 하오. 섣불리 항왕의 날카로운 칼끝과 맞섰다가, 기약할 뒷날조차 없이 되어서는 아니 되오. 구강왕은 이 길로 완성에 들어 성벽을 높이고 해자를 깊게 하시오. 과인은 섭성에 자리 잡고 역시 굳게 지키며 변화를 살펴보겠소."

원생(轅生)이 한 말에 장량과 진평이 거들어 세밀하게 다듬어 준 계책이었다. 한왕이 그렇게 말하자 경포가 성에 안 찬다는 표정을 감추지 않고 물었다.

"변화를 살펴보신다면 무엇을 언제까지 기다리시겠다는 것입니까?"

그러한 물음에 곁에 있던 장량이 한왕을 대신해 조심스레 대답했다.

"대장군 한신이 조나라와 연나라를 잇따라 평정한 뒤 산동을 바라보고 있음은 구강왕도 잘 아실 것입니다. 그런데 이번에 우리 대왕께서는 다시 관영과 조참을 보내 대장군을 거들게 하셨으니, 오래지 않아 제나라까지 우리 편으로 거둬들이게 될 듯합니다. 또 대왕께서는 하수 가에 있으면서 항왕의 양도를 끊고 있는 팽월에게도 사람을 보내, 이번에는 수수를 건너 서초 깊숙이 들어가라 이르셨습니다. 그저 초군의 양도만 끊는 게 아니라, 바로 서초의 곡창을 불살라 아예 군량으로 보낼 곡식을 없게 하려는 뜻이지요. 따라서 그 둘 중 어느 한쪽만 제대로 소임을 해내도 항왕은 이곳에서 한가롭게 우리를 에워싸고 있을 수 없게 될 것입니다. 급한 성격을 이기지 못해 북쪽으로 동쪽으로 바쁘게 뛰어다니면서 기력을 소모할 터이니, 우리는 짧은 칼 한 자루만 갈아 두어도 지치고 상한 호랑이의 목을 따기는 어렵지 않을 것입니다."

그제야 경포도 흔연히 고개를 끄덕였다. 도둑 떼를 이끌고 젊은 날을 보내면서 마구잡이 싸움으로 익힌 감각이 있어 장량이 하는 말을 쉽게 알아들을 수 있었다.

"병가들의 말에 싸우지 않고 이기는 것이 가장 잘 싸우는 것이라더니, 자방 선생의 말을 들으니 무슨 말인지 알 듯도 합니다. 성벽을 굳게 하고 싸우지 않는 것[堅壁不戰]도 좋은 싸움이 될 듯합니다."

경포의 그 같은 말에 장량이 일깨우듯 몇 마디 보탰다.

"하지만 농성도 곧 편하지만은 않을 겁니다. 거리는 멀지만 완

(宛)과 섭(葉) 두 성이 입술과 이처럼 서로 지키고 보살펴야만 항왕이 더 급한 곳으로 옮겨 갈 때까지 버텨 낼 수 있을 것입니다."

다음 날 경포는 구강군을 이끌고 완성으로 내려가고, 한왕은 섭성에서 패왕을 맞아 농성할 채비에 들어갔다. 한왕이 군민을 풀어 성 밖 해자를 깊게 파고 돌을 날라 성벽을 높고 두텁게 하니 며칠 안 돼 섭성은 달라졌다. 비록 쇠로 된 성벽에 끓는 물이 찬 못[金城湯池]을 두르지는 않아도 적이 결코 얕볼 수 없는 굳건한 성이 되었다.

형양성에서 곤궁을 겪어 본 한군은 관중에서 날라 온 곡식을 성안에 들이고도 마음이 놓이지 않았다. 인근 촌락에서 곡식을 더 거둬들이고 가축을 몰아와, 짧아도 반년은 버틸 군량을 마련했다. 농성에 쓰일 다른 물자들도 넉넉히 모아들였음은 말할 나위도 없었다.

패왕 항우의 대군이 섭성으로 몰려든 것은 그와 같은 농성 채비가 채 마무리되기도 전이었다. 형양성을 끝내 떨어뜨리지 못하고 몇 백 리 남쪽으로 끌려온 분풀이 삼아 패왕은 첫날부터 맹렬하게 섭성을 들이쳤다. 미리 헤아리고 있던 일이라 첫날은 한군도 잘 막아 냈다.

다음 날이 되었다. 전날 마구잡이 공성으로 입은 손실 때문인지 그날 패왕은 성을 들이치기 전에 한왕을 먼저 문루로 불러냈다. 한왕이 무덤덤한 얼굴로 패왕을 내려다보다가 불쑥 물었다.

"성을 에워쌌으면 급히 쳐서 깨뜨릴 일, 초왕은 어찌하여 과인을 찾는가?"

마치 남의 일 말하듯 그렇게 묻는 말투가 벌써 패왕의 심사를 바닥부터 긁어 놓았다.

"유방은 듣거라. 네 명색 한 무리의 우두머리가 되어 어찌 이리 비겁하게 달아나기만 하느냐? 팽성에서 잡으려 하니 형양으로 달아나고, 형양에서 잡으려 하니 성고로 달아났다. 성고도 불안해 관중으로 숨더니, 기껏 관중을 나와서는 또 이 섬성에 숨어 자라처럼 머리를 움츠리고 있구나. 그렇게 달아나기만 하면서 어떻게 장졸들을 부리며, 그토록 구차하게 숨어 있기만 하면서 어떻게 천하를 다툰다는 것이냐? 이번에는 성을 나와 과인과 당당하게 겨뤄 보자."

패왕 항우가 제법 말재주를 부려 한왕을 격동케 해 보려 했다. 그러나 한왕은 이맛살 한번 찌푸리는 법이 없었다. 환하게 웃으며 패왕의 말을 받았다.

"필부의 칼은 헝클어진 구레나룻에 부릅뜬 두 눈 같으며, 온몸에 철갑을 두르고 사람들 앞에서 힘과 날램을 다투는 칼이니, 그대 초왕의 칼이 바로 그러하다. 허나 제왕의 칼은 하늘을 칼등으로 삼고 땅을 칼날로 삼으며 만백성을 칼자루로 삼는다. 한 번 휘둘러 천하를 바로잡고 두 번 휘둘러 만백성을 평안케 하니, 바로 과인의 칼이다. 어찌 제왕의 칼을 필부의 칼과 뒤섞어 스스로를 욕되게 하겠는가."

그러자 오히려 그 말에 격동된 패왕이 목소리를 높였다.

"패현의 장돌뱅이가 말재주만 늘었구나. 네가 형양성 밖에 버리고 달아난 네 신하 기신이 어찌 되었는지 알기나 하느냐?"

"과인이 듣기로 군왕이 된 자는 남의 충신을 모질게 죽이지 않는다고 했다. 그래, 기신을 어떻게 하였는가?"

이번에는 한왕도 충격을 받았는지 묻는 말끝이 떨렸다. 패왕이 기세 좋게 소리쳤다.

"장작불에 태워 죽였다. 지금쯤은 주가와 종공도 과인의 상장군 종리매에게 사로잡혀 가마솥에 삶겼을 것이다."

패왕이 그래 놓고 성벽 위에 있는 한나라 장졸들을 향해 한층 크게 외쳤다.

"들거라. 너희들도 저 허풍만 가득 찬 장돌뱅이 유방을 따르다가 성이 깨어지는 날에는 기신이나 주가의 신세를 면치 못할 것이다. 이제라도 늦지 않으니 하루빨리 성문을 열고 유방을 묶어 바쳐라. 그러면 하늘의 호생지덕(好生之德)이 너희에게도 미치리라!"

패왕 나름으로는 한왕 유방뿐 아니라 한나라 장졸들에게도 겁을 주려고 그렇게 외친 것이었으나 반응은 전혀 뜻 같지 않았다.

"기신을 어찌하였는가는 바로 군왕으로서의 그릇을 보여 주는 일이었다. 그런데 기신 같은 충의지사를 그토록 끔찍하게 죽였다니 딱하다. 초왕은 그같이 좁은 속과 모진 심사로 어찌 감히 천하를 바라는가?"

한왕이 차갑게 웃으며 그렇게 패왕을 나무랐고, 성벽 위에 나와 섰던 한나라 장졸들도 소리 높여 패왕을 욕했다. 일이 그렇게 되자 정말로 격동된 쪽은 패왕이었다.

"저것들이 정녕 관을 열어 봐야 사람이 죽은 줄을 알겠구나.

더 기다릴 것 없다. 모두 힘을 다해 성을 들이쳐라. 가장 먼저 성벽 위에 오른 자에게는 천금을 내리고, 유방을 사로잡아 오는 자는 상장군에 5만 호를 봉하겠다!"

패왕이 그렇게 외치며 앞장서서 싸움을 돋우었다. 하지만 워낙 마음먹고 지키려고만 하는 싸움이라 그날의 싸움도 패왕이 바란 대로 되지는 않았다.

연 이틀 힘을 다해 섭성을 들이쳐도 끄떡하지 않자 패왕 항우는 더욱 성이 났다. 사흘째부터는 뒤에 있는 시양졸까지 모두 끌어내어 성벽 위로 내몰았다.

성난 패왕이 초군의 무서운 전투력을 모두 끌어내 들이치니 섭성도 흔들리기 시작했다. 성벽이 든든하고 군량이 넉넉하다 해도, 밤낮 없이 이어지는 맹공에 먼저 사람이 견뎌 내지 못했다. 에워싸인 지 닷새가 지나자 성안의 군민이 아울러 지친 기색을 드러내기 시작했다.

그럭저럭 섭성이 초군에게 에워싸인 지 이레째 되던 날이었다. 그날도 한군은 아침부터 사면에서 공격을 퍼붓는 초군 때문에 힘든 싸움을 치르고 있었다. 그런데 해 질 무렵 갑자기 서문 쪽의 초군 뒤편이 어지러워지더니, 이어 동남북 세 곳을 죄어 오던 초군의 압력이 줄어들기 시작하였다.

"어디서 온 군사들인지 모르나 서문 쪽 초군을 뒤에서 들이치고 있습니다. 남문과 북문 쪽의 초군이 서문 쪽을 구원하려 군사를 빼고 있습니다."

성벽 위 높은 망루에서 사방을 내려다보고 있던 군사가 그렇게 알려 왔다. 한왕이 반가운 얼굴로 물었다.

"초나라 군사들과 싸운다면 우리 우군이다. 어디 군사들인지 알 수 없는가?"

"너무 멀어 기치나 복색을 잘 알아볼 수 없다고 합니다."

전갈을 가져온 군사가 그렇게 대답했다. 그때 곁에 있던 장량이 말했다.

"아마도 구강왕 경포의 군사일 것입니다."

"경포는 이곳에서 2백 리나 떨어져 있는 완성을 지키고 있소. 뿐만 아니라 과인처럼 성벽을 높이고 싸우지 않는 것을 계책으로 삼아 굳게 지키기만 하기로 되어 있소. 그런데 어떻게 여기까지 군사를 낸단 말이오?"

"항왕의 그늘에 묻혀 그렇지, 구강왕도 전투력이 엄청난 사람입니다. 거기다가 항왕에게 아내와 자식을 모두 잃은 원한이 있는데 어찌 완성 안에서 멀리 항왕의 등짝만 바라보고 있겠습니까? 아마도 기마를 위주로 한 정병 몇 천 명을 이끌고 기습을 나왔을 것입니다. 우리 군사가 무관을 버려두고 천 리 길을 달려오지 않은 한, 서쪽에서 왔다면 구강왕의 군사밖에 없습니다."

그러자 한왕이 이번에는 걱정스러운 얼굴이 되어 물었다.

"그렇다면 우리도 성문을 열고 구원을 나가야 하지 않겠소? 항왕이 이 섭성을 에워싸고 있던 군사를 모두 휘몰아 덮치면 구강왕이 크게 위태롭게 될 것이오."

장량이 별로 걱정할 것 없다는 듯 말했다.

"구강왕 경포는 지난날 장강 가에서 무리와 함께 수적질을 할 때, 여러 번 진나라 관병에게 쫓겨 보았을 것입니다. 따라서 작은 무리로 큰 군사에 맞서면서 스스로를 지키는 법을 잘 알 것이니, 대왕께서 크게 걱정하실 일은 없습니다. 구강왕이 우리에게 한숨 돌릴 틈을 선사한 것쯤으로 여기시고, 성안을 단속하여 농성 채비나 한층 단단히 하시면 될 것입니다. 다만 항왕이 제 성품을 못 이겨 무리하게 군사를 부린다면 그때는 대왕께서도 구강왕을 위해 따로 하실 일이 생길지 모르겠습니다."

"그게 어떤 일이오?"

"항왕이 구강왕 경포를 두들겨 내쫓는 것으로 그치지 않고 완성까지 뒤쫓아 간다면, 그때는 우리도 성을 나가 싸워야 할 일이 생길 것입니다. 먼저 섭성 주변에 남겨 둔 초나라 군사를 들이쳐 완성에 가 있는 항왕을 불러들이게 하고, 그래도 항왕이 돌아오지 않으면 우리도 구강왕이 했던 것처럼 발 빠른 군사를 내어 항왕의 등짝을 후려쳐야 합니다."

그런 장량의 말에 한왕이 문득 떨떠름한 얼굴이 되어 물었다.

"그렇게 항왕의 화를 돋우어 섭성으로 불러들였다가 뒷감당은 어찌하시겠소?"

장량이 태평스레 답답했다.

"힘을 다해 지키면서 또 누군가가 항왕의 등짝을 후려쳐 주기를 기다려야겠지요. 정히 아니 되면, 구강왕에게 다시 항왕의 뒤를 치게 하는 것도 한 계책이 될 것입니다. 그리하여 항왕으로 하여금 완성과 섭성 사이를 오락가락하게 만들 수만 있다면 우리에게는 더할 나위 없는 상책이요, 항왕에게는 헤어날 수 없는 수렁에 스스로 빠져들게 되는 하책이 될 것입니다."

그런데 패왕 항우는 바로 장량이 말하는 하책을 골라잡았다.

패왕은 몇 년 동안이나 팔다리처럼 부려 온 구강왕 경포가 다른 사람도 아닌 한왕 유방 밑에 들어갔다는 게 참을 수 없었다. 그 아내와 자식을 잡아 죽여 분한 속을 풀었으나, 이제 다시 한왕을 위해 자신의 등 뒤를 찔러 오니 그저 되받아쳐 내쫓는 것만으로는 성에 차지 않았다. 이번에는 아예 뿌리를 뽑아 버릴 작정으로 경포를 뒤쫓아 완성으로 갔다.

하지만 경포가 지키는 완성도 그리 만만치 않았다. 이틀이나 불같이 들이쳐도 끄떡없어 패왕이 은근히 조바심을 내고 있는데, 다시 섭성에서 급한 전갈이 왔다. 남아 성을 에워싸고 한왕이 빠져나가는 것을 막기로 했던 항장이 보낸 전갈이었다.

"한왕 유방이 불시에 군사를 내어 북문 쪽에 있던 우리 본진을 들이쳤습니다. 동서남 세 곳의 군사들을 불러 겨우 막아 내기는 했습니다만, 여기 남은 군사들만으로는 한왕을 섭성에 가둬 놓기 어려울 듯합니다. 자칫하면 전처럼 성을 빠져나가 두고두고 대왕의 우환거리가 될까 실로 걱정입니다. 대왕께서 어서 섭성으로 돌아오시어 한왕의 일부터 결판을 내시는 게 좋겠습니다."

달려온 군사로부터 그런 말을 전해 듣고 보니 제 성을 못 이겨 완성까지 달려온 패왕도 퍼뜩 정신이 들었다. 말할 것도 없이 패왕에게도 더 급한 것은 한왕 유방을 잡는 일이었다. 이에 패왕은 일껏 에워싼 완성을 버려두고 군사를 섭성으로 되돌렸다. 하지만 경포가 그런 초군을 선선히 놓아주지 않아 패왕은 다시 뒤따르던 군사 한 갈래를 잃고서야 완성에서 돌아올 수 있었다.

패왕이 섭성으로 돌아오니 어찌 된 셈인지 한왕 유방은 아직도 성안에 틀어박혀 있었다. 성을 빠져나가 달아날 수 있었는데도 그대로 버티는 게 께름칙했으나, 패왕에게는 그 까닭을 깊이 따져 볼 겨를이 없었다. 돌아온 그날부터 다시 전군을 들어 성을 치기 시작했다.

그런데 패왕이 며칠 제대로 힘을 모아 섭성을 들이쳐 보기도 전에 이번에는 동쪽에서 유성마가 날아들었다. 설공(薛公)과 더불어 산동에 남아 팽성의 배후를 지키던 항성이 하비에서 보낸 급보였다.

"하수 일대에서 우리의 양도를 끊고 분탕질을 치던 팽월이 이제는 수수를 건너 우리 초나라의 곡창을 노리고 있습니다. 신이 설공과 더불어 막아 싸우고 있으나 팽월의 기세가 여간 사납지 않습니다. 지금은 하비로 향하고 있는데, 저희가 끝내 지켜 낼 수 있을지 참으로 걱정됩니다."

하비라면 도읍인 팽성의 등줄기 같은 땅이요, 강동의 곡식을 거두어 쌓아 둔 서초의 곡창이기도 했다. 팽월이 설치고 다닌다고 하던 하수 부근으로부터는 천 리가 훨씬 넘는 곳인데, 팽월이 거기까지 내려가 휘젓고 다닌다니 패왕은 말을 다 듣기도 전에 울화부터 치밀었다.

"팽월 그 쥐 같은 늙은 것이 정말로 간이 부었구나. 우리 양도를 끊고 다닌 것만도 모자라 이제는 아예 초나라의 곡창을 노린 다고? 용서할 수 없다. 내 반드시 그 늙은 도적놈을 사로잡아 갈 가리 찢어 놓으리라!"

패왕이 그렇게 소리치며 칼자루를 거머쥐었다. 그리고 장수들 에게 명을 내려 그날로 군사를 동쪽으로 빼려 했다. 어떻게 보면 엄청난 투혼이요 자신감이었지만, 실은 그와 같이 바쁘게 돌아치 지 않으면 안 되는 데에 패왕 항우의 비극이 시작되고 있었다.

한왕 유방도 싸움터를 떠돌기는 마찬가지였으나 한편으로는 독자적으로 작전을 구사하는 세력을 여럿 거느리고 있었다. 조나 라와 연나라를 차지하고 있는 대장군 한신과 상산왕 장이가 그 러하였고, 방금 산동을 휩쓸다가 초나라 땅 깊숙이 남하하고 있 는 팽월이 그러하였다. 당장은 완성에 있으면서 섭성의 한왕과 기각지세를 이루고 있지만 경포도 자신의 군대를 가지고 따로 전단을 열 수 있다는 점에서는 마찬가지였고, 관중에 남아 소하 를 에워싸고 있는 세력도 징병과 보급 체계를 갖춘 독자 세력이 라고 할 수 있었다. 그들은 모두 한왕의 명을 받들고 있었지만, 한왕과의 연결이 전혀 없이도 그들만의 판단과 구상에 의지해 패왕과 맞서 싸울 힘이 있었다.

하지만 패왕 항우에게는 아무런 명령이나 지시를 받지 않고도 한왕 유방과 싸워 낼 수 있는 독자의 세력이 전혀 없었다. 장수 들 중에는 방금 형양성에 남아 있는 종리매처럼 간혹 패왕과 떨 어져 싸우게 되는 수가 있었지만, 그때도 맡겨진 것은 한 지역의 전투에 국한된 지휘권일 뿐이었다. 때로 패왕과 온전히 연결이 끊어진 경우에도 그저 초군의 한 별동대일 뿐, 독자적인 세력이라고 하기는 어려웠다. 곧 초나라 장수들은 모두가 패왕의 부장으로서 받은 군령을 수행하거나 전달할 뿐이었고, 전략 전술을 독자적으로 수립하는 작전권은 없었다. 따라서 조금이라도 정책적인 고려가 필요한 작전이거나 전략적 요충을 둘러싼 싸움은 언제나 패왕 자신이 달려가야 했다.

뒷날에 이르러서는 한나라와 초나라의 상부 지휘 구조가 그렇게 달라진 까닭이 여러 가지로 따져지고, 결국은 지도자의 자질이나 개성과 연관을 맺는 논의로 번지게 된다. 하지만 그때는 한왕 유방도 패왕 항우도 그런 지휘 구조의 득실조차 제대로 헤아리지 못하고 있었다. 다만 그때까지 해 온 그대로 밀려갈 뿐이었다.

그리하여 패왕이 천하가 좁다고 내달려 온 피로를 느낄 겨를도 없이 동쪽으로 팽월을 잡으러 떠나려는데, 북쪽에서 갑자기 반갑지 않은 소식이 와서 패왕의 발목을 잡았다. 형양성을 지키던 종리매가 급하게 사람을 보내 알려 왔다.

"팽월이 양도를 끊어 우리 군사도 굶주리게 된 데다, 성고성 안에 남은 한나라 군사들이 대왕께서 아니 계신 줄 알고 성을 빠져나와 우리를 괴롭히자, 형양성 안에 갇혀 있던 주가와 종공의 움직임이 심상치 않습니다. 그들이 성고성과 연결하여 앞뒤에서 우리를 치면 지금 여기 남은 군사만으로는 버텨 내기 힘들 것입니다. 게다가 한나라 대장군 한신의 대군이 한단을 떠나 남쪽으로 내려오고 있다고 하는데 그 뜻이 어디에 있는지 모르겠습니다.

듣기로는 벌써 백마를 지나 수무로 향해 오고 있다고 합니다.”

그 말을 듣자 패왕은 그대로 팽월을 잡으러 동쪽으로 떠날 수가 없었다. 죽은 범증의 말이 아니더라도, 형양과 성고, 오창을 잇는 중원의 곡창 지대가 천하 쟁패의 요충이 된다는 것쯤은 패왕도 잘 알고 있었다. 그곳이 위태로워졌다 싶으니 하비가 오히려 가볍게 보였다.

“아니 되겠다. 먼저 성고로 올라가자. 거기 남아 준동하는 한나라 쥐새끼들을 쓸어버린 뒤에 형양을 뿌리 뽑고 하비로 내려간다.”

한 식경이나 망설이며 이리저리 헤아려 보던 패왕이 마침내 그렇게 마음을 정하고 군사를 북쪽으로 몰아갔다. 한차례 호되게 섭성을 몰아쳐 한군의 얼을 반나마 빼 놓은 뒤였다.

한번 움직이자 패왕이 이끄는 초나라 군사들의 움직임은 살별처럼 빨랐다. 초군이 5백 리 가까운 길을 밤낮 없이 내달아 성고성 밖에 불쑥 나타난 것은 섭성을 떠난 지 나흘째 되던 날 새벽이었다.

종리매가 이끈 초나라 군사가 그리 많지 않은 줄 알고 겁 없이 성문을 뛰쳐나가 휘젓고 다니던 성고성 안의 한나라 군사들은 그날 새벽 갑작스러운 함성 소리에 놀라 깨어났다. 허둥지둥 창칼을 찾아 들고 성벽 위로 달려가 보니 땅속에서 솟은 듯 엄청난 대군이 성을 에워싸고 있었다. 그들 앞에 높이 펄럭이는 것은 다름 아닌 패왕 항우의 깃발이었다.

원래도 성고성 안에 남겨진 것은 늙고 허약한 군사 3천에 이름 없는 장수 몇 명이 고작이었다. 나중에 소하가 관중에서 보낸 5천 명이 더 보태지면서 잠시 성 밖을 나가 기세를 올렸지만 그 전력은 보잘것없었다. 한눈에 보아도 몇 만으로 어림되는 초나라 대군을, 이름만 들어도 두려운 패왕 항우가 몸소 이끌고 성을 에워쌌으니, 그걸 알아본 순간 이미 제정신들이 아니었다. 그때 패왕이 성이 허물어질 듯한 고함 소리로 외쳤다.

"성안의 한군은 듣거라. 이미 과인의 5만 대군이 너희를 에워쌌으니 어서 항복하라. 어리석게 맞서다가 성이 무너지는 날이면 너희는 모두 산 채 한 구덩이에 묻히게 될 것이다. 그러나 스스로 성문을 열어 항복하면 터럭 하나 다치지 않을뿐더러, 과인이 남쪽에서 거두어 온 곡식과 재물을 듬뿍 나누어 줄 것이다!"

목소리는 겁이 나도 그때까지 패왕이 해 온 짓과 견주어 보면 드물게 후한 제안이었다. 하지만 그걸 믿지 못한 성안의 한나라 장졸들은 항복보다는 달아나는 길을 골랐다. 패왕의 으름장과는 달리 아직은 막히지 않은 북문 쪽으로 뒤도 돌아보지 않고 달아났다.

그들이 모두 달아나 막을 사람이 없자 성안 백성들이 성문을 열어 패왕을 맞아들였다. 피 한 방울 흘리지 않고 성고성을 얻은 까닭인지 패왕은 자신이 한 말을 지켰다. 백성들을 해치지 못하게 장졸들을 단속하여 성 밖에서 쉬게 한 뒤 형양성을 에워싸고 있는 종리매에게 사람을 보내 일렀다.

"내일 아침 일찍부터 전군을 들어 형양성 남문과 동문을 치도

록 하라. 놀란 한군이 그쪽 성벽 위로 흠뻑 몰려 있을 때, 과인의
대군이 서문과 북문을 일시에 깨뜨려 버릴 것이다."

다음 날 종리매는 패왕이 시킨 대로 했다. 군사들에게 새벽같
이 밥을 지어 먹인 뒤 남문과 동문을 한꺼번에 들이쳤다. 장졸들
을 이끌고 역시 새벽 일찍 성고를 떠난 패왕은 형양성을 지키는
한군이 모두 남문과 동문 쪽으로 쏠리기를 기다려 서문과 북문
으로 대군을 몰았다.

그런데 어찌 된 셈인지 패왕의 장졸들이 성벽에 이르기도 전
에 성벽 위에서 화살이 비 오듯 쏟아졌다. 이어 한군이 성벽 위를
새카맣게 뒤덮더니, 주가가 성가퀴로 얼굴을 내밀고 소리쳤다.

"항적은 어디 있느냐? 네 천하의 패왕을 자처하면서, 어찌 이
리 자잘한 속임수로 나를 이기려 하느냐? 내 벌써 간밤에 소문을
듣고 네가 이리 나올 줄 알았다."

성고성을 거저 줍다시피 한 터라 형양성도 쉽게 얻을 수 있을
줄로 알았던 패왕은 그런 주가의 외침에 뜨끔했다. 하지만 계책
을 들킨 게 부끄럽기보다는 주가의 슬기로운 대처가 너무 간교
하게 느껴져 화부터 났다.

"서리 앞둔 풀무치나 여치의 울음소리에 어찌 일일이 대꾸하
랴. 여러 말 주고받을 것 없이 쳐라! 모두 힘을 다해 성문을 깨고
성벽을 넘어라. 이번에는 반드시 형양성을 떨어뜨려 저 혀 긴 놈
을 가마솥에 삶도록 하자!"

패왕이 그런 외침으로 싸움을 북돋우자 주춤했던 초나라 장졸
들이 함성과 함께 형양성 서북쪽 성벽으로 기어올랐다. 하지만

주가의 기세는 말만이 아니었다. 어찌 된 셈인지 성벽 위에는 군사들뿐만 아니라, 성벽을 기어오르는 적을 막을 준비도 전보다 나았다. 성가퀴에는 내던질 통나무와 바윗덩이가 더미 지어 쌓여 있었고, 구름사다리를 밀어내는 장대와 갈고리 달린 긴 창도 숲처럼 세워져 있었다.

성고의 군사와 합력하여 초나라 군사들의 에움을 뚫은 적이 있어서일까? 성안 한군의 사기와 전력도 별로 줄어든 것 같지 않아 보였다. 무엇을 믿는 것인지는 알 수 없지만, 패왕의 대군을 다시 맞고서도 두려워 떠는 장졸은 아무도 없었다. 뿐만 아니라, 성고 군사들의 도움으로 며칠 에움이 풀렸을 때 얼마나 많은 군량을 성안으로 거둬들였는지 주린 기색도 전혀 보이지 않았다.

흔들림 없기는 종공과 한왕 신이 지키는 동남쪽도 마찬가지였다. 종리매가 이끄는 초나라 군사가 그리 적지 않았으나 그 절반도 안 되는 성안 군민으로 잘 막아 냈다. 전날 성고성에서 달아난 한군 가운데 몇이 그리로 숨어들어 미리 알려 준 덕분인 듯했다.

첫날 아무것도 얻은 것 없이 군사만 상한 패왕은 다음 날 종리매와 합쳐 성 한쪽만 들이쳐 보았으나 결과는 마찬가지였다. 성안의 전력도 그곳으로 집중되어 초군의 공세를 잘 막아 냈다. 그리고 그 뒤 며칠 불같은 공방을 주고받은 뒤 형양성의 싸움은 차츰 전과 같이 지루한 공성전으로 변해 갔다.

하지만 패왕이 아무리 이를 갈며 끝을 보려 해도 이번에는 오래 형양성을 에워싸고 있을 수가 없었다. 다시 형양성을 에워싼

지 닷새도 되기 전에 항성이 하비에서 보낸 급보가 날아들었다.

팽월이 무리 1만여 명을 이끌고 하비로 쳐들어와 길을 막는 설공을 죽이고 하비성을 에워쌌습니다. 신이 군민을 이끌고 죽기로 싸우고 있으나 마침내 성을 지켜 내지 못할까 두렵습니다. 다만 목을 길게 빼고 대왕의 구원을 기다릴 뿐입니다.

항성이 보낸 군사가 가져온 글은 대강 그랬다. 패왕이 험한 눈길로 그 군사에게 물었다.

"과인이 알기로 설공이 거느린 군사만도 1만 명은 넘었다. 또 항성은 구강을 치러 갈 때 데려간 군사만 해도 2만 명이 되었는데 어찌 된 일이냐? 합쳐 3만이 넘는 대군으로 그 절반도 거느리지 못한 팽월에게 지고 설공까지 죽다니……."

그러자 그 군사가 움츠러든 목소리로 말했다.

"신이 듣기로는 팽월이 워낙 교활하여 치고 빠지기를 반복하며 우리 군사를 어지럽히다가 돌연한 야습으로 설공을 죽이고 구원하러 온 항성 장군까지 잇따라 쳐부수었다 합니다."

"그게 무슨 소리냐? 설공이나 항성이 허수아비가 아닌 다음에야 어찌 그런 일이 있을 수가 있느냐? 과인이 알아듣게 자세히 말하라."

패왕이 짐짓 목소리를 부드럽게 하여 그렇게 묻자 마음을 조금 가라앉힌 그 군사가 아는 대로 말했다.

"팽월이 수수를 건넜다는 말을 들은 설공과 항성 장군은 각기

거느린 인마를 이끌고 하비 서쪽에서 만나 팽월을 협격하기로
하였습니다. 그러나 팽월이 군사를 갈라 여기저기 의병을 내어
두 분 장군의 군사를 멀리 떼어 놓았습니다. 곧 설공은 팽월의
양동(陽動)에 속아 많지 않은 군사로 하비 서쪽에 본진을 세우고,
항성 장군은 하비 북쪽에 본진을 세우게 된 것입니다. 팽월은 먼
저 그런 설공의 본진을 야습해 설공을 죽이고, 다시 구원하러 오
는 항성 장군을 도중에 들이쳐 하비성 안으로 몰아넣었습니다."

"오래된 생강이 맵다더니 팽월 그 늙은 도적이 못된 꾀는 제대
로 쓰는구나. 좋다! 과인의 군사들도 그렇게 쉽게 속일 수 있는
가 보자!"

분노를 호승심으로 바꾼 패왕이 그렇게 소리치며 장수들을 자
신의 군막으로 모이게 했다. 오래잖아 장수들이 모두 모여들자
패왕은 의논할 것도 없다는 듯 말했다.

"아무래도 하비의 일이 마음에 걸려 힘을 다해 싸울 수 없다.
먼저 하비로 달려가 팽월을 잡고 팽성의 등 뒤를 깨끗이 한 뒤에
돌아와 형양성을 깨뜨려야겠다."

그러고는 장수들을 돌아보다가 먼저 종리매를 불러 말했다.

"장군은 군사 1만을 거느리고 전처럼 형양성을 에워싸고 있으
시오. 주가와 종공이 싸우러 성을 나온다면 싸우되, 그렇지 않으
면 적이 달아나지 못하도록 지키기만 하시오. 과인은 보름을 넘
기지 않고 팽월을 죽인 뒤에 돌아오겠소."

"그리하겠습니다."

종리매가 그렇게 명을 받고 물러나자 패왕은 다시 종(終)가 성

을 쓰는 장수를 불러냈다.

"종공은 따로 군사 5천을 거느리고 성고로 돌아가 그 성을 지키시오. 성고와 형양은 이와 입술 같은 사이라 성고가 우리 손에 있는 동안은 형양도 맥을 추지 못할 것이오. 장군은 성문을 높이 닫아걸고 과인이 돌아올 때까지 다만 굳게 지키기만 하시오."

종공 또한 두말없이 명을 받고 물러나자 패왕은 곧 대군을 휘몰아 하비로 달려갔다.

그때 한왕 유방은 아직도 섭성에 머물러 있었다. 섭성과 완성 사이를 오락가락하면서 공격을 퍼붓던 패왕 항우가 홀연 진채를 뽑아 사라진 것을 보고 사람을 풀어 알아보고 있는데 문득 북쪽 성고에서 달려온 사졸 하나가 알렸다.

"항왕이 갑자기 성고를 들이쳐 성을 빼앗기고 말았습니다. 성을 지키던 장졸들 가운데 몇몇은 어렵게 형양성으로 숨어들었으나, 나머지는 뿔뿔이 흩어졌습니다."

그 말을 들은 한왕은 놀랐다.

"성고가 적에게 떨어졌다면 형양은 더욱 위태롭게 되었구나. 이게 어떻게 된 일이냐?"

그렇게 탄식하면서 좌우를 둘러보았다. 그 자리에 있던 장량이 대답 대신 그 사졸에게 물었다.

"항왕이 오기 전에 성고와 형양에 무슨 일이 있었느냐?"

"에워싼 초나라 군사들이 느슨해진 틈을 타 형양과 성고가 손을 잡고 며칠 형양성의 에움을 푼 적이 있습니다. 그때 형양성

안으로 적지 않은 곡식과 병장기가 들어갔습니다."

"그리된 것이었구나. 나는 항왕이 팽월을 쫓아간 줄 알았더
니……."

듣고 난 장량이 그렇게 중얼거리는 걸 보고 한왕이 물었다.

"항왕이 팽월을 쫓아가다니 그건 또 무슨 소리요?"

"사람을 풀어 알아보니 팽월이 수수를 건너 초나라 땅 깊숙이
찔러 들어갔다고 합니다. 신은 항왕이 그 때문에 팽월을 잡으러
동쪽으로 떠난 줄 알았습니다."

"그런데 왜 갑자기 성고로 갔소?"

"성고와 형양성이 연결해 종리매의 에움을 뚫자 마음이 급해
진 탓이겠지요. 대장군 한신이 한단에서 내려오고 있다는 소문이
있으니, 그 전에 성고, 형양, 오창을 잇는 중원의 곡창지대를 초
나라의 것으로 온전히 확보해 두고 싶었을 것입니다."

"그렇다면 우리도 어서 군사를 형양성으로 돌리도록 합시다.
그 땅은 우리에게도 빼앗겨서는 결코 아니 될 땅이라고 하지 않
았소?"

한왕이 끔찍한 기신의 죽음과 아울러 형양성을 지키는 주가와
종공을 떠올리며 그답지 않게 다급해했다. 그러나 장량은 한왕과
달랐다.

"그리되면 대왕도 항왕과 아무 다를 바 없습니다. 대왕께서는
전국(戰局)을 이끄셔야지 전국에 끌려다니셔서는 아니 됩니다."

그렇게 한왕을 달래 놓고 차분히 말했다.

"대왕께서 무관을 나와 완성과 섭성 사이를 오가며 새로운 전

단을 여신 것은 그리함으로써 항왕을 이리로 불러 내려 형양과 성고를 위태로움에서 풀어 주기 위함이었습니다. 이는 대왕이 전국을 이끌고 항왕은 거기에 끌려다닌 셈이 됩니다. 지금도 마찬가지입니다. 항왕은 원해서 성고로 간 것이 아니라 그곳의 형세가 심상찮아 이곳을 버려두고 그리로 달려갔을 뿐입니다. 따라서 대왕께서는 무턱대고 항왕을 따라 성고로 가서는 아니 됩니다. 참고 기다리시다가 대왕께서 새로운 전국을 이끄셔야 합니다."

"그럼 과인은 어찌해야 되겠소?"

한왕이 문득 알 수 없다는 듯한 표정이 되어 물었다.

"대왕께서는 항왕의 다음 움직임을 보고 거기에 따라 갈 곳을 고르십시오. 그리하여 항왕이 다시 대왕께서 펼치신 전국에 끌려다니도록 해야 합니다. 지난번에 항왕을 형양에서 이곳 완성과 섭성 사이로 불러들이신 것처럼 항왕이 싸움터를 마음대로 고를 수 없도록 만드시는 것입니다."

그런 장량의 말을 듣자 한왕도 그 뜻을 알아들었으나 자신이 정말로 그렇게 해낼 수 있을 것 같지는 않았다. 그런데 바로 그 다음 날이었다. 장량이 한왕을 찾아와 급하게 권했다.

"대왕, 이제 움직이실 때가 되었습니다. 어서 성고로 군사를 내십시오."

"자방, 갑자기 무슨 일이오? 어제까지도 과인이 그리로 가서는 안 된다고 하더니."

"조금 전 형양, 성고에 풀어 두었던 세작 하나로부터 급한 전갈이 왔습니다. 항왕이 종리매와 종공이란 장수에게 각기 형양성을 에워싸는 일과 성고성을 지키는 일을 맡기고 팽월을 잡으러 동쪽으로 갔다고 합니다. 아마도 팽월이 크게 일을 저지른 듯합니다."

"그렇다면 고초를 겪고 있는 형양성을 구해야지, 어찌해서 성고로 가자는 것이오?"

한왕이 아직도 석연치 않다는 표정으로 물었다.

"이는 종공의 세력이 약하고 성고를 찾는 일이 시급하기 때문입니다. 종리매는 초나라 제일의 용장일 뿐만 아니라 그가 이끄는 군사도 3만이나 된다고 합니다. 대왕께서 먼저 종리매를 치시면 그는 성고로 가서 종공과 군사를 합치고, 그 성벽에 의지해 맞설 수도 있습니다. 따라서 우리도 항왕이 그리했던 것처럼 불시에 성고를 들이쳐 성을 먼저 뺏어 두면, 종리매와 종공 두 세력이 합칠 겨를이 없을뿐더러 그들이 의지할 수 있는 성도 없게 됩니다."

장량이 그렇게 일러 주며 어서 군사를 내도록 재촉했다. 한왕도 더는 묻지 않고 장량이 시키는 대로 했다. 그날로 미련 없이 섭성을 버리고 성고로 달려갔다.

한왕 유방이 이끈 대군이 갑자기 성을 에워싸자 이번에는 성고성 안의 초나라 군사들이 얼마 전 한나라 군사들이 당했던 것과 똑같은 처지에 빠졌다. 어느 날 아침 갑자기 솟아올라 겹겹이 성을 에워싼 한나라 대군을 보고 초나라 장졸들은 겁부터 먹었다. 얼마 전 한나라 군사들이 그랬듯 그들도 성을 버리고 달아날 궁리만 했다.

"한군의 허장성세이니 겁낼 것 없다. 며칠만 버티면 대왕께서 돌아와 우리를 구해 주실 것이다. 모두 제자리를 지켜라!"

종공이 칼을 빼 들고 성벽 위에 서서 장졸들을 독려했으나, 오래 성을 지켜 내지는 못했다. 용케 그 하루를 버틴 초나라 군사 한 갈래가 다음 날 새벽 몰래 동문으로 빠져나가면서 성고성은 이내 밀려든 한군에게 떨어졌다. 초나라 수장 종공이 남은 장졸들을 수습해 어떻게 견뎌 보려 했지만 반나절도 안 돼 어지러운 군사들 사이에서 죽고, 용케 성에서 빠져나간 몇 천을 뺀 나머지 초나라 장졸들도 모두가 죽거나 항복해 버렸다.

"자, 이제는 형양으로 가자. 가서 종리매를 쳐부수고 성안에서 오래 고단했던 우리 장졸을 편히 쉴 수 있게 해 주자."

성고를 되찾은 한왕이 그렇게 소리치며 숨 돌릴 틈도 없이 군사를 형양으로 몰았다. 그러나 한번 잃어 보자 한왕도 성고의 요긴함을 깨닫게 된 것인지 이번에는 근흡에게 1만 정병을 딸려 성고성을 지키게 했다.

한왕이 기세 좋게 형양성으로 군사를 휘몰아 간 지 한 시진 쯤 되었을 때였다. 머지않아 형양성 서쪽에 이를 때쯤 하여 한 군데 산굽이를 도는데 갑자기 함성과 함께 대군이 길을 막았다. 군사를 보내 알아보니 뜻밖에도 종리매가 이끄는 초나라 군사들이었다.

"일부러 군사를 풀어 찾아 나서야 할 판에 제 발로 왔으니 잘됐다. 여기서 종리매의 군사를 쳐부수어 형양성의 어려움을 아주 지워 버리자. 모두 나가 종리매를 사로잡아라!"

한왕이 달려온 기세를 타듯 장졸들을 그렇게 내몰았다. 하지만 종리매도 만만치 않았다. 성고성에서 빠져나온 초나라 군사가 한왕이 왔음을 알려 주는 바람에 마음먹고 대군을 몰아온 터라, 곧 성고성의 싸움과는 견줄 수도 없을 만큼 치열한 격전이 벌어졌다. 초나라 군사들이 매섭게 마주쳐 오자 성고성을 떨어뜨린 기세만 믿고 달려 나갔던 한군 쪽이 오히려 주춤주춤 밀리기 시작했다.

멀리 높은 곳에서 싸움터를 내려다보고 있던 한왕이 장량을 비롯한 여러 막빈들을 돌아보며 걱정했다.

"종리매가 워낙 맹장인 데다 그가 이끄는 군사들도 별로 싸움에 져 본 적이 없어 기세가 여간 사납지 않구려. 우리 풍, 패의 맹장들이 하나도 곁에 없는 게 실로 아쉽소이다. 게다가 머릿수도 우리가 반드시 많은 것 같지는 않으니 이대로 종리매를 꺾을 수 있을지……."

그때 한왕 유방의 처지로 보면 그 말이 엄살도 아니었다. 번쾌는 몇 달째 광무 산성에 갇혀 있고, 조참과 관영, 주발은 모두 조나라로 가 대장군 한신의 부림을 받고 있었다. 완성과 섭성에서 싸우던 군사를 모조리 이끌고 가지 않은 것도 잘한 일은 아니었다. 섭성을 떠날 때 노약한 보졸은 남겨 두고 날랜 보기(步騎) 3만만 이끌고 왔는데, 그나마 성고에 1만을 떼 주고 와 머릿수로도 종리매가 이끈 초군에게 밀렸다.

그런데 미처 그런 한왕의 말이 끝나기도 전이었다. 남쪽에서 부옇게 먼지가 일며 군사 한 갈래가 다가왔다.

"저게 어디 군사냐?"

한왕이 좌우를 돌아보며 그렇게 묻자 이졸 하나가 살피러 달려갔다. 그때 한왕 곁에서 가만히 살피고 있던 장량이 안도의 한숨과 함께 말했다.

"대왕께서는 크게 심려하지 않으셔도 될 듯합니다. 초나라 군사 뒤꼬리 쪽이 흐트러지는 걸로 보아 오는 것은 아마도 형양성에서 나온 주가와 종공의 군사들 같습니다."

그 말에 한왕도 가만히 살펴보니 정말로 초군 뒤편이 어지럽게 뒤엉키고 있었다. 달려오는 군사들이 앞세운 깃발도 붉은색을 위주로 한 것이 틀림없는 한군이었다.

그렇게 되자 앞뒤로 적을 맞은 꼴이 난 종리매의 장졸들이 이내 크게 흔들렸다. 종리매가 큰 칼을 휘두르며 용맹을 자랑했으나 무너지는 기세를 되살리기에는 어림없이 모자랐다. 아래위를 가리지 않고 움츠러들며 달아날 곳부터 봐 두었다.

그런 초나라 장졸들과 달리 한왕의 군사들은 자기 편 원군이 이른 걸 보고 사기가 크게 되살아났다. 함성으로 서로를 격려하며 힘을 다해 적군을 몰아붙였다. 그런 한군의 거센 돌진에다가 다시 등 뒤에서 주가와 종공이 이끄는 군사들이 지르는 함성이 들리자, 마침내 초나라 군사들이 밀리기 시작했다.

"쳐라! 종리매를 사로잡고 싸움을 끝내자."

"초나라 군사들은 항복하라! 우리 대왕께서 너희들을 너그러이 살펴 주실 것이다."

적이 무너지기 시작하자 더욱 기세가 오른 한군이 그렇게 외치며 사방에서 종리매의 군사들을 몰아붙였다.

종리매가 마지막으로 기운을 짜내 다시 한번 전세를 뒤집어 보려 했으나 될 일이 아니었다. 초나라 군사들 중에는 벌써 무기를 내던지고 항복하거나 달아나는 군사들이 태반이었다.

"모두 물러나라. 물러나서 다시 뒷날을 기약하자!"

마침내 종리매가 말머리를 돌려세우며 그렇게 외쳤다. 대장이 그렇게 달아나니 그 아래는 더 말할 나위도 없었다. 3만을 일컫던 종리매의 군사들은 여지없이 무너져 가을바람에 낙엽 쓸리듯 사방으로 흩어졌다.

종리매의 대군을 깨뜨린 뒤 형양성 서문 밖에서는 서로를 오래 걱정해 온 임금과 신하 간의 감격스러운 만남이 있었다. 주가와 종공이 찾아와 군례를 올리자 한왕이 떨리는 목소리로 말했다.

"두 장군을 다시 보니 못난 과인이 실로 부끄럽구나. 그동안 고초가 컸을 것이다."

"실로 부끄러운 것은 살아남은 저희들입니다."

주가와 종공이 울먹이는 목소리로 그렇게 받으며 기신의 참혹한 죽음을 전했다. 한왕도 기신을 위해 눈물을 흘리며 말했다.

"이미 과인을 살렸거니, 항왕에게 이 형양성을 내주고 기신을 살렸더라도 공은 크게 이룬 셈이다. 이까짓 성이 무엇이기에 아까운 충의지사 하나를 죽이고도 모자라 두 장군까지 위태롭게 한다는 것이냐!"

그리고 성안으로 들어 군신이 밤새 술잔을 나누며 그간의 회포를 풀었다.

　다음 날 한왕은 다시 한 갈래 군사를 오창으로 보내 남은 초군을 쫓고 그곳의 곡식을 형양으로 옮겨 오게 하였다. 또 군민을 풀어 그동안의 공방으로 헐어진 성벽을 고치고 부서진 성문을 튼튼하게 고쳐 달았다. 해자도 깊게 하고 농성에 쓸 다른 장비와 물자도 성 밖에서 넉넉히 실어 왔다. 다시 패왕 항우가 대군을 몰아와도 얼마든지 버틸 수 있게 만들기 위함이었다.

　그러던 어느 날 주가와 종공이 어깨를 나란히 하고 한왕을 찾아왔다. 먼저 주가가 간곡한 목소리로 한왕에게 권했다.

　"형양성을 지키시려는 대왕의 굳은 뜻은 이로써 널리 밝혀진 셈입니다. 하오나 형양성을 지키는 것은 여기 있는 우리들로도 넉넉합니다. 대왕께서는 이제 성고로 물러나시어 그곳에서 관동의 형세를 지켜보시며 전국을 주재하시는 것이 어떠하겠습니까?"

　"형양성은 천하의 뒤주 같은 오산(敖山)의 혈창(穴倉)을 끼고 있을 뿐만 아니라 앞으로는 광무산의 천험이 지켜 주고 뒤로는 성고성이 든든하게 받쳐 주고 있는 곳이다. 거기다가 우리 본진이 이곳에 머문다는 것은 우리 한나라가 중원으로 머리를 내밀고 있는 형국과 같다. 마땅히 군왕인 내가 머물러야 할 곳인데 그 무슨 소린가?"

　한왕이 알 수 없다는 눈길로 주가와 종공을 보며 그렇게 되물었다. 이번에는 종공이 나서 한왕의 물음을 받았다.

　"그래도 대왕께서 구태여 이곳에 머무시어 항왕의 날카로운 칼끝을 몸소 받으실 까닭은 없습니다. 형양성은 비록 동쪽으로 광무산의 천험이 있다고는 하나 적군이 백여 리만 길을 에돌면 들판에 나와 있는 성이나 다름없고, 성고성이 뒤를 받친다 하나 강한 적병이 먼저 뒤를 끊으면 외롭기 짝이 없는 성이 됩니다. 또 오창의 곡식도 이미 겪어 보신 것처럼 강한 적이 먼저 끊어 버리면 성안의 군량이 되지 못합니다. 지난번과 같은 위급을 당하면 성고보다 훨씬 헤어나기 힘듭니다."

"성고가 이곳보다는 관중에 가깝다 해도 날랜 군사를 몰아가면 반나절 거리도 안 되는 곳이다. 거기 머무는 것이 이곳보다 위태로움이 덜한들 얼마이겠느냐? 거기다가 과인은 이제껏 크고 작은 싸움을 수십 번 치렀으되 한 번도 후진 깊숙이 숨어서 적을 피한 적이 없다. 내가 위태로움을 마다하고 피하면서 어떤 장수, 어떤 병졸에게 창칼 앞으로 내닫기를 바랄 수 있겠느냐?"

한왕은 종공의 말에도 그렇게 되물음으로써 형양성에 머물기를 고집했다. 그때 진작부터 한왕 곁에서 가만히 보고 있던 장량이 주가와 종공을 편들고 나왔다.

"비록 반나절 거리라 해도 성고는 언제나 관중으로 뒷문이 열려 있는 형국의 땅입니다. 위급을 벗어나 관중으로 들기 용이한 것은 이 형양과 견줄 바가 아닙니다. 또 싸움에서 대왕이 전군에서 계시는 것과 행궁을 어디로 삼느냐를 정하시는 것은 서로 다른 일입니다. 지금 두 분 장군이 말하고 있는 것은 대왕께서 거처하실 행궁을 말하는 것이고 신이 보기에도 그것은 성고에 두는 것이 옳을 듯합니다. 우리 한나라가 중원으로 뻗어나가는 데 언제나 대왕께서 선두에 서 계셔야 하는 것은 아닙니다. 대왕께서 계시지 않아도 대장군 한신은 천하의 동북을 잘 경영하고 있고 위 상국 팽월도 홀로 곧잘 항왕과 맞서고 있지 않습니까?"

장량까지 나서 그렇게 권하자 한왕도 마침내 마음을 바꾸었다. 형양은 전과 마찬가지로 주가와 종공 및 한왕 신에게 맡기고, 자신은 근신들과 함께 성고로 물러났다. 하지만 그렇게 떠나면서도 특별히 가려 뽑은 군사 1만 명을 형양성에 보태 군민들의 기세를 북돋우어 주었다.

형양성의 최후

한(漢) 3년 6월, 패왕 항우는 팽성 동쪽에서 팽월을 뒤쫓고 있었다. 하비에서 항우의 대군을 맞은 팽월은 늘 해 오던 대로 치고 빠지며 유격전을 벌였으나, 상대가 상대인 만큼 뜻대로 되지 않았다. 자신 못지않게 집중과 속도로 죄어 오는 패왕의 대군에게 거듭 지고 쫓기다가 마침내는 서쪽으로 길을 잡고 달아나기 시작했다.

그러나 패왕이 그런 팽월을 쉽게 놓아주지 않았다. 조금만 더몰아대면 한왕 유방을 사로잡을 수 있을 것 같던 섭성에서 군사를 돌릴 마음을 먹게 한 것도 팽월이었고, 성고를 우려뺀 기세로형양까지 얻을 수 있었으나 하비로 군사를 돌리지 않을 수 없게한 것 또한 팽월이었다. 이번에는 무슨 일이 있더라도 팽월을 사로잡아 분을 풀고 싶었다.

그 바람에 초군의 추격은 치밀하고도 집요했다. 싸움에 이긴 쪽의 방심을 이용하는 계책이 번번이 패왕에게 간파되어, 팽월은 싸움다운 싸움조차 못해 보고도 벌써 군사가 절반으로 줄어 있었다. 나중에는 먼빛으로 초군이 덮쳐 오는 것을 알아보기 바쁘게 달아나기 시작했으나, 쉽게 추격을 뿌리치지 못했다.

하지만 그날은 달랐다. 오래 도둑질하며 숨어 살던 거야택에 점점 가까워지면서 손바닥 들여다보듯 환한 부근 지리가 크게 팽월을 도왔다. 패왕이 몸소 앞장서 무섭게 뒤쫓았으나 한 군데 어지럽게 길이 얽힌 늪지 숲가에서 팽월의 군사들을 놓치고 말았다.

"멈춰라. 더는 뒤쫓지 말라!"

기마대와 나란히 팽월의 군사를 뒤쫓던 패왕이 갑자기 말고삐를 당기며 크게 소리쳤다. 곁에 있던 기장 하나가 패왕에게 물었다.

"그럼 이대로 팽월을 놓아 보내실 것입니까?"

"늪지와 숲길이 뒤엉켜 있는데, 적은 이미 꼬리가 보이지 않는다. 여기서 더 심하게 몰아대면 겁먹은 적이 멀리 달아나 영영 사로잡을 수 없게 된다. 군사를 멈추어 쉬게 하고 날랜 척후 몇 기만 몰래 뒤를 쫓게 하라. 팽월이 진채를 내린 곳만 알아 오면 이번에는 우리가 몰래 밤길을 달려가 벼락같이 들이친다. 야습이 란 게 늙은 도적놈만 둘 줄 아는 묘수가 아니다."

말을 세운 패왕이 그렇게 말하며 빼 들고 있던 보검을 칼집에

꽂아 넣자 다른 장졸들도 뒤쫓기를 멈추었다. 패왕은 그들 중에 날래고 눈치 빠른 몇 기를 뽑아 조심스레 적의 뒤를 밟게 하고, 그곳에 머물러 보졸과 갑병이 주력인 본대가 이르기를 기다렸다.

오래잖아 용저와 환초가 이끄는 초군(楚軍) 본대가 천여 명의 포로를 이끌고 그곳에 이르렀다. 끌려온 포로들은 팽월을 따라다니며 여기저기서 초군을 괴롭히다가 사로잡힌 자들 같았다. 싸움다운 싸움도 없었는데 그만한 머릿수가 뒤떨어진 것으로 미루어 팽월의 다급한 처지가 짐작되었다.

"저것들을 한 놈도 살려 두지 말고 모두 땅에 묻어 버려라!"

끌려오는 포로들을 쏘아보던 패왕이 누구에게랄 것도 없이 그렇게 자르는 듯한 목소리로 명을 내렸다. 둘러선 장수들 가운데 섞여 있던 계포가 망설이는 눈치로 패왕을 쳐다보다가 조심스레 귀띔해 주듯 다가와 말했다.

"대왕, 저들은 모두 무기를 던지고 항복한 자들입니다."

"그렇지 않다. 저것들은 억지로 끌려 나오거나 먹을 것이나 얻자고 팽월을 따라다닌 유민들이 결코 아니다. 팽월 그 늙은 도적 놈이 좋아 스스로 따라나선 것들이니 용서할 수 없다. 모두 산 채로 묻어라!"

패왕이 불꽃이 튀는 것 같은 눈길로 그들을 한 번 더 노려보며 그렇게 받았다. 그 바람에 계포가 움찔하며 물러나자 더는 패왕을 말리는 사람이 없었다. 근처 골짜기로 끌려간 팽월의 졸개 천여 명은 잠깐 동안에 구슬픈 비명과 함께 땅속에 묻혀 버렸다.

"이곳에 진채를 내리되 기둥은 얕게 묻고 군막은 세우지 말라.

언제든지 진채를 뽑아 떠날 수 있게 해야 한다.”

패왕은 그렇게 말해 군사들을 쉬게 한 채 척후가 돌아오기를 기다렸다. 해 질 무렵이 되자 땀투성이가 된 척후 둘이 지친 말을 타고 돌아와 알렸다.

“서쪽으로 50리나 달아난 팽월은 상현 못 미친 곳에 진채를 내리고, 사방으로 흩어진 졸개들을 끌어다 모으고 있는 중이라고 합니다.”

그 말을 들은 패왕은 곧 장수들을 불러 모아 말했다.

“지금 곧 젊고 날랜 군사 1만을 골라 일찍 저녁밥을 지어 먹이고 푹 쉬게 하라. 삼경에 일어나 차림을 가볍게 하고 과인을 따라 팽월의 진채를 야습할 병력이기 때문이다. 50리 길이 결코 가깝지는 않으나, 기마와 더불어 달려가면 날 샐 무렵에는 적진을 덮칠 수 있을 것이다. 이번에는 우리가 팽월 그놈의 자다 깨 놀란 목을 벨 차례다.”

싸움이라면 패왕을 하늘같이 믿는 초나라 장수들이었다. 모두 그 말에 따라 팽월을 야습할 채비에 들어갔다. 강동에서 따라온 오중 자제들을 중심으로 젊고 날랜 군사 1만 명을 골라 배불리 먹인 뒤 삼경까지 푹 쉬게 했다.

그날 밤 삼경이 되었다. 패왕은 가려 뽑은 군사 1만 명을 거느리고 이번에도 스스로 앞장을 섰다. 패왕이 거듭 앞장을 서는 것은 그만큼 팽월을 밉살스럽게 여겼다는 뜻이기도 했다.

척후가 알아 온 대로 팽월은 상현 못 미친 곳 한 갈래 회수(淮水) 지류 가에 진채를 내리고 있었다. 밤새 군사를 휘몰아 달려간 패왕은 날이 훤해질 무렵 팽월의 진채에 이르렀다. 아직 잠들어 있는 팽월의 진채를 가만히 살피던 패왕이 오랜만에 흡족한 미소를 지었다.

"이놈, 이제 네놈의 늙은 목은 내 주머니 속의 물건이나 다름없다. 겨우 50리밖에 달아나지 못한 주제에 진채를 얽기는커녕 파수도 제대로 세우지 않고 잠을 자? 그것도 물러날 곳 없는 물가에서……. 작년에 한신이란 더벅머리가 물을 등지고 싸워 진여(陳餘)가 이끈 조나라 대군을 이겼다 하나, 나는 진여가 아니다!"

패왕이 그렇게 중얼거리며 군사를 휘몰아 팽월의 진채로 밀고 들었다. 그런데 어찌 된 일인지 팽월의 진채는 초군 기마대가 밀려들어 군막을 짓밟아도 조용하기만 했다. 그제야 이상하게 여긴 초나라 군사들이 이리저리 진채 안을 휩쓸고 다니며 찾아보았으나 팽월의 군사들은커녕 어리친 개 새끼 한 마리 눈에 뜨이지 않았다.

"이 간사한 도적놈에게 또 속았구나. 이게 어찌 된 일이냐?"

성난 패왕이 억지로 화를 눌러 참고 좌우를 돌아보며 물었다. 찔끔한 장수들이 군사를 풀어 부근 백성들에게 알아보게 했다. 오래잖아 군사들이 돌아와 일이 그렇게 된 경위와 팽월이 달아난 곳을 일러 주었다.

"팽월은 우리 척후가 뒤쫓는 줄 알고 짐짓 이곳에 진채를 내린 것 같습니다. 이곳에 머물 것처럼 군막을 세워 우리 척후의 눈을 속인 뒤, 어젯밤 삼경에 몰래 군사들만 데리고 빠져나갔다고 합니다. 대량 땅으로 갔다는 말이 있습니다."

그 말에 패왕이 물었다.

"팽월이 대량으로 갔다고? 어째서 하필이면 대량이라더냐?"

그러자 팽월과 여러 번 싸워 본 용저가 나서 전령 대신 아는 대로 말했다.

"작년에 한왕 유방이 팽월을 위나라 상국으로 세운 적이 있습니다. 거기다가 팽월은 대왕에게 쫓겨 하수 가로 밀려나기 전에는 외황을 비롯한 여러 성을 차지하여 그곳에서 크게 세력을 떨친 적도 있습니다. 이번에 다시 그리로 갔다면 아마도 그때 닦아 둔 발판에 의지해 보려는 속셈일 것입니다."

그 말에 패왕이 이를 부드득 갈며 소리쳤다.

"어젯밤 삼경에 떠났다면 아직 그리 멀리 가지는 못했을 것이다. 모두 지체 없이 과인을 따르라. 내처 뒤쫓아 가서 팽월을 사로잡자!"

하지만 초나라 군사들은 밤을 새워 가며 50리 길을 달려와 하나같이 지치고 허기져 있었다. 거기다가 이미 여러 날 팽월을 뒤쫓느라 피로가 쌓일 대로 쌓인 뒤끝이었다. 기마대까지도 내처 팽월을 뒤쫓기는 무리였다.

분김에 고래고래 소리치며 장졸들을 몰아대기는 해도 팽월을 사로잡기 글렀다는 것은 패왕이 먼저 알았다. 장수들이 말리자 못 이기는 척 무리하게 뒤쫓기를 그만두고, 그곳에 군사를 멈추어 아침밥을 짓게 했다. 그런데 미처 그 아침밥이 지어지기도 전이었다. 뒤따라오던 본대에서 급한 전령이 달려와 알렸다.

"종리매 장군께서 보낸 급보입니다. 한왕 유방이 갑자기 성고를 들이쳐 한 싸움으로 성을 우려뺐다고 합니다. 대왕의 명을 받들어 성을 지키던 종공은 난군 중에 죽고, 그 군사도 태반이 죽거나 한왕에게 항복해 버렸습니다."

보름 전만 해도 섭성에 죽은 듯 쭈그리고 앉았던 한왕 유방이었다. 그 유방이 어느새 성고로 밀고 올라가, 자신이 일껏 뺏어둔 성을 하루아침에 되찾아 갔을 뿐만 아니라 믿고 성을 맡긴 장수까지 죽였다니……. 그것만으로도 이미 듣는 패왕의 분통이 터지고 남을 소리였다. 그런데 뒤따라오듯 또 다른 전령이 달려와 더 기막힌 소식을 전했다.

"한왕을 맞아 싸우던 종리매 장군이 형양성을 나온 주가와 종공의 군사를 등 뒤로 받아 크게 낭패를 보셨습니다. 장졸 태반을 잃고 양적으로 쫓겨나 대왕의 구원을 기다리고 있다 합니다."

그 말을 들은 패왕이 제 성을 못 이겨 버럭 소리를 내질렀다.

"유방 이 음흉한 장돌뱅이가 사람을 너무 업신여기는구나. 어찌 이리도 과인의 속을 뒤집어 놓을 수 있단 말이냐? 아니 되겠다. 이번에는 반드시 형양, 성고를 깨뜨려 그 늙은 허풍선이의 목부터 잘라 놓고 봐야겠다!"

하지만 그렇다고 패왕이 팽월을 아주 잊은 것은 아니었다. 계포가 지키는 본대로 전령을 보내 새로운 명을 전하게 했다.

"과인은 이제 팽월을 뒤쫓는 척 대량으로 갈 것이니, 계포도 남은 대군을 이끌고 대량으로 오라 이르라. 대낮에 기치를 앞세우고 보무를 당당히 하여 행군하면, 팽월은 감히 맞설 엄두를 내지 못하고 더욱 멀리 달아날 것이다. 대량에 이르면 그곳에 가만히 머물러 대군을 정비하고 과인의 명을 기다리도록 하라. 과인이 따로 전령을 보낼 것이니, 그때는 또 그때대로 따르면 된다."

그래 놓고 패왕은 그날로 군사를 움직여 대량으로 달려갔다. 대량을 근거 삼아 어떻게 뻗대 보려던 팽월은 패왕이 그같이 재빠르게 뒤쫓아 오자 덜컥 겁이 났다. 무시무시한 패왕의 칼끝부터 피하고 보자는 심사로 다시 북쪽 하수 가로 달아났다.

며칠 뒤 대량에 이른 패왕은 팽월이 북쪽으로 멀리 달아났다는 말을 듣자 갑자기 군사를 서쪽으로 돌려 양적으로 향했다. 용저가 알 수 없다는 듯 물었다.

"대왕께서는 어찌하여 바로 형양으로 달려가지 않으십니까? 종리매 장군은 사람을 보내 다시 형양으로 불러들여도 되지 않습니까?"

"여기서 바로 형양으로 가려면 번쾌가 지키는 광무 산성을 지나야 한다. 그리되면 적지 않은 우리 군사가 다쳐야 할 뿐만 아니라, 싸움에 시일을 끌어 과인이 다시 오고 있음을 형양과 성고에 미리 알리게 된다. 형양과 성고가 지킬 채비를 더욱 굳건히 하여 과인에게 죽기로 맞서는 것도 고약하거니와, 겁 많은 유방이 지난번처럼 몰래 달아나기라도 한다면 과인이 이렇게 달려온 보람을 어디서 찾겠느냐? 그보다는 차라리 길을 좀 돌더라도 양적으로 가서 종리매와 함께 갑자기 형양으로 쳐 올라가는 게 낫다."

패왕이 그렇게 대답하고는 다시 계포에게도 사람을 보내 그 뜻을 전했다.

　대량에 이르거든 군이 광무로 나아갈 것 없이 양적으로 길
을 잡도록 하라. 행군의 빠르기를 곱절로 하면 사흘 뒤에는 형
양에 이르러 과인의 명을 따를 수 있을 것이다.

대량에서 양적까지는 2백 리 남짓이었다. 늦여름[季夏]이라 불
리는 6월이지만 초순이라 그런지 더위가 한창 기승을 부렸다. 그
불볕 속을 밤낮 없이 달려간 패왕의 군사들은 이틀 만에 양적에
이르렀다.

패왕이 사람을 보내 알아보니 종리매는 양적성 안에 없었다.
이에 성 밖에 군사를 멈추고 부근 백성들에게 물어 종리매의 군
사들이 간 곳을 알아보고 있는데, 갑자기 높은 데서 망을 보던
군사가 달려와 알렸다.

"동쪽 골짜기에서 한 갈래 군사가 나타나 이리로 다가오고 있
습니다."

그 말에 놀란 패왕이 군사들에게 싸울 채비를 시키는 한편 자
신도 철극(鐵戟)을 잡고 말 위에 올랐다. 그때 다시 망보기가 소
리쳤다.

"달려오는 것은 우리 초나라 군사들 같습니다. 기치와 복색이
틀림없습니다."

"그렇다면 종리매의 군사들이겠구나."

패왕이 그러면서 바라보고 있는 사이에 그 군사들은 얼굴을

알아볼 수 있는 거리로 접어들었다. 앞장서 터벅거리며 말을 몰아오고 있는 것은 틀림없이 종리매였다. 전포와 갑주 위로 먼지가 두껍게 앉아 온통 누른 옷으로만 보였다. 곁에서 따르는 부장들도 고단하고 지쳐 보이기가 그런 종리매에 못지않았다.

오래잖아 패왕 앞으로 말을 몰아온 종리매가 부끄러움 가득한 얼굴로 군례를 올렸다.

"못난 신 종리매가 대왕을 뵙습니다."

"이기고 지는 것은 군사를 부리는 이에게는 매양 있는 일이라 하였소. 스스로를 너무 허물하지 마시오."

패왕이 전과 달리 부드럽게 종리매의 군례를 받고 난 뒤 궁금한 것부터 물었다.

"장군은 어찌하여 성안에 들지 않고 골짜기로 들어갔소?"

"한왕과 주가, 종공 등이 언제 뒤쫓아 올지 모르는 데다 남쪽에는 또 구강왕 경포가 적지 않은 군사로 버티고 있어 그랬습니다. 허술한 성안에 함부로 들었다가 남북에서 몰려든 적의 대군에게 에워싸이기라도 하는 날이면 그보다 더한 낭패가 어디 있겠습니까? 그래서 사방으로 빠져나갈 길이 있는 저 골짜기에 숨어 대왕을 기다린 것입니다."

종리매가 풀 죽은 목소리로 그렇게 대답했다. 패왕이 알 수 없다는 눈길로 그런 종리매를 바라보며 물었다.

"적이 그토록 강성한가?"

"유방이 관중에서 이끌고 나온 것만도 3만이 넘는 데다 무관을 나온 뒤로 여기저기서 불어난 게 또 2만이 된다 합니다. 주가와 종공이 이끌고 형양성을 지키던 군사가 1만여 명이요, 경포의 군사도 그새 1만 명을 훨씬 넘어섰다고 합니다."

"그래 봤자 10만이 넘지 않는다. 장군은 벌써 잊었는가. 지난해 우리는 팽성에서 3만 군사로 한왕 유방이 이끄는 제후군 56만을 쇠몽둥이로 질그릇 부수듯 했다. 그런 까마귀 떼 같은 잡군은 10만이 아니라 1백만이라도 두렵지 않다. 과인이 보기에 장군의 허물은 싸움에 진 것이 아니라 적을 너무 크게 여겨 기세를 잃은 데 있는 듯하다."

패왕이 그렇게 나무란 뒤에 다시 힘 실린 목소리로 종리매의 꺾인 기를 되세워 주었다.

"자, 이제 형양성으로 가자. 이틀 뒤 계포가 이끄는 우리 본진이 이르면 우리는 가려 뽑은 군사만으로도 5만이 넘는다. 밥이나 얻어 먹자고 따라나선 유민들로 급하게 얽은 한왕 유방의 잡병 5, 6만과 비할 바 아니다. 먼저 형양성을 쳐서 주가와 종공을 죽이고, 다시 성고성을 에워싸 그 안에 똬리를 틀고 앉은 유방을 사로잡자."

그리고 종리매의 군사들에게도 술과 고기를 넉넉히 내어 기운을 돋워 주었다.

장졸들에게 그날 남은 해와 온 밤을 푹 쉬게 한 패왕은 다음 날 일찍 종리매를 앞세우고 형양으로 달려갔다. 백 리 남짓 되는 길이라 뜨거운 한낮에는 군사들을 그늘에서 쉬게 하고도 그 이튿날 새벽에는 형양성에 이를 수 있었다. 그들을 본 성안 군민들이 놀라 성문을 닫아걸고 싸움 채비에 들어갔다.

하지만 이상하게도 패왕은 서둘지 않았다.

"조용히 성을 에워싸고 물샐틈없이 지키기만 하라. 특히 유성마나 탐마의 드나듦을 엄히 막아 성고의 유방이 우리가 여기 이른 줄 모르게 해야 한다. 그러다가 우리 본진이 이르면 이번에는 5만 대군을 한꺼번에 쏟아 부어 한 싸움으로 형양성을 우려빼야한다."

그렇게 말하며 그답지 않게 느긋이 계포가 이끄는 본진이 이르기를 기다렸다.

계포의 재촉에 밤낮 없이 달려온 초군 본진이 형양에 이른 것은 패왕 항우가 이끄는 별대가 그곳에 이른 바로 다음 날이었다. 그러나 패왕은 여전히 서두르지 않았다.

"먼 길 오느라 고단할 테니 본대는 하루를 쉬도록 하라. 내일 성을 칠 채비는 과인과 종리매가 이끌고 온 군사들만으로도 넉넉하다."

그렇게 말하고는 그 어느 때보다 차분하게 공성할 채비를 갖춰 나갔다. 성벽에 걸칠 구름사다리를 엮고 밧줄을 꼬게 하는가 하면 밧줄 끝에 달 갈고리를 벼렸다. 성벽을 기어오를 군사들의 머리 위를 막아 줄 방패를 만들고 쇠뇌의 살과 화살도 그 어느 때보다 넉넉히 장만했다.

계포가 꾀를 내어 전에 없던 설비도 갖추었다. 성 밖 백성들을 시켜 만든 흙을 채운 자루를 몇 만 개나 성벽 가까이 쌓아 올린 뒤에 그 위에다 통나무로 망루를 짜 올린 일이 그랬다. 성벽 위를 내려다볼 수 있을 만한 높이였는데, 망대 앞은 두툼한 널판으로 가려져 있었다. 그런 망루가 형양성 밖 여러 곳에 솟아올랐으나, 싸움이 벌어질 때까지는 아무도 그 쓰임을 알지 못했다.

다음 날이 되었다. 갑옷투구로 몸을 감싸고 말 위에 오른 패왕은 문루 앞으로 나가 주가와 종공을 불러냈다. 마지막으로 다시 한번 달래 보기 위함이었다. 그러나 주가와 종공은 패왕에게 변변히 말할 틈조차 주지 않았다.

"이놈 항적아, 네 무슨 되잖은 수작으로 한나라의 귀신이 되기로 한 우리 귀를 더럽히려 하느냐? 듣지 않아도 알 만하니 이거나 받아라. 이게 우리 대답이니라."

문루 위에서 얼굴을 내민 주가가 그렇게 소리치며 화살을 먹여 당기고 있던 활시위를 놓았다. 패왕이 창대로 화살을 쳐 내려 하였으나 거리가 멀지 않아서였던지 뜻대로 되지 않았다. 화살촉이 투구를 치는 쩽하는 소리와 함께 화살이 패왕 발밑으로 떨어졌다. 성난 패왕이 말을 뒤로 빼며 주가를 올려다보고 소리쳤다.

"너희가 정녕 죽기로 작정하였구나. 너희 대답이 그러하다면 과인의 대답도 들려주마."

그러고는 보검을 빼 들어 망루 쪽을 바라보며 길게 휘저었다. 그걸 본 계포가 북을 울려 명을 대신하자 성 밖 망루에서 성벽 위로 까맣게 활과 쇠뇌의 살이 쏟아졌다. 미리 화살을 재 놓고 기다리던 초나라 궁수들이 성벽 위에 있는 한군을 향해 활과 쇠뇌를 쏘아붙인 것이었다.

성벽 위 높은 곳에 있어 화살 걱정을 별로 하지 않던 한군은 그 뜻밖의 사태에 크게 놀랐다. 넉넉하지 않은 방패 뒤로 숨어 꼼짝없이 엎드렸다. 개중에는 용케 망루 위의 초군에게 화살을 날려 보는 병사도 있었으나 망루 앞을 가린 두툼한 널빤지 때문에 소용이 없었다.

"쳐라. 모두 성벽 위로!"

이윽고 패왕이 그렇게 외치며 장졸들을 내몰았다. 기세가 오른 초나라 군사들이 함성과 함께 성벽에다 구름사다리를 걸치고 갈고리 달린 밧줄을 던져 올렸다. 그제야 다급해진 성벽 위의 한군이 화살 비를 무릅쓰고 움직이기 시작했다. 통나무와 바위를 굴리고 구름사다리를 밀어냈으나 그 기세는 이미 드러나게 꺾여 있었다.

오래잖아 함성과 함께 형양성 성벽 한 모퉁이가 초나라 군사들로 덮였다. 성벽 아래서 그걸 본 초나라 군사들이 더욱 기세가 올라 다투어 성벽 위로 기어올랐다. 하지만 아직 성이 떨어지기는 일렀다.

일이 다급해지자 성벽 위의 한군도 그 마지막 힘을 짜냈다. 저마다 죽음을 두려워하지 않고 뛰쳐나와 어렵게 성벽을 기어오른 초나라 군사들을 밀어붙이자 이내 전세가 뒤집혔다. 초나라 군사들로 뒤덮였던 성벽 모퉁이를 다시 차지한 한군들이 보란 듯이 붉은 기치를 내걸었다.

다른 쪽 성벽을 기어오르던 초나라 군사들도 마찬가지였다. 한때의 기세로 구름사다리를 기어오르고 밧줄을 탔으나 성벽 위로 오른 숫자는 많지 않았다. 그들마저 한군들의 반격으로 하나둘

구슬픈 비명과 함께 성벽 아래로 떨어져 내리자 초나라 군사들의 기세는 빠르게 수그러들었다.

"이만하면 됐다. 모두 징을 울려 군사를 거두어라. 성은 나중에 다시 쳐도 늦지 않다."

패왕이 그렇게 말하며 공성을 멈추게 했다. 본능적인 감각으로 머지않은 승리를 예감한 것인지 군사를 물리면서도 별로 마음 상해하는 것 같지 않았다.

하지만 패왕의 예감이 맞아떨어질 때까지 초나라 군사들은 그날만도 두 차례의 모진 패퇴를 더 겪어야 했다. 그래도 패왕은 별로 성내는 기색 없이 보고만 있다가 밤이 되자 장수들을 불러 놓고 말했다.

"오늘 우리 군사들도 많이 다쳤으나 적도 전에 없이 큰 손실을 입었을 것이다. 조용한 오늘 밤이 적에게 그걸 깨닫게 해 내일 싸움에서 사기를 꺾어 놓을 것이다. 오늘 밤은 성을 치지 말고 모두 쉬도록 하라."

이튿날 패왕은 다시 전군을 움직여 사방으로 형양성을 들이쳤다. 그러나 그날로 결판을 내려 들지는 않았다. 전날처럼 몇 차례 성벽 위로 군사들을 몰아대기는 해도 어딘가 겉으로만 요란스러운 데가 있었다. 그러다가 그날 밤이 되자 다시 장수들을 군막으로 불러 모은 패왕이 전에 없이 결연하게 말했다.

"장군들, 내일이다. 내일은 반드시 형양성을 깨뜨린다. 사졸들을 휘몰아 성벽을 기어오르되, 마지막 한 방울의 피땀까지 아껴서는 아니 된다. 내일 한 싸움으로 형양, 성고에서의 이 지루한 대치와 소모는 이제 끝내도록 하자!"

그러고는 북문 쪽을 에워싸고 있던 용저를 따로 불러 가만히 일러 주었다.

"장군은 내일 일찍 북문을 터 주고, 북쪽으로 10리를 더 물러나 성고로 가는 길목을 지키도록 하라. 북문 밖이 비어 있는 줄 알면 누군가 그리로 달아나는 자가 있을 것이니 반드시 사로잡아야 한다."

다음 날 군사들에게 아침밥을 든든히 먹인 패왕은 다시 전군을 내몰아 성벽 아래에 늘어서게 했다. 그리고 성벽 위까지 들릴 만큼 쩌렁쩌렁한 목소리로 말했다.

"초나라 장졸들은 들어라. 과인도 그대들과 함께 성벽을 오를 것이니, 오늘이 아니면 날이 없다 여기고 모두 힘을 다해 형양성을 쳐라!"

말뿐만이 아니었다. 패왕은 정말로 갑옷을 여미고 투구 끈을 고쳐 매더니 구름사다리를 번쩍 들고 성벽 쪽으로 달려갔다. 그리고 사다리를 성벽에 기대기 바쁘게 칼을 빼 들고 앞서 성벽을 기어오르려 했다. 누군가 패왕의 전포 자락을 잡으며 소리쳤다.

"대왕, 소 잡는 칼을 어찌 닭 잡는 데 쓰려 하십니까? 성벽을 오르는 일은 소장들에게 맡기시고 옥체를 보중하소서."

그사이에 장졸 몇이 다투어 패왕이 걸쳐 둔 구름사다리로 기어올랐다. 성벽 여기저기 걸쳐진 다른 구름사다리와 밧줄도 마찬가지였다. 패왕의 외침에 기세가 오른 초나라 군사들이 다투어 기어오르니 싸움 나온 병정개미 떼도 그보다 더 악착스러울 것 같지 않았다.

성벽 위의 한군도 힘을 다해 맞섰다. 그러나 워낙 전날 입은 피해가 컸던 탓인지 그 기세가 많이 꺾여 있었다. 겨우 막아 내고는 있어도 그리 오래갈 것 같지 않았다. 그때 다시 성벽 아래에서 우레 같은 고함 소리가 들렸다.

"비켜라, 내가 간다. 누가 감히 내 앞을 막으려 드느냐?"

그러면서 한 손으로는 방패를 뺏어 들고 다른 한 손으로는 보검을 뽑아 든 채 구름사다리를 기어오르는 것은 바로 패왕 항우였다.

'항왕이 온다.'는 말은 팽성의 싸움 이래로 한군에게는 저승사자가 온다는 말보다 더 듣기 두려운 말이었다. 그런데 그 항왕이 불이 뚝뚝 듣는 듯한 눈으로 노려보며 시퍼런 칼을 빼 들고 다가오니 어찌 두렵지 않겠는가. 그쪽 성벽 위를 맡아 지키던 군사들이 모두 입이 얼어붙고 몸이 굳은 듯 '어어' 하며 내려다보고 있는 사이에 날아오르듯 재빠르게 사다리를 기어오른 패왕이 성가퀴를 넘어섰다.

"이놈들! 과인이 왔거늘 어서 엎드려 항복하지 못할까?"

듣는 이의 귀청이 찢어질 정도로 크고 높은 호통이었다. 패왕이 그런 호통과 함께 보검을 치켜들자 그쪽에 몰려 있던 한군 절반은 창칼을 내던지고 바닥에 엎드렸고, 다른 절반은 얼빠진 사람처럼 다가오는 패왕을 멍하니 바라보고만 있었다. 패왕이 한칼을 휘둘러 얼빠진 듯 서 있는 한군 가운데 하나를 베자 그들 나머지도 모두 창칼을 내던지고 주저앉았다.

패왕이 올라선 성벽 모퉁이는 잠깐 동안에 패왕의 뒤를 따라 성벽을 기어오른 초나라 군사들로 가득 찼다. 패왕은 창칼을 버리고 주저앉은 한군들을 거들떠보지도 않고 문루 쪽을 향해 초나라 장졸들을 몰고 가며 소리쳤다.

"과인을 따르라. 문루를 빼앗고 성문을 열자!"

그러지 않아도 기세가 올라 있던 초나라 장졸들이 그런 외침에 더욱 기세가 올라 함성과 함께 패왕을 따랐다.

패왕이 덮친 동쪽 문루는 그 아침까지만 해도 주가가 자리 잡고 지키던 곳이었다. 그런데 종리매가 앞장선 남문 쪽이 위태로워지자 주가는 남문을 돌보러 가고 없었다. 거기다가 그사이 성벽 다른 모퉁이도 사다리나 밧줄을 타고 올라온 초나라 군사들로 어지러워져 한군도 동문 문루 쪽을 구원하러 갈 겨를이 없었다.

패왕이 초나라 장졸 수십 명을 이끌고 달려오자 문루를 지키던 주가의 부장 하나가 멋모르고 군사 수십 명과 함께 달려 나와 길을 막았다.

"이놈, 네 감히 과인의 길을 막느냐?"

패왕이 불길이 쏟아지는 눈길로 그 장수를 쏘아보며 벽력같은 호통을 내질렀다. 그 무시무시한 눈길과 고함 소리에 범 만난 노루마냥 놀라 움찔하던 그 장수가 얼결에 칼을 빼 들고 싸우는 시늉을 했다.

"어딜!"

패왕이 나지막한 기합 소리와 함께 앞으로 몸을 날리며 보검을 크게 휘둘렀다. 시퍼런 검광이 한차례 번뜩이는가 싶더니 비명 소리조차 없이 패왕의 앞을 막아섰던 한나라 장수의 머리가 성벽 위에 굴러 떨어졌다.

"이놈들, 이래도 항복하지 못하겠느냐?"

패왕이 성벽 바닥에 떨어진 머리를 집어 들고 얼빠진 사람마냥 굳어 있는 한나라 군사들에게 소리쳤다. 그러자 문루를 지키던 한나라 군사들은 누가 먼저랄 것도 없이 저마다 창칼을 내던지고 털썩털썩 꿇어앉았다.

그러자 패왕은 다시 그들을 거들떠보지도 않고 무인지경 내닫듯 거침없이 성벽을 내려가 성문 쪽으로 갔다. 성문 빗장을 지키던 기장 하나와 사졸 여남은 명이 그 갑작스러운 변화에 어리둥절해진 눈길로 패왕을 쳐다보았다. 패왕이 문루를 지키던 장수의 잘린 머리를 무슨 부적처럼 그들 앞에 들어 보이며 소리쳤다.

"과인이 바로 서초 패왕이다. 이 꼴이 나기 싫거든 어서 성문을 열어라!"

그러자 성문을 지키던 군사들은 마치 한왕 유방의 명을 받들기라도 하는 것처럼 고분고분 성문을 열었다. 한나라 기장도 갑자기 몸이 굳어 버리기라도 한 듯 말 위에 앉은 채 그런 졸개들을 멀거니 바라보고만 있었다. 열린 성문으로 밖에 나간 패왕이 가까운 초나라 진영을 향해 소리쳤다.

"성문이 열렸다. 초나라 장졸들은 모두 이리로 들라!"

그렇게 되자 지난 열 달 한왕 유방이 관동의 근거지로 삼아 온 땅이었고, 한왕이 빠져나간 뒤 두 달은 패왕의 불같은 포위 공격을 버텨 낸 주가와 종공의 투지로 이름났던 형양성에도 마침내 그 마지막 날이 왔다. 동문으로 쏟아져 들어간 초나라 군사들이 성안을 휩쓸면서 성벽 위를 지키던 한군의 사기는 여지없이 허물어졌다. 달아날 길이 있는 한군은 모두 달아나고 나머지는 무기를 내던지며 항복했다.

성 안팎에서 창칼 부딪는 소리가 그치고 이제 더는 맞서는 한군이 없어지자, 한왕 유방의 행궁 터에 자리 잡은 패왕이 장수들을 돌아보며 물었다.

"주가와 종공, 한왕 신은 어찌 되었느냐? 사로잡지 못했으면 시체 더미를 뒤져서 시체라도 찾아오너라."

워낙 빈틈없이 에워싸고 성을 친 터라 달아났을 턱이 없다고 굳게 믿는 패왕의 말투였다. 그러나 셋 중 아무도 보지 못한 장수들이 난감한 표정으로 서로를 돌아보고 있는데, 반가운 전갈이 왔다.

"방금 주가를 사로잡았다고 합니다. 여느 백성 차림으로 바꿔 입고 성을 빠져나가려다가 우리 군사에게 들켰는데, 스스로 목을 찔러 죽으려 하는 것을 겨우 말리고 묶어 이리로 끌고 오는 중이라고 합니다."

그 말을 들은 패왕이 어둡게 일그러진 얼굴로 말했다.

"어째 피도 살도 없는 것처럼 뻗대던 맹사(猛士)와는 잘 어울리지 않은 끝이로구나. 하지만 잘됐다. 내 그에게 묻고 싶은 것이 있으니 어서 이리로 데려오라!"

그러자 오래잖아 온몸을 밧줄로 동이듯 묶인 주가가 끌려왔다. 겉에 걸치고 있는 추레한 백성들의 옷에는 모질고 끔찍했던 싸움의 흔적이 여기저기 핏줄기로 배어나와 있었다. 그러나 패왕을 바라보는 눈길에는 조금도 움츠러들거나 굽히는 빛이 없었다. 그런 데서 엿보이는 사납고도 꺾일 줄 모르는 주가의 기상이 슬며시 패왕을 감동시켰다.

"공의 드높은 의기를 떠올리고 또 지금의 고단한 처지를 살피니 실로 과인의 가슴이 아프오. 한왕 유방을 위한 충성은 이만하면 넉넉히 보여 준 셈이니, 이제부터는 과인을 위해 일해 보는 게 어떻소? 만일 공이 우리 초나라로 돌아온다면 과인은 공을 상장군으로 삼고 3만 호의 식읍을 내리겠소."

패왕은 홍문의 잔치에서 번쾌를 보았을 때 느꼈던 것과는 또다른 정감으로 그렇게 주가를 달래 보았다. 그런 패왕에게는 이긴 자의 너그러움만큼이나 힘 있고 굳센 자의 자신만만함도 은연중에 작용하고 있었다.

'뼈에 피와 살을 입힌 인간의 몸은 신념이나 대의를 싣기에 얼마나 허약한가. 인간은 고통 앞에 얼마나 무력하며 죽음 앞에 얼마나 비굴해지는가. 너는 한때의 허영으로 충성이니 신의니 하며 함부로 목숨을 내걸었지만, 이제 네 몸과 마음은 고통과 죽음의 공포에 아울러 벌벌 떨고 있을 것이다. 시위를 떠난 화살처럼 되돌릴 길 없고, 이제 와서 차마 목숨을 애걸할 수도 없지만, 그래도 너는 길이 있으면 그 고통과 죽음을 피해 가고 싶을 것이다.

172

그 길을 내가 터 주겠다. 나는 이제 네가 부끄러워하지 않고 항복할 수 있게 손을 내밀었다. 어서 내 손을 잡아라. 황송스럽게 감격해서. 그렇게 해서 네가 지난날에 내게 입혔던 상처를 영광과 위엄으로 덮어 다오.'

그런데 주가의 대답은 그런 패왕의 바람과는 전혀 달랐다. 패왕의 말이 끝나고도 한참이나 패왕을 쏘아보다가 차갑고 거침없이 내뱉었다.

"이놈 항적아, 네 눈은 가죽이 모자라 찢어지고, 네 귀는 머리뼈가 모자라 뚫린 것이라더냐? 지난날 내 벗 기신(紀信)이 제 한 몸을 장작불에 태워 가며 네게 보여 주고 일러 주었거늘, 네 어찌 유자의 충의를 이리도 작고 낮게 보느냐? 네 그러고도 남의 임금 되어 천하를 다투려 하느냐? 아서라. 이제라도 늦지 않았으니 어서 빨리 우리 대왕께 항복하여라. 그러지 않으면 우리 대왕께서 너를 사로잡아 하늘의 호생지덕조차 누릴 수 없게 되리라. 너 같은 것은 결코 우리 대왕의 맞수가 되지 못한다!"

마치 어찌하면 패왕이 가장 성낼까를 헤아리려 하는 소리 같았다. 패왕도 필요하면 참을 줄도 알았으나 그런 주가의 말을 듣자 더 달래 볼 마음이 없어졌다. 모처럼 펼쳐 보인 자신의 너그러움을 주가가 모질게 마다하였을 뿐만 아니라, 사람에 대한 자신의 이해까지 온전히 무시하자 온몸이 분노로 불덩이처럼 달아올랐다. 잠깐 주가를 무섭게 노려보다가 짐짓 목소리를 낮춰 차갑게 말하였다.

"주가는 듣거라. 너는 아무래도 이 세상과 사람의 삶이 어떤 것인지를 잘못 알고 있는 것 같구나. 네가 꿈꾸고 있는 그런 세상과 믿고 있는 그런 휘황한 대의란 없다. 그것들을 담을 수 있는 얼도 없고, 그 얼을 끝내 지켜 낼 수 있는 몸은 더욱 없다. 시황제는 일찍이 너희 같은 무리를 모두 땅에 파묻어 육국혼합(六國混合), 일통천하(一統天下)의 기틀을 마련하였다. 과인은 지난번에 기신을 태워 천명을 거스르는 죄가 얼마나 큰 것인지를 온 세상에 보여 주었거니와, 이제는 또 너를 삶아 과인과 우리 서초에 드리운 천명의 엄숙함을 다시 한번 온 세상에 드러내려 한다. 뜨거운 가마솥 속에서라도 네가 실로 어디에 사는 무엇인지를 곰곰이 돌이켜 보아라!"

곧 행궁 뜰에 큰 가마솥이 날라져 오고 솥발 아래 장작불이 지펴졌다. 주가는 물이 끓기도 전에 가마솥에 넣어져 천천히 삶겼다. 그 괴로움이 오죽했을까마는 주가도 기신처럼 죽을 때까지 패왕을 꾸짖어 마지않았다.

마침내 주가의 숨이 끊어져 행궁 뜰이 고요해졌을 무렵이었다. 다시 한 떼의 군사들이 한나라 장수 한 사람을 묶어 오며 소리쳤다.

"주가의 부장(副將)인 종공을 사로잡았습니다. 다친 채 민가 마룻바닥 밑에 숨어 있다가 우리 군사에게 들킨 것이라 합니다."

그 말을 들은 패왕이 얼굴을 찌푸리며 보고 있다가 종공이 발 앞까지 끌려오자 빈정거리듯 말했다.

"너희 유자의 무리들은 항복할 수 없다면 스스로 목을 찔러 죽을 줄도 모르느냐? 어찌하여 한결같이 남의 수고로움으로 제 죽음을 치장하려 드느냐?"

종공이 고개를 번쩍 들어 패왕을 쏘아보며 말했다.

"옛적에 공자께서 악인들에게 에워싸여 봉변을 당하게 되셨을 때, 뒤떨어진 안회(顏回)가 죽음이라도 당하지 않았을까 걱정하신 적이 있소이다. 그러나 안회는 살아 돌아와 '스승님께서 살아 계시는데 제가 어찌 감히 죽을 수 있겠습니까?'라고 말하였다고 하오. 남의 신하 된 자도 같소. 임금께서 살아 계시면 마땅히 몸을 보존하여 뒷날을 도모하여야 하는 법이오. 한 번 졌다 해서 함부로 목숨을 내던지는 것은 임금께서 뒷날 이 몸을 쓰시고자 하여도 쓰실 수 없게 만드는 것이니 불충이 아닐 수 없소."

"그러나 사로잡혔으니 어쩌겠느냐? 너도 주가나 기신처럼 과인의 노여움을 빌어 네 죽음을 치장하고 싶으냐?"

"그 죽음이 모질고 끔찍해 아름다워질 수는 있으나, 실로 그들이 원한 것은 아닐 것이오. 인정을 베풀 수 있다면 나는 되도록 빨리 죽여 주시오!"

그러자 패왕이 더 길게 주고받지 않고 좌우를 돌아보며 소리쳤다.

"과인도 이제 더는 몇 백 년 전에 죽은 귀신의 말에 홀린 더벅머리 유생들의 죽음을 치장해 주고 싶지 않다. 저자를 끌어내 목을 베어라!"

하지만 형양성을 지킨 모든 장수가 기신이나 주가, 종공처럼 죽은 것은 아니었다. 종공의 목이 떨어지고 오래지 않아 관중으로 달아나는 길목을 지키던 용저가 한 장수를 잡아 묶어 왔다.

한왕 신이었다.

끌려온 한왕 신은 이미 몰골부터가 주가나 기신의 부류와는 달랐다. 허여멀쑥한 얼굴은 두려움으로 퍼렇게 질려 있었고, 끌고 오는 군사들보다 머리통 하나는 더 커 보이는 멀쩡한 허우대는 보기 민망하게 부들부들 떨고 있었다. 끌려오는 동안에 주가와 종공의 죽음을 전해 들은 탓인 듯했다.

하지만 주가와 종공의 죽음을 보며 까닭 모르게 마음이 상해 있던 패왕에게는 거꾸로 그런 한왕 신의 모습이 적지 아니 위로가 되었다. 왠지 정직하고 올바른 패장(敗將)의 모습을 본다는 느낌이었다. 이에 패왕은 아직 굳어 있는 얼굴과는 달리 자못 은근한 목소리로 물었다.

"한왕은 어찌할 것인가? 주가의 무리를 뒤따르겠는가? 아니면 과인에게로 돌아오겠는가?"

한왕 신이 그런 패왕에게서 무얼 보았는지 풀썩 무릎을 꺾으며 말했다.

"대왕께서 신을 거두어만 주신다면 이제부터라도 개나 말의 수고로움을 마다하지 않겠습니다."

그 목소리가 간절하다 못해 비굴하게 들릴 지경이었다. 그러나 항복하지 않고 죽어 간 주가와 종공이 워낙 심하게 비위를 상하게 한 탓인지, 패왕은 평소의 그답지 않게 그런 한왕 신에게 너그러워졌다.

"그렇다면 왜 진작 성문을 열고 항복하지 않았느냐?"

"주가와 종공이 눈에 불을 켜고 살피는 통에 어찌해 볼 수가 없었습니다. 그들이 위왕 표를 죽인 일은 대왕께서도 잘 알고 계시지 않습니까?"

한왕 신이 어른에게 일러바치는 아이처럼 그렇게 말하며 자신을 변명했다. 패왕도 발 앞에 떨어진 위표의 잘린 머리를 본 적이 있었다. 거기다가 주가와 종공의 모질고 독한 사람됨에 치를 떤 터라 더욱 한왕 신의 말이 그럴듯하게 들렸다. 잠시 말이 없다가 문득 좌우를 돌아보며 말했다.

"한왕 신을 풀어 주어라. 저를 왕으로 세워 준 이를 힘을 다해 섬긴 것이 무에 그리 큰 허물이 되겠느냐? 이제라도 과인에게 항복하였으니 그를 한번 믿어 보기로 하자."

그리고 다시 한왕 신을 살펴보며 다짐받듯 말하였다.

"그대는 이제 과인을 따라 성고로 간다. 거기서 한왕 유방을 사로잡는 데 공을 세운다면 과인도 그대를 왕으로 세워 주겠다. 그러나 만약 다시 과인을 저버린다면 땅 끝까지 뒤쫓아 가서라도 그 머리를 어깨 위에 남겨 놓지 않으리라!"

성고도 다시 떨어지고

형양성을 떨어뜨리고 주가와 종공을 죽인 패왕은 초나라 군사들의 창칼에 묻은 형양성 군민의 피가 채 마르기도 전에 그들을 성고로 몰아갔다. 두 성 사이가 겨우 50리 남짓이라, 한달음에 달려가려는데 앞서 보낸 탐마가 달려와 알렸다.

"성고에서 한군이 마주쳐 오고 있습니다. 어제 용저 장군께서 서북쪽으로 빠지는 길을 물샐틈없이 끊어 버린 바람에 아직 형양이 떨어진 줄 모르고 구원을 나온 듯합니다."

"병력은 얼마나 되더냐?"

"서북쪽에서 이는 먼지나 인마가 내는 소리로 미루어 1만 명은 되어 보입니다."

거기까지 들은 패왕은 곧 종리매와 계포를 불렀다.

"종리매 장군과 계 장군은 각기 날랜 군사 5천을 이끌고 가만히 길을 돌아 한군이 성고로 돌아가는 길을 끊으라. 종리매 장군은 남쪽으로 돌고 계 장군은 북쪽으로 돌되 적이 완전히 지나가기를 기다려 그 뒤를 쳐야 한다. 단 한 명도 성고로 살아 돌아가 유방에게 보탬이 되게 해서는 아니 된다!"

그리고 자신이 이끄는 본진은 행군을 멈추고 매복으로 전환했다. 가까운 숲과 골짜기에 대군을 감춘 뒤 보졸 몇 천 명만 길목에 내보내 형양에서 성고로 빠져나가는 길을 끊고 있는 작은 부대인 양 꾸몄다.

초나라 군사들이 매복을 마친 지 한 식경이나 지났을까? 한눈에도 1만은 되어 보이는 한나라 군사들이 멀리서부터 머뭇머뭇 다가왔다. 마지못해 구원을 나오기는 해도 패왕의 엄청난 기세에 주눅이 들어서인지, 한군의 행군은 조심스럽기 그지없었다. 두 번, 세 번 탐마를 풀어 앞을 깐깐히 살피며 오다가 드디어 길목을 지키는 초나라 군사를 보았다는 듯 잠시 움찔하며 멈춰 섰다. 그러나 이내 그 세력이 크지 않은 걸 알아보았는지 다시 천천히 다가오기 시작했다.

그때 가까운 골짜기에 기마대와 함께 숨어 있던 패왕이 가만히 깃발을 움직여 신호를 보냈다. 그러자 길목을 지키던 초나라 군사들은 한나라 대군을 보고 놀란 시늉을 하며 어지럽게 물러나기 시작했다. 그걸 보고 잠깐 망설이던 한나라 대군이 갑자기 속도를 내어 그런 초나라 군사들을 덮쳐 갔다. 그 꼬리를 물고 형양 서북쪽을 에워싼 초군 진지를 단숨에 돌파해 형양성 안으로 들어갈 작정인 듯했다.

"쳐라! 저것들을 한 명도 성고로 돌려보내서는 안 된다."

한나라 군사들이 돌이키기 어려울 만큼 다가왔을 때 패왕이 칼을 빼 들고 말 배를 박차며 외쳤다. 이어 다른 곳에 매복해 있던 초나라 군사들도 일제히 일어났다. 하지만 기세 좋게 덮쳐 오던 한나라 군사들의 대응도 재빨랐다. 골짜기와 숲에서 매복하고 있던 초나라 군사들이 쏟아져 나오는 걸 보자마자 나아가기를 멈추고 되돌아서 달아나기 시작했다.

하지만 종리매와 계포가 한 갈래 군사를 이끌고 샛길로 그 뒤를 돌면서부터 그들은 이미 돌아갈 곳 없는 신세가 되어 있었다. 놀라 돌아서 달아나던 한군이 급하게 한 군데 산굽이를 도는데, 갑자기 함성과 함께 두 갈래의 인마가 앞을 가로막았다. 종리매와 계포가 이끄는 1만 초나라 정병들로, 겁먹고 혼란된 한군의 눈에는 실제보다 열 배도 넘게 많아 보였다.

그다음은 처음 탐마가 한군이 온다는 보고를 할 때부터 패왕의 머릿속에 그려진 대로의 대규모 도살이었다. 형양성을 구원하러 떠났던 한군은 자신들이 초나라 대군의 두터운 에움 가운데 빠졌다는 걸 알자 저마다 살길을 찾아 달아나기에 바빴다. 그 바람에 다시 1만이나 되는 한나라 병력이 형양성에 이르지도 못하고 성고로 돌아가지도 못한 채 사라져 버렸다.

그날 패왕이 이끈 5만 대군은 전날에 이어 마음껏 한나라 군사를 죽인 뒤 날도 저물기 전에 성고성을 에워쌌다.

"동서남북 어디로든 쥐새끼 한 마리 빠져나가지 못하게 하라.

이번에는 반드시 한왕 유방을 사로잡아 천하의 형세를 결정해야 한다!"

패왕은 그렇게 장졸들을 몰아대며 당장이라도 성고성을 둘러 엎을 듯하였다. 그러나 형양성을 깨뜨리고 성고에서 나온 구원병을 모조리 도륙하느라 힘을 뺀 탓인지 패왕은 그날 밤도, 다음 날도 공성을 시작하지 않았다. 다만 높은 곳에 망대를 세워 성안을 살피게 하며 형양성에서 그랬던 것처럼 한 싸움으로 성을 우려뺄 기회만 엿보았다.

그런데 알 수 없는 것은 성고성 안의 움직임이었다. 패왕이 사방으로 탐마를 놓아 알아본 바로 한왕 유방은 아직 성을 빠져나가지 못했고, 그 막빈과 장수들도 한왕의 본부 군마와 함께 성안에 있었다. 다시 말해, 형양성을 구원하러 나왔다가 죽고 흩어진 1만을 빼고도 2만은 넘는 장졸이 한왕의 막빈들과 함께 머물고 있는데도 성고성은 조용하기가 마치 비어 있는 성 같았다.

그게 궁금해진 패왕은 다음 날 늦게야 남문 문루 앞으로 가서 한왕을 불러냈다. 패왕이 문루가 흔들려 기왓장이 떨어질 만큼 큰 소리로 거듭 한왕을 불렀으나 아무도 문루 난간으로 나와 대꾸하지 않다가 나중에야 늙은 장수 하나가 패왕의 말을 받았다.

"누구요? 누구시기에 계시지도 않은 우리 대왕을 여기 와서 찾으시오?"

패왕이 누군지도 알고 이제는 형양성이 떨어졌다는 소식도 들었으련만 도통 알 수 없다는 표정에 손바닥으로 귓바퀴를 감싸 가는귀먹은 시늉까지 했다. 패왕이 치솟는 화를 못 참아 한층 목소리를 높이며 꾸짖었다.

"두 눈을 달고도 사람을 알아보지 못하니 그 두 눈깔은 차라리 뽑아 버리는 게 낫겠구나. 나는 서초 패왕 항우다. 한왕 유방을 보자고 하였다."

"서초 패왕이 무슨 짓을 하는 자리고 항우가 뉘 집 골칫덩어리 아이 이름인지 모르지만, 우리 대왕께서는 벌써 사흘 전에 관중으로 돌아가셨소. 가시면서 나더러 이 성을 지키라고 하셨는데, 그런 우리 대왕은 왜 찾으시오? 뭐 받아 낼 빚이라도 있소?"

늙은 장수가 그렇게 의뭉을 떨며 연신 패왕의 부아를 질러 댔다. 정말 그의 말대로라면 패왕으로서는 실로 맥 빠지는 일이었다. 또 유방을 놓쳐 버리고 빈껍데기 같은 성벽과 씨름하는 꼴이 되는 게 아닌가 싶자 목소리가 한층 높아졌다.

"늙은 입이 찢어지지 않으려거든 더는 거짓말하지 말라. 지난 사흘 사방 백 리 안에서는 아무도 우리 서초의 대군이 쳐 둔 그물을 빠져나간 자들이 없다. 유방더러 쥐새끼처럼 숨어 있지 말고 어서 나와 과인의 명을 받들라고 하여라!"

"이보시오, 항씨 성 쓰는 젊은이. 뭘 드셨는지 모르지만 제발 소리 좀 지르지 마시오. 늙은이 귀청 떨어지겠소. 우리 대왕께서는 여기 계시지 않는다는데 왜 자꾸 소란을 떠시오? 꼭 우리 대왕을 만나시려거든 관중으로 들어가 역양에나 가 보시오."

늙은 장수가 한 번 더 그렇게 패왕의 부아를 지른 뒤에 문루 안으로 쑥 들어가 버렸다. 성난 패왕은 펄펄 뛰며 소리소리 지르다가 예정에도 없던 공성을 명하고 말았다.

초군이 형양성을 떨어뜨린 기세만 믿고 성고성을 들이치기 시작했으나 결과는 성난 패왕이 뜻한 바와는 아주 달랐다. 어디에 숨어 있었던지 성가퀴에 새카맣게 한군이 솟아나와 성벽을 기어오르는 초나라 군사들을 먼지 털듯 털어 냈다.

그날 아무것도 얻은 것 없이 적지 아니 군사만 상한 패왕은 다음 날부터 다시 사람과 물자를 넉넉히 들여 성고성을 단숨에 우려뺄 준비에 들어갔다. 하지만 한왕은 끝내 모습을 보이지 않고, 낯익은 막빈이나 장수들도 눈에 띄지 않아 패왕은 은근히 맥이 빠졌다. 그래도 한왕이 성안에 숨어 있으면서 속임수를 쓰는 것이기를 간절히 빌며, 형양성에서 한 것보다 더 철저하게 공성을 준비시켰다.

패왕이 대군을 이끌고 성고성을 에워싼 지 닷새째 되던 날이었다. 해 질 무렵 하여 높은 망대에서 성고성 안을 살펴보던 군사가 패왕에게 알려 왔다.

"성안 한군의 움직임이 이상합니다. 성벽 위는 조용하나 성벽 아래서는 움직임이 매우 활발한데, 특히 서문 쪽이 그렇습니다. 신시부터 서문 근처에 치중이 슬몃슬몃 옮겨 와 쌓이는 듯하고, 기마대와 갑병도 모두 그 주변을 맴돌고 있습니다. 힘을 모아 서문 쪽으로 치고 나와 관중으로 달아나려는 것이나 아닌지 모르겠습니다."

곁에서 함께 듣고 있던 종리매가 주먹을 불끈 쥐며 말했다.

"틀림없습니다. 성안에 숨어 있던 유방이 겁을 먹고 또 관중으로 달아나려고 하는 것이니, 이번에는 반드시 그를 잡아 죽여야 합니다. 제게 한 갈래 군사를 주시면 관중으로 드는 길목에 매복해 있다가 그 목을 베어 대왕께 바치도록 하겠습니다."

그러나 패왕은 무겁게 고개를 가로저었다.

"과인도 유방이 성안에 숨어 있다는 것은 믿겠다만 그와 같은 계책을 쓰리라고는 보지 않는다. 같은 적과 싸우면서 전에 썼던 계책을 다시 쓰는 것은 병가에서 엄히 금하는 일이다. 유방이 비록 하찮은 장돌뱅이에서 몸을 일으켰다 하나, 군사를 이끌고 싸움터를 떠돌기가 벌써 5년에 가까우니, 그만 일은 알고 있을 것이다. 게다가 장량과 진평까지 붙어 있는데 또 그런 어수룩한 일을 꾸미겠느냐? 무언가 다른 속셈이 있을 것이다."

패왕이 그렇게 말하자 역시 함께 있던 계포가 조심스레 받았다.

"그렇다면 동쪽을 시끄럽게 하다가 서쪽을 들이치는[聲東擊西] 격으로 유방이 대왕을 속이려 드는 것이나 아닐는지요. 마치 대군을 이끌고 서문을 나와 관중으로 달아날 것처럼 하다가 저만 슬며시 남문으로 빠져나가려는 수작일 수도 있습니다. 그리하여 전처럼 경포와 짜고 완읍과 섭읍 사이를 오락가락하며 대왕께 맞서면 그보다 더 성가신 일도 없을 것입니다."

"그야, 남쪽뿐이겠는가? 한단에서 오고 있다는 한신의 대군을 바라 동쪽으로 달아날 수도 있겠지. 어쨌든 늙은 흉물이 꾸미는 일이니 또 속지 않도록 모두 살피고 또 살피도록 하라."

패왕이 그러면서 성고성 안의 움직임을 지켜보는 사이에 날이 저물었다. 어둠이 깔리면서 서문 쪽의 심상치 않은 움직임은 한층 더 뚜렷해졌다. 유독 그쪽에 횃불이 밝아 밤하늘을 훤하게 비추었고, 말울음 소리와 개갑(鎧甲) 부딪는 소리에 사람의 웅성거림까지 그쪽만 시끄러웠다.

그 모든 것을 보고 마침내 어떻게 할까를 결정한 패왕이 장수들을 불러 말했다.

"환초와 계포는 중군과 더불어 서문에 남아 지켜보다가 유방이 정말로 관중으로 돌아가려 하면 길을 끊고 사로잡아라. 유방이 다시 관중으로 돌아가게 해서는 아니 된다. 종리매는 군사 1만을 이끌고 동문으로 가서 조나라로 가는 길목을 지켜라. 만에 하나라도 유방이 한신에게로 달아나 그 대군을 차지하게 해서는 아니 된다. 용저는 군사 1만으로 남문을 맡아 유방이 남쪽으로 달아나는 것을 막아라. 유방이 다시 경포와 손발을 맞춰 과인에게 맞서게 해서는 아니 된다."

그때 성고성의 북문은 문루를 쌓은 돌이 아름답다 하여 옥문(玉門)이라 불리었다. 계포가 불쑥 물었다.

"옥문 쪽은 비워 두실 것입니까?"

"그렇지는 않다. 북쪽으로 가 봤자 아무도 없으니 유방이 그리로 달아날 리는 없지만, 그래도 한 갈래 군사를 보내 길을 끊으려 한다."

패왕은 그렇게 대답했으나 저물어서야 북문 쪽으로 보낸 것은 겨우 군사 3천에 이름 없는 아장 하나였다. 패왕 자신은 기마대와 함께 유군처럼 되어 살피다가 어디든 위급한 곳이 생기면 달려가기로 했다.

밤이 깊어지면서 성고성 안은 더욱 술렁거렸다. 모든 군민이 잠자지 않고 웅성거리며 성안을 몰려다니는 것 같았다. 이제는 서문뿐만 아니라 동문과 남문 쪽에서도 금세 인마가 뛰쳐나올 듯 드러내 놓고 소란을 떨었다. 사람이 와글거리고 마소가 울부짖으며 창칼과 갑주가 절그럭거리는 것이 어느 성문이 먼저 열릴지 가늠하기 어려울 지경이었다.

그러다가 삼경 무렵이 되면서 먼저 서문 쪽 성벽 위의 횃불이 꺼지더니 갑자기 성문이 열리며 말발굽 소리가 요란하게 들렸다.

"온다. 한 놈도 놓치지 말라!"

그쪽을 맡고 있던 계포와 환초가 그렇게 초나라 군사들을 다그치고 패왕 항우도 기마대를 이끌고 그리로 달려갔다. 하지만 요란스러운 발굽 소리와 달리 달려 나온 것은 다치거나 병들고 여윈 마소 수십 마리와 한 무리의 노약자뿐이었다.

"속았다! 서문은 아니다. 다른 곳으로 가자."

성문 쪽으로 다가가던 패왕이 그렇게 외치며 군사를 돌리려 하는데, 이번에는 동문 쪽 성벽 위가 훤해지며 크게 함성이 일었다. 패왕이 급히 그리로 말을 몰아가 보니 수천의 한나라 군사들이 성벽 위로 몰려나와 횃불을 밝히고 성벽 아래로 활과 쇠뇌를 쏘아붙이고 있었다. 금방이라도 인마가 뛰쳐나올 듯한 성문 안의 수런거림에 속아 성벽 가까이 바짝 다가서서 기다리던 종리매의 군사들이 그 갑작스러운 화살 비에 비명을 지르며 내쫓겼다.

"남문이다! 남문으로 가자. 유방은 틀림없이 남문으로 달아날 것이다."

패왕이 갑자기 그렇게 소리치며 남문으로 군사를 몰아갔다. 하지만 그곳에도 동문과 꼭 같은 일이 벌어지고 있을 뿐, 성문을 뛰쳐나오는 인마는 없었다. 그제야 이상한 느낌이 든 패왕은 북문으로 달려가 보았다.

"대왕, 이곳까지 어인 일이십니까?"

북문 밖을 멀찌감치 에워싸고 있던 아장이 놀라 패왕을 맞으며 물었다.

"이곳은 별일이 없느냐?"

"그렇습니다. 아직 성문을 나온 한나라 군사는 없습니다."

아장이 태평스레 대답했다. 하지만 그 목소리에서 느껴지는 이상한 떨림에 패왕이 갑작스러운 의심으로 물었다.

"과인은 성안에서 대군이 밀고 나온 것을 묻는 것이 아니다. 정말로 사람 하나, 말 한 필 지나가지 않았단 말이냐?"

"그, 그렇습니다. 다만……."

그러자 그 아장이 갑자기 말을 더듬거렸다. 패왕이 그 말꼬리를 잡고 다그쳐 물었다.

"다만, 어찌 됐다는 것이냐?"

"초저녁 저희가 어둡기를 기다려 매복을 펼치고 있을 때 북문에서 산서로 이어지는 관도에서 수레가 달려가는 듯한 소리가 희미하게 들린 적이 있습니다. 그 향한 곳이 북쪽 오랑캐 땅인데다 들린 것은 수레바퀴 소리라 성안과는 무관하리라 보았지만, 그래도 알 수 없어 급하게 기마를 놓아 뒤쫓게 해 보았습니다. 그러나 한 시진을 뒤쫓아도 그 자취를 찾을 수 없는 것이 아무래도 저희가 잘못 들은 것 같습니다."

그 말을 듣자 패왕은 성나기보다는 왠지 가슴이 철렁하였다. 그거다. 그거였을지 모른다. 한왕 유방, 이 능구렁이 같은 놈. 또 빠져나가고 말았는가, 싶으면서 온몸의 맥이 쭉 빠졌다. 북쪽을 지키던 장수를 꾸짖고 뒤늦게 날랜 기마를 내어 밤새도록 뒤를 쫓아 보게 하였으나, 초저녁과 마찬가지로 별다른 자취는 찾을 길이 없었다.

'그렇게 쉽게 빠져나가지는 못했을 것이다. 좋다, 내일 아침 날이 밝으면 보자. 전군을 들어 성을 깨뜨리면 모든 것을 알 수 있겠지.'

마침내 패왕은 그렇게 자신을 달래며 군사를 거두었다.

처음 패왕 항우가 갑작스레 성고성을 에워쌌을 때 한왕 유방은 무슨 악귀에게 홀린 느낌이 들었다. 패왕이 돌아와 형양성을 에워싼 것은 알았으나 주가와 종공이 3만 정병으로 지키는 성이 그토록 빨리 떨어지리라고는 짐작조차 못했다. 나중에 1만 명을 보낸 것도 구원병이라기보다는 성 밖에서 기각지세를 이루며 서로 호응하기를 바라서였다.

그런데 형양성이 떨어지고 원병으로 보낸 군사마저 단 한 명도 되돌아오지 않자 성고성까지도 갑자기 허술하고 위태로운 형세로 변했다. 아직 머릿수로는 2만의 군사가 성안에 남아 있었으나, 따지고 보면 이리저리 뽑아 쓰고 남은 쭉정이 병력이었다. 거기다가 성 밖을 에워싸고 있는 것은 그새 7만으로 늘어난 데다 한창 기세가 오른 패왕 항우의 대군이었다.

'이 무슨 변괴인가. 섭성에서 떠날 때의 우리 기세는 어디로 갔으며, 성고를 되찾고 형양성의 에움을 풀었을 때의 감격은 또 어떻게 된 것인가. 패왕이 형양으로 돌아온 지 겨우 닷새 만에 나는 그 모든 것을 잃고 다시 빈손이 되었다. 아니, 외로운 성에 갇혀 독 안에 든 쥐처럼 초라하게 쫓기는 꼴이 되었다. 싸움의 신 치우(蚩尤)여, 나는 그대의 군기(軍旗) 아래 그토록 정성 들여 숱한 제물을 올렸건만 그대는 내게 어찌 이리도 박정한가……'

어지간한 한왕도 처음 한동안은 그런 탄식 속에 갈피를 잡지 못했다. 한왕이 이미 달아난 것처럼 꾸며 패왕을 격동케 한 것이나, 있는 힘을 다 짜내 초군의 첫 번째 모진 공격을 가까스로 막아 낸 것은 그래도 낙담하지 않고 한왕을 지키고 있는 장량과 진평의 계책이었다. 하지만 그들도 끝내 성안에서 버텨 낼 자신은 없어 보였다.

"대왕, 아무래도 아니 되겠습니다. 항왕의 기세가 심상치 않으니 하루바삐 이 성고를 벗어나시는 게 좋을 듯합니다."

성고성 안에 갇혀 있는 한왕 유방을 장량과 진평이 가만히 찾아보고 그렇게 권한 것은 패왕이 공성 없이 성고성을 에워싸고 있은 지 사흘째 되던 날이었다. 일찍이 사상 정장 시절에 함양으로 데려가던 역도들을 다 잃고 하릴없이 되어 그랬던 것처럼, 그날도 대낮부터 불콰하게 취해 가던 한왕이 그 말에 퍼뜩 깨어난 사람처럼 그들에게 물었다.

"선생의 계책대로 성고성은 과인이 이미 관중으로 빠져나간 것처럼 꾸며 항왕을 의혹에 빠지게 하였을 뿐만 아니라, 그 모진 첫 번째 공격도 잘 막아 내었소. 거기다가 지난 사흘 항왕은 우리에게 화살 한 대 날려 보내지 않았는데 무엇이 그리 심상치 않단 말이오?"

그 속을 짐작하기 어렵게 만드는 태평스러운 말투였다. 어깃장을 놓는 것 같은 한왕의 말투에도 개의치 않고 장량이 차분하게 말했다.

"지난번에는 한 달 넘게 에워싸고 들이치고도 빼앗지 못한 형양성을 이번에는 사흘 만에 떨어뜨린 것부터가 그렇습니다. 그사이 단 한 명의 군사도 성을 빠져나와 우리에게 위급을 알리지 못한 것만 보아도 항왕이 얼마나 철통같이 형양성을 에워쌌으며 또한 얼마나 불같이 들이쳤는지 알 만합니다. 그리고 다시 이렇게 갑자기 이 성고성을 에워쌌으니 항왕의 뜻이 어디에 있겠습니까? 거기다가 지금은 이렇듯 물샐틈없이 성을 에워싸고도 사흘이나 가만히 기다리는 것 또한 항왕의 성정과는 어울리지 않습니다. 무언가 형양성을 그토록 무참히 둘러 뽑은 무서운 힘을 다시 끌어모으고 있음에 분명합니다."

그제야 한왕도 으스스해진 듯했다. 한참이나 말이 없다가 무거운 목소리로 물었다.

"그렇다면 과인이 빠져나가기도 어려울 것이오. 형양성처럼 이곳도 철통같이 에워쌌을 터인데 무슨 수로 이곳을 벗어난단 말이오?"

그러자 진평이 기다리고 있었다는 듯 그 물음을 받았다.

"일전 저희가 처음부터 대왕께서 이곳에 계시지 않은 듯 꾸며 항왕을 혼란시킨 것은 바로 이럴 때를 위해서였습니다. 거기에 보태 저희들이 다시 성안에서 양동으로 초군을 속일 터이니, 대왕께서는 적이 짐작하지 못하는 곳으로 빠져나가십시오."

"저번에 형양성에 갇혔을 때도 항왕의 눈을 속이고 과인만 몸을 빼낸 적이 있소. 그런데 항왕이 또 속아 주겠소?"

"방금 형양성에서 우려빼고 왔기 때문에 그리될 수도 있습니다. 거기다가 항왕은 또 대왕께서 이 성안에 계신 것조차 확실하게 알지 못하고 있습니다. 우리가 갑자기 모든 군사를 움직여 동서남 세 성문으로 한꺼번에 치고 나갈 듯 법석을 떨면 항왕도 그냥 있지는 못할 것입니다. 군사를 갈라 그 세 성문을 지킬 것인데, 그때 대왕께서는 등공(滕公)의 수레를 타고 북문으로 빠져나가시면 됩니다."

그래도 한왕은 진평의 계책이 미덥지 않은 듯했다. 여전히 무거운 목소리로 물었다.

"북문 밖에는 적이 없으리라고 누가 장담하겠는가?"

"적이 있더라도 그리 많지는 않을 것입니다. 서문으로는 관중으로 갈 수 있고, 동문으로는 조나라에 있는 대장군 한신을 찾아갈 수 있으며, 남문으로는 섭(葉), 완(宛)으로 가시어 구강왕 경포와 힘을 합칠 수 있으나, 북문으로 나가서는 대왕께서 의지할 만한 곳이 없기 때문입니다. 거기다가 저희들이 동서남 세 성문에서 금방이라도 치고 나갈 듯 수런거리는데, 어찌 북문에 많은 군사를 갈라 보낼 수 있겠습니까? 그런 북문으로 등공이 가볍고 빠른 수레를 손수 몰아 대왕만 태우고 초저녁에 가만히 빠져나간다면 반드시 아니 될 일도 아닙니다. 잘 닦인 관도로 등공이 솜씨를 다해 수레를 몰고 내닫는다면, 설령 적의 기마대가 뒤쫓는다 한들 어찌 뒤따라 잡을 수 있겠습니까?"

진평이 다시 그렇게 대답했다. 거기까지 듣자 비로소 한왕도 장량과 진평이 짜낸 꾀를 알아들을 수 있었다. 하지만 그래도 아직 알 수 없는 일이 더 있었다.

"과인은 그렇게 이 성을 빠져나간다 칩시다. 남아 있는 공들은 어찌하겠소?"

한왕이 그렇게 궁금한 것을 물었다. 장량이 가만히 웃으며 대답했다.

"대왕께서 무사히 빠져나가신다면 무슨 걱정이 있겠습니까? 저희들에게는 따로 몸을 보전할 방책이 있으니 걱정하지 마십시오."

진평도 옆에서 거들었다.

"저희들은 모두 항왕을 가까이에서 섬겨 본 적이 있는 사람들입니다. 항왕의 불같은 성정은 미워하는 적을 만나면 무섭게 타오르지만, 그 적이 없어지고 나면 어이없이 사그라지고 맙니다. 따라서 대왕께서 참으로 성안에 계시지 않음을 알게 되면 그 맹렬한 전투력은 절반으로 줄어, 주가와 종공을 사로잡기 위해 형양성을 칠 때와는 많이 달라질 것입니다. 며칠 힘을 다해 버틴 뒤에 틈을 보아 하나 둘 가만히 몸을 빼내면 저희뿐만 아니라 다른 장수들도 얼마든지 이 성에서 빠져나갈 수가 있습니다."

그 말을 듣자 한왕도 조금은 걱정이 줄었다. 그러나 아직도 홀로 달아나기에는 선뜻 마음이 내키지 않았다. 장량이 그런 한왕의 마음을 읽었는지 한층 여유 있는 목소리로 말했다.

"대왕께서 어디로 가 계시든 열흘 안으로 반드시 찾아가겠습니다. 기한을 어기면 군령으로 다스려도 대왕을 원망하지 않겠습니다."

장량의 그 같은 말에 한왕도 드디어 마음을 정했다.

"좋소. 그럼 과인은 오늘 밤 북문을 나가 관중으로 돌아가겠소. 소하에게서 군사를 얻어 다시 동쪽으로 나올 것인즉, 공들도 너무 오래 날을 끌지 말고 빠져나오도록 하시오."

그리고 그날 밤 날이 어둡기 바쁘게 북문으로 빠져나갔다. 남은 장수들이 동서남 세 성문에서 금세라도 밖으로 치고 나갈 듯 소란을 떨기 시작한 때였다.

등공 하후영이 성고성에서 유방을 빼내는 과정에서 보여 주는 어거술(馭車術)은 지난 팽성의 패전에서 뒷날의 노원공주와 효혜태자를 구해 낼 때 못지않게 놀랍고 감동적이다. 그날 장량과 진평으로부터 가만히 귀뜸을 받은 하후영은 성안에서 가장 빠르고 튼튼한 말 네 마리를 골라 발굽을 헝겊으로 싸매고 낮부터 따로 손질해 둔 수레에 묶었다. 달리는 데 꼭 필요한 뼈대만 남긴 가볍고도 단단한 수레였는데, 바퀴에는 잔뜩 기름을 쳐 구르는 소리가 나지 않게 했다. 하후영은 날이 저물기 바쁘게 그 수레에 전포만 걸친 한왕을 태우고 가만히 북문으로 빠져나갔다. 그리고 관도에 올라서자마자 평생 익힌 재주를 다해 말을 채찍질했다.

아무리 말발굽을 헝겊으로 싸매고 수레바퀴에 기름칠을 해도 네 마리 말이 끄는 수레가 내닫는 데 소리가 나지 않을 수 없었다. 막 북문 쪽에 이르러 매복이랍시고 군사를 펼치고 있던 초나라 장수가 그 소리를 듣고 기마대를 내어 쫓았다. 곧 어두운 관도 위에서 하후영이 모는 수레와 초군 기마대 사이에 쫓고 쫓기는 추격전이 벌어졌다.

원래는 수레 쪽이 따라잡혀야 마땅한 추격전이었다. 하지만 수레를 모는 하후영은 패현 마구간에서 잔뼈가 굵어, 옛적 조보(造父)와 견줄 만큼 말과 수레에 밝은 사람이었다. 마구간 잔심부름꾼에서 뽑혀 일찍이 패현의 사어(司御)가 되었고, 그 수레 모는 솜씨 덕분에 현령리(縣令吏)로 중용되기도 했다.

거기다가 한왕 유방을 따라나선 뒤로 하후영의 수레 모는 솜씨는 한층 날래고도 빈틈없어졌다. 태복(太僕)이 되어 한왕의 수레를 몰면서 수많은 위기를 뚫고 나갔을 뿐만 아니라, 때로는 홀로 싸움 수레를 몰고 빠르게 싸움터를 내달리면서 눈부신 공을 세우기도 했다. 하후영이 워낙 빨리 수레를 몰아 추격을 벗어나니, 얼마간 뒤쫓던 초군 기마대는 처음부터 수레 모는 소리를 잘못 들은 걸로 알고 저희 군중으로 돌아가 버렸다.

등공 하후영은 뒤쫓는 초군 기마대를 따돌린 뒤에도 30리나 북쪽으로 내달은 뒤에야 말고삐를 당겨 빠르기를 줄였다. 하후영의 등 뒤에서 수레채를 잡고 가슴 졸이던 한왕도 그제야 조금 마음이 놓이는지 가벼운 한숨을 내쉬었다.

"이제 뒤쫓는 적병은 없는 듯하구나."

"그렇습니다."

하후영이 그렇게 대답하면서 슬며시 고삐를 당겨 수레를 끄는 말머리를 왼쪽으로 돌리려 했다. 어둠 속에 한 갈래 동서로 난 길이 희끄무레하게 보였다. 왼편으로 가면 서쪽 관중으로 돌아가는 길로, 하후영은 당연한 듯 그리로 길을 잡으려 했다. 그때 한왕이 문득 소리쳤다.

"멈추어라. 수레를 동쪽으로 몰도록 하라."

"관중으로 돌아가시지 않으십니까?"

하후영이 희끗 뒤돌아보며 알 수 없다는 말투로 물었다. 한왕이 전에 없이 지긋한 목소리로 물음을 받았다.

"적은 과인이 성고를 빠져나갔음을 알면 반드시 관중으로 갈 줄 알고 그 길을 끊으려 할 것이다. 거기다가 무사히 관중으로 돌아간다 해도 승상 소하가 과인에게 해 줄 수 있는 일은 많지 않다. 기껏해야 새로 긁어모은 장정 몇 만일 터인데, 제대로 된 장수 하나 없는 그런 까마귀 떼 같은 군사로 과인이 무슨 일을 하겠느냐?"

"장량과 진평을 비롯해 성고에 남은 장수들도 모두 틈을 보아 대왕을 따라오겠다고 하지 않았습니까?"

"반드시 기약할 수 있는 일이 못 되거니와, 설령 그리된다 해도 너무 더디다. 한신과 장이가 조나라를 평정하고 여러 달에 걸쳐 길러 낸 5만 정병에 견줄 바 아니다. 그들이 수무 쪽으로 오고 있다 하였으니, 동쪽으로 가자. 그들을 거두어 하루빨리 항왕을 되받아치는 것이 지금 형편없이 기울어진 전세를 되돌리는 길이다."

"대왕께서 홀몸으로 쫓겨 가시어도 한신과 장이가 대왕을 임금으로 받들며 곱게 대군을 바칠는지요?"

"한신은 등공이 처음 내게 써 볼 만하다고 천거한 사람이 아니던가?"

"그때 신이 천거한 것은 한신의 재주이지 충심이 아닙니다."

"신하 된 자에게는 충심도 큰 재주가 된다. 게다가 조왕(趙王) 장이는 과인이 저를 왕으로 삼았을뿐더러 젊어서부터 저와 교유한 적이 있어 그 사람됨이 충직함을 잘 안다. 아무 걱정 말고 어서 말을 동쪽으로 몰라!"

한왕이 그렇게 잘라 말하자 하후영도 미덥지 않은 대로 그 뜻을 따랐다. 얼른 말머리를 동쪽으로 돌려 밤새 수레를 달렸다. 날이 훤해질 무렵 한왕이 탄 수레는 한 갈래 하수 지류를 만났다. 하후영은 어렵게 배를 구해 말과 수레까지 함께 물을 건넌 뒤 다시 수무로 달려갔다.

다음 날 패왕 항우는 날이 밝기 바쁘게 다시 성고성 문루 앞으로 말을 몰아가 소리 높여 한왕 유방을 찾았다.

"한왕은 어디 있는가? 네놈들은 감추려 들지만 과인은 유방이 아직 성안에 숨어 있는 걸 알고 있다. 유방에게 일러라. 더는 숨어 있지 말고 어서 나와 과인의 말을 들으라 하라!"

패왕이 그렇게 거듭 외치자 이전과 달리 낯익은 한나라 장수

하나가 문루를 지키는 사졸들을 헤치고 얼굴을 내밀며 이죽거리 듯 패왕의 말을 받았다.

"패왕께서는 하나는 알고 둘은 모르시는구려. 짐작대로 우리 대왕께서 어제까지는 틀림없이 이 성안에 계셨소. 그러나 이제는 아니오. 우리 대왕께서는 어젯밤 초저녁에 벌써 이 성을 버리고 떠나셨소. 옥문(북문)으로 나가셨으나 등공 하후영이 모는 수레를 타고 계시니, 지금쯤은 평음을 돌아 관중으로 내달리고 계실 게요."

패왕이 보니 그 장수는 역상(酈商)이었다. 며칠 만에 비로소 얼굴을 알아볼 수 있는 장수가 나왔다는 게 왠지 패왕의 심사를 거슬렸다. 그러나 그보다 더 마음에 걸리는 것은 등공 하후영을 내세운 것이었다. 팽성과 수수의 싸움 뒤로 하후영의 수레 모는 솜씨는 패왕도 들어 알고 있었다.

'정말로 그 하후영이 좋은 말이 끄는 빠른 수레에 한왕만을 태우고 성을 나갔다면 그걸로 끝난 일이다. 밤을 틈타 잘 닦인 관도로 달아났다면 어슷비슷한 기마로는 뒤따라 잡기 어렵다. 어쩌면 간밤 북문을 지키던 아장이 잘못 들은 것이 아닐지 모르겠다……'

그러자 패왕은 이제 성이 나기보다는 야릇하게 가슴이 서늘해 왔다. 드디어 한왕이 두려워지기 시작한 셈이었다. 하지만 그때만 해도 패왕에게는 아직 여유가 조금 남아 있었다. 곧 마음을 가다듬고 껄껄 웃으며 소리쳤다.

"태산이 울리더니 겨우 쥐새끼 한 마리가 뛰쳐나온[泰山鳴動鼠

一匹] 격이로구나. 유방이 겨우 제 한 몸 빼내자고 간밤 이 성고 성이 그리 소란을 떨었다는 것이냐?"

그때 다시 문루 위에 두 사람이 나오더니 그중의 하나가 받아 외쳤다.

"군왕이란 바로 우리가 무겁게 떠받들고 지켜야 할 천하이니, 스스로 보중할 줄 알아야 하오. 한낱 무부처럼 화살과 바윗덩이를 무릅쓰고 창칼 사이를 뛰어다니는 대왕과 어찌 견주겠소? 게다가 보옥을 품고 싸우면 오히려 그 때문에 싸우기가 거북해지는 법이오. 우리가 이 성을 지키는 데도 우리 대왕께서 성안에 계시지 않는 편이 훨씬 낫소."

목소리가 귀에 익어 자세히 쳐다보니 방금 말한 것은 진평이었고, 그 곁에서 빙긋 웃고 서 있는 것은 장량이었다. 자신을 속이고 한왕에게로 달아난 그들이 나란히 서 있는 걸 보자 애써 가다듬은 패왕의 마음이 순식간에 헝클어졌다.

"꿩 대신 닭이라더니 너희들이 바로 그렇구나. 비록 유방은 달아났으나 너희들이라도 사로잡으면 분한 마음이 반은 풀리겠다. 기신과 주가는 태우고 삶았으니, 너희는 가죽을 벗기고 토막 내어 젓갈이라도 담아 주랴?"

그렇게 외치고는 아침부터 전군을 들어 성고성을 들이쳤다. 하지만 성안의 한군도 그걸 짐작하고 미리 채비한 까닭인지 패왕이 그날 하루 종일 장졸들을 불같이 몰아대도 끝내 성을 떨어뜨릴 수가 없었다. 첫 번째 공성과 마찬가지로 적지 않은 군사만 상하고 말았다.

다음 날도 패왕은 다시 전군을 들어 성고성을 쳤다. 하지만 성고성을 치는 초나라 군사들의 기세는 이미 전과 같지 못했다. 한편으로는 한왕 유방이 달아나고 없다는 게 그들을 맥 빠지게 하고, 다른 한편으로는 몸을 빼낸 유방이 언제 다시 대군을 거느리고 돌아와 등 뒤를 후려칠지 모른다는 불안이 그들을 멈칫거리게 했다.

　그다음 날도, 또 그다음 날도 마찬가지였다. 지난번에는 싸움다운 싸움도 없이 손에 넣었던 성고성이었건만, 이번에는 어찌 된 셈인지 사흘을 내리 몰아쳐도 끄떡없이 버텨 냈다. 거기다가 더욱 패왕을 성나게 하는 것은 그사이에도 모진 공격의 밤이 있고 나면 한군 장수들이 눈에 띄게 줄어드는 일이었다.

　한왕이 달아난 다음 날 밤에는 어떻게 빠져나갔는지 진평과 장량을 비롯한 책사(策士)들이 어디론가 사라지고 두 번 다시 성벽 위에 모습을 드러내지 않았다. 또 그다음 날 밤에는 동서 두 성문으로 노약자와 아녀자를 내보내는 척하다가 다시 북문으로 천여 기의 기마를 앞세운 3천 갑병이 맹렬하게 치고 나갔는데, 다음 날 보니 역상과 근흡, 부관처럼 초나라 쪽에서 알아볼 만한 장수들이 하나도 보이지 않았다. 그러다가 한왕이 성을 빠져나가고 닷새째 되는 날 마침내 성난 패왕이 다시 맹렬한 투혼을 되살려 성고성을 깨뜨렸을 때는 성안에 변변한 장수는커녕 군사들도 몇 천 명 남아 있지 않았다.

번지는 불길

한왕과 하후영이 수무(修武)에 이른 것은 성고성을 빠져나온 다음 날 한낮이었다. 두 사람은 밤새워 수레를 끈 데다 다시 6월 염천을 반나절이나 내달려 온 말들을 잠시 쉬게 하고 전사(傳舍)에 들었다. 수무는 예전 은나라 시대에는 영읍이라 불리던 곳이었다. 그러나 주나라를 연 무왕이 포악한 주왕(紂王)을 치기 전에 그곳에서 군사를 조련하였다 하여 땅 이름을 수무로 바꾸었다고 한다.

하후영과 함께 어렵게 하수를 건널 때만 해도 한왕 유방은 대장군 한신이 수무에 군사를 머물게 하고 있는 줄 알았다. 그러나 수무의 전사에 들어 알아보니 한신은 그곳에 없었다. 한신은 장이와 더불어 그곳에서 동쪽으로 백여 리 떨어진 소수무(小修武)

란 곳에 머무르고 있었다.

"어떻게 할까요?"

한신이 그곳에 없다는 것을 알아 온 하후영이 걱정스레 물었다. 그러나 한왕은 별 내색 없이 말하였다.

"여기서 점심을 먹고 잠시 말을 쉬게 한 뒤 소수무로 가자."

"그러면 소수무에 이르기 전에 날이 저물게 됩니다. 성문이 굳게 닫혀 있을 터인데, 과연 성안에서 대왕을 알아보고 쉽게 성문을 열어 줄까요?"

"성 밖에서 자고 아침 일찍 수레를 몰고 성안으로 들어간다. 날이 밝으면 성문을 열게 하기는 어렵지 않다."

한왕은 그렇게 말하고 마침 날라져 온 음식을 태평스레 먹고 마셨다. 하후영은 여전히 걱정이 가시지 않았으나 한왕이 시키는 대로 했다.

그날 점심을 먹은 두 사람은 낮잠까지 한숨 늘어지게 자고 난 뒤에야 소수무로 수레를 몰아갔다.

해가 제법 뉘엿해진 데다 말들도 서너 식경이나 쉬어서 그런지 잘 달려 주어 밤이 깊기 전에 한왕과 하후영은 소수무에 이를 수 있었다. 성안에 대장군 한신이 조나라에서 거둔 군사 5만을 거느리고 있다는 것이 다시 하후영을 긴장시켰다. 그러나 한왕은 여전히 태평스럽기만 했다.

"여기서 자고 날이 밝으면 성안으로 들어간다. 사람도 말도 푹 쉬게 하여라."

전사에 짐을 풀게 한 뒤 그렇게 말하고는 술과 안주를 푸짐하게 시켰다. 그러고는 걱정에 싸인 하후영을 불러 앉혀 밤늦도록 먹고 마시다가 잠자리에 들었다.

그런데 다음 날 새벽이었다. 겨우 전사의 창문이 희끄무레 밝아 오는데 한왕이 하후영을 불러 깨웠다. 하후영이 천 근으로 내려앉는 두 눈을 비비며 일어나자 한왕이 조용히 말했다.

"등공은 옷차림을 바로 하고, 어서 수레에 말을 메우라."

하후영이 보니 한왕도 마음 써서 복색을 갖춰 입고 있었다. 위엄과 격식은 있어도 왕이나 장군의 차림은 아니었다. 그런 한왕이 꾀하는 바를 다 알 수는 없어도 무언가 뚜렷한 계책에 따라 움직이고 있는 것 같은 느낌에 하후영도 비로소 마음을 놓았다. 사태의 본질을 한눈에 꿰뚫어 보고 그 핵심을 단숨에 잡아채는 한왕의 능력과 그를 따르는 이상한 행운에 대한 믿음 때문이었다.

하후영이 수레를 끌고 오자 한왕은 곧바로 수레를 성문 앞으로 몰아가게 했다. 날이 밝았다 해도 늦여름이라 그런지, 문루에는 파수 보는 군사 몇밖에 없었다.

"성문을 열어라! 나는 한왕께서 좌승상 한신에게 보내신 사신이다."

한왕이 문루 앞에 수레를 멈추게 하고 그렇게 소리치자 졸고 있던 군사 하나가 어리둥절해 내려다보며 물었다.

"한왕의 사자가 이 새벽에 웬일이냐?"

"성고성이 위급해서 급히 달려왔다. 시각을 다투는 일이니 어서 성문을 열어 좌승상 한신 대장군께 안내하라!"

한왕이 다시 한번 소리치자 문루 위의 그 군사는 잠자던 저희 장수를 깨워 왔다. 성문을 지키던 장수가 아직 잠에서 덜 깬 채 내려다보니 달랑 수레 한 대에 마부와 스스로 한왕의 사신이라 일컫는 사내 하나가 타고 성문을 열어 주기를 재촉하고 있었다.

그때가 어두운 밤이었으면 그 장수는 경계심이 일어 확인을 하느라 시간을 끌고 또 미리 한신에게 알려 나름으로 한왕을 어떻게 맞이할까를 궁리한 뒤 맞이하게 했을 것이다. 그러나 그때는 훤한 아침이라 두 사람의 차림이 뚜렷이 보이는 데다 태도까지 당당해 별로 걱정하지 않았다. 이졸들을 시켜 성문을 열게 하고 한왕의 수레를 맞아들였다.

"대장군은 어디에 묵고 있는가?"

성안으로 들어서자 한왕이 수레에서 내리지도 않은 채 앞을 막는 장수에게 물었다. 그런 한왕에게서 우러나오는 알 수 없는 위엄에 질린 듯 그 장수가 작은 망설임도 없이 한곳을 가리키며 말했다.

"저기 저 현청을 중군막 대신 쓰고 있습니다. 대장군께서는 객청 옆에 붙은 큰 방을 숙사로 쓰고 계십니다."

"알겠소. 내 그리로 가 볼 테니, 장군은 적의 속임수에 넘어가지 않도록 세밀히 살펴 성문을 지키도록 하시오!"

한왕은 그런 당부까지 하고 하후영에게 수레를 몰게 했다. 하후영이 잽싸게 수레를 몰아 잠깐 사이에 그 장수가 가리킨 건물 앞에 이르렀다. 그 집 대문 앞에서도 군사 몇 명이 졸린 눈을 비비며 나와 길을 막았다.

"비켜라. 대왕의 사자시다. 대장군께 급한 전갈이 있어 밤길을 달려오셨다. 왕사(王使)를 지체케 하여 일을 그르치면 무거운 벌을 면하지 못하리라!"

이번에는 하후영이 나서 그렇게 군사들을 을러댔다. 거기에 다시 한왕의 위엄 실린 목소리가 더해졌다.

"등공은 저들을 시켜 어서 장수들을 이리로 모이게 하시오. 상장군 조참과 주발을 먼저 깨워 데려오고, 기장 관영을 바로 불러들여야 하오!"

그 말을 듣자 비로소 하후영도 한왕이 무엇을 믿고 홀몸으로 한신을 찾아왔는지를 알 수 있었다. 아직도 일이 어떻게 된 건지를 몰라 눈만 껌벅이고 서 있는 군사들을 내몰아 먼저 조참과 주발, 관영을 불러오게 하고 이어 다른 장수들도 중군막처럼 쓰이는 그 건물 객청으로 모아들이게 했다.

그사이 한왕 유방은 혼자 객청 안으로 뛰어들었다. 한신이 사인처럼 부리고 있는 장수 하나가 객청 구석에서 졸고 있다가 놀라 한왕을 맞았다.

"대왕, 이 새벽에 여기는 어인 일이십니까?"

한왕의 얼굴을 알아본 그 장수가 마룻바닥에 무릎을 꿇으며 떨리는 목소리로 물었다.

"성고가 위급해져 빠져나온 길이다. 어쩌면 지금쯤은 성고가 떨어졌을지도 모르겠다."

한왕이 그렇게 대답한 뒤 엄한 표정으로 물었다.

"한신과 장이는 어디 있느냐?"

"옆방에서 주무시고 계십니다."

한신의 사인이자 호위인 셈인 장수가 얼른 그렇게 대답했다. 한왕이 다시 대수롭지 않은 것처럼 물었다.

"과인이 내린 대장군의 인부(印符)와 부월(斧鉞)은 어디에 있느냐?"

"저기 저 상자 안에 들어 있습니다."

그 장수가 여전히 아무런 의심 없이 객청 한쪽을 가리키며 그렇게 아는 대로 일러 주었다. 그러자 한왕은 그 상자를 가져오게 해 먼저 대장군의 인부부터 거두었다.

한왕이 그렇게 대장군의 인부와 부월을 거두는 동안에도 한신과 장이는 아직 깊은 잠에 빠져 있었다. 그들의 아침잠이 많아서라기보다는 그만큼 철저하게 한왕이 한신 주변의 장졸들을 장악했다는 뜻이었다. 한왕에게서 뿜어져 나오는 어떤 매섭고도 세찬 기운이 그들을 억눌러, 한왕의 명이 있기 전에는 누구도 한신과 장이를 깨울 수 없게 했다.

그사이 하후영이 군사들을 풀어 불러들인 장수들이 하나 둘 객청으로 모여들었다. 가장 먼저 달려온 것은 성격이 불같고 몸놀림이 재빠른 관영이었다. 지난번에 간신히 형양성을 탈출한 한왕을 낙양까지 호위하고 갔던 관영은 한왕이 미처 안전하게 관중으로 드는 걸 보지 못하고 한신에게 배속되었다. 그 바람에 누구보다 걱정이 많았던 까닭인지 관영은 한왕을 보자 그답지 않게 눈물까지 글썽였다.

"비록 엄명을 받고 조나라로 왔으나 대왕을 어려움 가운데 버려두고 떠난 터라 항시 걱정이었습니다. 이제는 대왕을 호위하여 잠시라도 곁을 떠나지 않겠습니다."

그렇게 다짐하는 관영에 이어 두 번째로 찾아든 것은 조참이었다.

"비록 오창을 지켜 내지는 못했으나, 형양이 떨어지고 성고가 위태롭단 말에 대왕의 안위를 걱정하였습니다. 이렇게 뵙게 되니 실로 꿈인가 싶습니다."

오다가 하후영에게 들은 말이 있어서인지 조참의 목소리에도 울먹임이 섞여 있었다. 하지만 한왕은 평소처럼 태연스럽기가 산악 같았다. 대수롭지 않은 듯 성고에서 있었던 일을 되뇌고는 뒤이어 달려온 주발을 맞았다. 주발 역시 한왕이 벼랑 끝으로 몰려가고 있다는 소문을 듣고 걱정하다가 한왕이 그곳에 이르렀다는 말을 듣자 옷도 갈아입지 못하고 한달음에 달려왔다.

"끝내 초나라 군사들로부터 용도를 지켜 내지 못한 패장이 무슨 할 말이 있겠습니까? 다만 대장군께서 정히 군사를 움직이지 않으면 저만이라도 성고로 달려갈 작정이었습니다."

이어 여러 장수들이 줄을 이었다. 눈치 빠른 하후영이 짠 일인지, 오래전부터 한왕을 따르다가 한신에게 배속된 장수들이 먼저 오고, 한신이 새로 얻거나 항복한 조나라 출신 장수들은 한발 늦게 객청에 이르렀다.

어지간히 사람이 모였다 싶자 한왕이 문득 대장군의 인부와 부월을 높이 쳐들어 보이며 큰 소리로 외쳤다.

"이제부터 한신에게서 대장군의 인부와 부월을 거두고 모든 장수들의 관작과 직책도 새로 정하고자 한다. 먼저 상장군 조참은 나와 과인의 명을 받으라!"

그리고 조참이 장수의 반열에서 나와 서자 위엄 가득한 목소리로 외쳤다.

"조참에게 우승상의 일을 우선 맡기니[假任] 이제부터 조참은 우승상으로서 대장군인 좌승상 한신을 도와 산동을 평정하는 데 가진 힘을 다하라."

그리고 다시 주발과 관영을 불러내 명하였다.

"상장군 주발은 과인의 중군으로 되돌아와 성고를 구하러 간다. 서둘러 거느린 군사를 점고하여 과인과 더불어 서쪽으로 돌아갈 채비를 하라! 어사대부 관영은 그대로 기장으로 남아 낭중의 기마병을 이끌고 대장군 한신을 따른다. 우승상 조참과 더불어 대장군 한신을 받들고 동북쪽을 마저 거두어 과인의 근심을 덜도록 하라!"

이어 한왕은 다른 장수들도 각기 그 관작과 직책을 바꾸어 나갔다.

한신이 잠에서 깨난 것은 대장군의 인부와 부월을 거둔 한왕이 한창 장수들의 배치를 바꾸고 있을 때였다. 바깥의 알지 못할 수런거림을 이상하게 여긴 한신이 방 밖에서 숙위(宿衛)를 서던 군사를 불러 까닭을 물었다. 그제야 그 군사가 우물거리며 아는 대로 객청에서 일어난 일을 들려주었다.

한왕이 새벽에 홀로 수레를 타고 성안으로 달려 들어와 인부와 부월을 거둔 뒤에 모든 장수들을 객청으로 불러 모아 놓고 있다는 말을 들은 한신은 깜짝 놀랐다. 얼른 옆방에서 자고 있는 장이를 깨우고 물었다.

"한왕이 홀로 성안으로 돌아와 중군을 차지하고 모든 장수들을 불러 모았다 하오. 우리 둘은 깨우지 않고 다른 장수들만 불러 모은 까닭이 무엇이겠소?"

꾀를 쓰는 일이라면 누구에게도 지지 않는 한신이었다. 그러나 워낙 뜻밖의 일을 갑자기 당하고 보니 잠시 머리가 굳어진 듯 갈피를 잡지 못했다. 방금 잠에서 깨나기는 해도, 무슨 일이 벌어졌는지를 알아차리는 데는 산전수전 다 겪고 나이 지긋한 장이 쪽이 나았다.

"아마도 대왕께서 우리를 의심하시는 듯하오. 우리가 조나라에 오래 머물면서 대왕의 위급을 구해 주지 않은 탓일 거외다."

"하지만 우리는 여러 번 군사를 거둬 보내지 않았소? 이제 와서 우리가 갑자기 대군을 빼 서쪽으로 구원을 가게 되면 조나라는 곧 주인 없는 땅이 될 것이오. 힘들여 얻은 조나라를 다시 내놓는 꼴이라 이쯤에서 성고, 형양과 조나라 양쪽 모두를 견제하고 있었던 것인데, 의심할 게 무엇이란 말이오?"

한신이 억울하다는 듯 그렇게 말했다. 장이가 다시 무언가를 곰곰 생각하다가 어두운 얼굴로 받았다.

"아마도 대왕께 다급한 일이 생겼겠지요. 성고성이 떨어진 것이나 아닌지 모르겠소이다."

"아무리 성고성이 떨어졌다 해도 장졸 몇 십 기는 남아 있지 않겠소? 그런데 우리 대왕께서 홀로 수레를 타고 새벽같이 달려왔다니 실로 알 수 없는 일이오."

"대왕께서 아무도 거느리실 수 없게 될 만큼 참혹한 꼴을 당했는지도……."

이번에는 장이도 자신 없는 듯 그렇게 말끝을 흐렸다. 그 말을 듣자 잠시 굳어 있는 듯하던 한신의 머리가 비로소 돌아가기 시작했다.

"성고성은 깨어지고 대군은 완전히 함몰하여 한왕 홀로 남게 되었다……."

한신은 그렇게 중얼거리며 일의 앞뒤를 헤아리고 재 보았다. 이내 실상이 잡혀 왔다.

'그렇다. 모든 장졸을 잃고 쫓기게 되면서 한왕은 내가 거느린 조나라 군사들이 필요해졌다. 하지만 홀몸으로 내 진채를 찾아오게 되자 갑자기 나를 믿지 못하게 된 듯하다. 내가 거느린 5만 대군과 내 병략이 두려워 나름대로 나를 기습한 것이다. 내가 딴마음을 먹을 틈을 주지 않고 내 병권을 빼앗으려는 것임에 틀림이 없다.'

생각이 거기에 미치자 문득 한신의 간담이 서늘해 왔다. 그 기습의 적절하고도 신속한 방식 때문이었다. 한왕 유방은 상대편이 뜻하지 아니한 때와 곳으로 나아간다[出其不意]는 병법의 요체를 실로 절묘하게 펼쳐 보이고 있었다. 거기다가 객청에 모여 있다는 장수들을 생각하자 한신의 가슴은 더욱 섬뜩해졌다.

한신이 처음 한왕에게서 떨어져 나와 조나라로 떠날 때는 군사도 장수도 모두가 한왕에게서 받은 사람들이었다. 그러나 한신이 위나라에 이어 대나라를 쳐부수면서 한왕은 한신에게 주어 보낸 장졸들을 거둬들이기 시작했다. 그리하여 얼마 전까지만 해도 한꺼번에 몇 만 명씩 뽑아 간 군사들뿐만 아니라 장수들까지도 한왕에게서 받은 사람은 한신에게 거의 남아 있지 않았다.

그런데 그 무렵 들어 병가인 한신으로서는 알 수 없는 일이 몇 번 있었다. 형양에 포위되어 있다가 겨우 몸을 빼 낙양으로 간 한왕이 기장 관영에게 군사 몇 천 명을 주어 한단으로 보낸 일부터 그랬다. 제 코가 석 자라고, 패왕 항우에게 쫓겨 관중으로 달아나는 처지에 관영 같은 맹장과 기마대를 빼내 조나라로 보낸 게 병가의 이치에 전혀 맞지 않았다. 그런데 다시 오창을 지키던 조참이 조나라로 쫓겨 오고 뒤이어 초나라 군사들로부터 용도를 지키던 주발까지 패군을 이끌고 그리로 찾아왔다. 겨우 한 달 사이에 풍, 패의 맹장 중에서도 손꼽을 만한 세 사람이 적지 않은 군사들과 함께 한신 아래로 몰려든 것이었다.

'나를 의심하면서도 홀몸으로 나를 찾아온 것은 관영과 조참, 주발 세 사람이 있기 때문이었을 것이다. 하지만 그렇다 해도 한왕은 여느 군왕을 넘는 기지와 과단성을 갖춘 사람이다. 그들 세 사람으로 하여금 나를 찾아가게 한 것이 바로 한왕이라면, 그리고 그렇게 한 것이 이 오늘과 같은 날을 위한 대비였다면, 그는 실로 무서운 사람이다……'

한신이 그렇게 혀를 차며 속으로 중얼거리고 있는데 그사이 옷을 갖춰 입은 장이가 앞장서며 말했다.

"우리도 객청으로 가서 대왕을 뵙도록 합시다."

그 말에 한신도 퍼뜩 정신이 들었다. 긴 다리를 성큼성큼 내디며 장이를 앞서듯 하며 객청으로 갔다. 관영과 조참, 주발의 호위를 받으며 장수들의 배치를 대강 바꾸고 난 다음 한숨을 돌리고 있던 한왕이 객청으로 들어오는 한신과 장이를 보고 물었다.

"대장군과 상산왕은 어찌 이리 늦으셨소?"

별로 감정이 드러나지 않은 한왕의 목소리였으나 한신과 장이에게는 왠지 꾸짖는 듯 들렸다.

한신이 자신도 모르게 움츠러들어 더듬거리며 대답했다.

"부르심을 받지 못해……. 진작 대왕을 받들어 모시지 못해 죄스럽습니다."

"등잔 밑이 어둡다더니, 등공이 중군막에 주무시는 두 분을 깜박 잊은 모양이오. 어쨌든 잘 오셨소. 두 분에게도 서둘러 해야 할 새 일을 주겠소."

한왕이 여전히 덤덤한 목소리로 그렇게 말하고는 돌연 말투를 바꾸었다.

"이제부터 대장군 한신을 조나라의 상국으로 삼는다. 조(趙) 상국 한신은 조나라의 장정 가운데 아직도 군사로 뽑히지 않은 자를 모두 거두어 이끌고 제나라로 가라. 새로 우승상이 된 조참과 기장 관영을 딸려 줄 터이니, 반드시 제왕(齊王) 전광을 사로잡아 과인의 뜻을 받들게 해야 한다.

전 상산왕 장이는 조왕(趙王)의 일을 계속 맡아 조나라를 지키도록 하라. 이미 지난봄에 대장군의 청이 있어 장이를 조왕으로 삼기를 허락한 바 있으나, 인수와 부절을 갖출 겨를이 없었다. 머지않아 격식을 갖춘 즉위가 있을 것이니, 그때까지 봉지를 잘 지켜 내야 한다."

한신과 장이 모두 실속 없이 관작만 오른 채, 거느리고 있던 군사는 한왕에게 깨끗이 빼앗기고 만 셈이었다. 두 사람은 다음 날로 한왕이 인심 쓰듯 떼어 준 군사 몇 천을 거느리고 한단으로 돌아가 새로 군사를 모으고 전곡을 거두어들여야 했다.

한신과 장이가 여러 달 조나라에 머물면서 기른 5만 대군을 빼앗아 거느리게 되자 한왕은 다시 성고 쪽을 돌아보게 되었다. 곁에 남은 주발과 하후영을 보고 걱정스레 물었다.

"성고의 일을 어찌하면 좋겠는가? 자방과 진평은 성을 버리고 빠져나갈 것이라 했으나, 그게 그리 쉽지는 않을 것이다. 급히 군사를 몰아 성고를 구하러 감이 옳지 않겠는가?"

하지만 성을 에워싼 패왕 항우의 무서운 기세를 겪어 본 두 사람은 선뜻 대답을 하지 못했다. 특히 하후영은 어제, 그제 겨우 빠져나온 범아가리로 다시 들어가고 싶은 마음이 전혀 없었다. 잠깐 생각에 잠겼다가 조심스레 말했다.

"구하러 가려 해도 구해야 할 성이 남아 있어야 하지 않겠습니까? 먼저 사람을 풀어 성고의 형편을 알아보고 군사를 움직여도 늦지 않을 것입니다."

한왕도 그 말을 옳게 들었다. 그러나 사람을 보내 알아보고 자시고 할 것도 없이 성고 쪽에서 제 발로 사람이 찾아왔다. 어렵게 초나라 군사들의 에움을 뚫고 성고성을 빠져나온 한나라 장수들이 그들이었다.

"정말로 너희들이 성을 빠져나와 과인을 찾아왔구나. 그래, 성고는 어떻게 되었느냐?"

그들을 알아본 한왕이 객청 바닥에 무릎을 꿇고 있는 그들에게로 달려가 두 손을 덥석 잡으며 물었다. 손을 잡힌 장수가 울먹이며 대답했다.

"아마도 지금쯤은 성이 떨어졌을 것입니다. 그젯밤 저희들이 빠져나올 때만 해도 이미 성안에는 남아 있는 장졸이 그리 많지 않았습니다. 몇몇 늙은 장수가 몇 천 명도 안 되는 군사로 백성들을 몰아 항왕의 눈을 속이고 있었으나 오래가지는 못할 것 같았습니다."

"그럼 장자방과 진평은 어찌 되었느냐?"

한왕도 눈물이 어린 눈으로 그 장수를 보며 다시 궁금한 것을 물었다. 그 장수가 아는 대로 대답했다.

"두 분께서는 대왕께서 성을 빠져나가신 다음 날 양식을 구하러 나온 백성들의 복색을 한 산동 병사들의 호위를 받으며 서문으로 나가셨습니다. 적에게 잡혔다는 말은 듣지 못했으나 어디 계신지는 알 수 없습니다."

그런데 다음 날 기마대를 이끌고 힘으로 성고성을 뚫고 나온 역상과 근흡이 피투성이로 달려와 장량과 진평이 간 곳을 알려주었다.

"자방 선생과 진 호군은 관중으로 피하신 듯합니다. 대왕께서 관중의 소 승상이 아니라 대장군을 찾아 동쪽으로 가신 일은 저희들도 오늘 새벽에야 들었습니다."

그런저런 소식에 한왕은 어떻게 움직여야 할지 얼른 마음을 정하지 못했다. 엉거주춤해서 며칠 일이 돌아가는 형편만 살피고 있는 사이에 이번에는 장량이 보낸 사자가 소수무로 찾아왔다.

"무슨 일이냐? 자방이 과인에게 어찌하라고 하더냐?"

마침 밥상을 받고 있던 한왕이 수저를 내던지고 객청으로 달려 나가 장량이 보낸 사자에게 그렇게 물었다. 사자가 가슴에 품고 온 글을 바쳤다. 한왕이 보니 눈에 익은 장량의 글씨였다.

신 장량은 호군 진평과 함께 낙양에 머물면서 대왕께 문후 드립니다.

성고를 빠져나온 뒤 바로 대왕을 찾아가지 못한 죄가 작지 않으나, 이렇게 낙양에 자리 잡고 보니 이 또한 바람 앞의 촛불 같은 우리 한나라를 지켜 내는 한 방책이 될 듯합니다. 항왕은 성고를 깨뜨리면 그 여세를 몰아 서쪽으로 밀고 들 것입니다. 천하의 온갖 화근이 대왕께 있다 하여 이번에는 반드시 관중을 둘러엎고 역양을 우려빼려 들 것이니, 무슨 일이 있어도 초나라 군사가 관중으로 들게 해서는 아니 됩니다.

이에 신이 가만히 둘러보니, 저희가 머무는 낙양은 함곡관으로 드는 길목일 뿐만 아니라 성벽이 두텁고 높아 지키기에 아주 좋은 곳입니다. 또 낙수(洛水) 사이에 있는 공현은 사방이 산으로 둘러싸여 적을 막기에 공고한 땅이라 이름마저 그렇게 붙여졌습니다. 그 두 곳에 각기 용맹한 장수 하나와 군사 1만 명씩만 보내시면, 신과 진 호군이 각기 한 곳씩을 맡아 굳게 지켜 보겠습니다.

대왕께서 관중을 버려두고 동쪽으로 가신 까닭은 조나라에서 온 대장군 한신의 군사를 거두시기 위함이었으니, 이제는 대군을 거느리고 계실 것입니다. 어서 빨리 공(鞏), 낙(洛)으로 장졸을 보내시어 대왕의 기업이 항왕에게 짓밟히게 되는 것을 막으십시오.

글을 읽은 한왕은 무엇보다도 장량과 진평이 아무 일 없이 성고성을 빠져나갔다는 게 반가웠다. 거기다가 장량이 마치 자신이 한 일을 손바닥 들여다보듯 훤하게 알고 있는 것 같아 그가 하는 말에 한층 믿음이 갔다. 한왕은 곧 주발과 역상을 불러 말하였다.

"그대들에게 각기 1만 군사를 줄 터이니 밤낮을 가리지 말고 달려 낙양과 공현으로 가라. 가서 자방 선생과 진 호군을 받들고 그곳을 지키되 먼저 나가 싸우지 말고 오직 성안에서 지키기만 하라. 항왕이 낙양과 공현을 잇는 선 서쪽으로 못 가게만 하면 된다."

그러고는 그날 밤으로 군사를 거느리고 떠나게 하였다.

그사이에도 한왕 유방이 소수무에서 다시 대군을 거느리게 되었다는 소문은 널리 퍼져 더 많은 한나라 장졸들이 그리로 찾아들었다. 태위 일을 보며 항시 한왕 곁에 붙어 있던 노관이 역이기를 비롯한 여러 빈객들을 데리고 한왕에게로 되돌아왔고, 주설과 육가도 여러 날 하북을 떠돌다가 소문을 듣고 찾아왔다. 그렇게 되자 주발과 역상이 2만이나 되는 군사를 빼 가도 한왕의 진채에는 활기가 가득했다.

그 무렵 패왕 항우는 성고성에 머물러 군사를 쉬게 하고 있었다. 방금 어렵게 형양성을 우려빼고 온 뒤라 그런지 장수다운 장수가 별로 남아 있지 않은 성고성을 떨어뜨리는 데도 초나라 장졸은 몹시 지치고 힘들어했다. 어쩌면 지난 달포 팽월을 뒤쫓으며 쌓인 피로를 풀 겨를도 없이 형양, 성고로 달려온 터라 더욱 그랬는지도 모를 일이었다.

어지간한 패왕도 지쳐 있기는 매한가지라 처음 며칠은 별 생각 없이 장졸들과 함께 쉬었다.

그러나 기력을 되찾자마자 평소의 격정과 자만이 다시 패왕을 몰아대기 시작했다. 무언가 마땅히 해야 할 일을 미루고 있는 듯한 느낌에 장수들을 불러 모아 놓고 물었다.

"한왕 유방은 어디에 있는가?"

그러나 범증이 죽은 뒤로 간세를 풀어 적정이나 민심을 살필 줄 아는 책사는 이미 아무도 패왕의 막하에 남아 있지 않았다. 한신이나 진평처럼 다른 주인을 찾아가거나 계포처럼 입을 다물어, 남은 것은 용저나 종리매처럼 치밀한 용간(用奸, 간세를 써서 펼치는 계책)과는 거리가 먼 용장들뿐이었다. 그들이 낸 척후나 파수로는 밤중에 수레 한 채로 몰래 달아난 한왕이 간 곳을 알 길이 없었다.

"전처럼 관중으로 달아난 듯합니다. 거기서 다시 군사를 긁어모아 관동으로 기어 나올 것임에 틀림없습니다."

장수들이 추측으로 대강 그렇게 대답했다. 그러나 그들 가운데는 계포처럼 제법 실상에 가까운 추측을 하는 장수도 있었다.

"관중으로 드는 길목을 지키던 장수들에게서 아무런 기별이 없는 것으로 보아 조나라로 간지도 모르겠습니다. 관중으로 가서 조련도 안 된 농투성이들을 억지로 끌어내는 것보다 한신이 그곳에 길러 둔 대군을 빼앗는 편이 재기하는 데 더 손쉽지 않겠습니까?"

하지만 패왕은 자신이 믿고 싶은 대로 그들의 말을 받아들였다.

"한신은 이미 한 번 주인을 바꾼 자다. 잘 조련된 대군을 거느리고 이미 여러 달 조나라에서 왕 노릇을 해 온 셈인데, 무엇 때문에 패망해 홀로 쫓겨 오는 유방을 받아들이겠느냐? 또 유방은 장돌뱅이로 노름방을 떠돌아 사람됨이 비루하면서도 의심이 많다. 그렇게 함부로 자신의 목숨을 한신에게 맡길 리 없다."

그러고는 칼자루를 움켜잡으며 자르듯 말했다.

"모두 유방을 뒤쫓아 관중으로 가자. 이번에는 반드시 관중을 둘러엎고 유방을 죽여 뒷날의 근심거리를 뿌리 뽑아야 한다!"

하지만 패왕이 대군을 이끌고 관중으로 들어가려 하자 초나라 장수들은 걱정이 되었다. 근거가 되는 서초 땅을 비워 두고 멀리 관중으로 몰려갔다가 무슨 일을 당할지 모를 일이었다. 이에 종리매와 용저가 일어나 한목소리로 말했다.

"관중은 그 땅이 천하의 서북쪽에 치우쳐 있어 우리 대군이 모두 그리로 몰려가면 비다시피 된 중원에서 무슨 변괴가 일어날지 모릅니다. 조나라에 있는 한신의 대군은 말할 것도 없고, 제왕 전광의 무리도 아직은 대왕의 명을 받들고 있지 않습니다. 비록 대왕의 위엄에 쫓겨 꼬리를 사리고 숨었으나 팽월도 적지 않은 무리를 거느린 채 하수 가를 떠돌고, 경포 또한 회수 남북을 오가며 대왕께 앙갚음하고자 이를 갈고 있습니다. 그 밖에도 곳곳에서 불측한 무리가 저마다 시커먼 속을 드러낼 것인즉, 대왕께서는 가볍게 전군을 관중으로 몰아넣으셔서는 아니 됩니다.

한왕 유방을 쫓아 관중으로 들어가는 일은 저희 둘이서 맡아 할 것이니, 대왕께서는 이대로 형양과 성고 사이에 걸터앉으시어 오창의 곡식으로 장졸을 먹이면서 중원을 노려보고 계십시오. 그리되면 아무리 간 큰 도적이라도 함부로 천하를 어지럽히지 못할 것입니다."

듣고 보니 패왕 항우에게도 그 말이 옳아 보였다. 그 자리에서 종리매와 용저에게 각기 3만 군사를 갈라 주며 말하였다.

"그대들은 어서 빨리 한왕 유방을 뒤쫓아 그 목을 베어 오라. 유방이 그사이 제 소혈 역양에 들었거든, 역양성을 우려빼서라도 반드시 그 목을 가져와야 한다."

이에 종리매와 용저가 이끄는 초나라 군사는 하수 남북 두 갈래로 길을 나누어 서쪽으로 밀고 들어갔다.

먼저 하수 남쪽 길을 잡고 한왕 유방의 자취를 쫓던 종리매는 이틀을 달려 낙양에 이르렀다. 형양과 성고를 잇따라 떨어뜨린 기세에다 이틀이나 무인지경 달리듯 해 온 터라 겁이 없어진 종리매는 대뜸 낙양성을 에워싸고 그곳을 지키는 수장을 불러냈다.

"나는 패왕의 명을 받들어 성고에서 쥐새끼처럼 홀로 살고자 달아난 한왕 유방을 사로잡으러 왔다. 성안에 유방이 있거든 어서 묶어 바치고 항복하라. 그러면 상장군에 만호후를 내릴 것이요, 헛된 고집으로 맞서려 들면 성이 깨어지는 날 성안에 살아 숨 쉬는 것은 모두 산 채 땅에 묻히게 될 것이다!"

문루에 나온 장수를 보고 종리매가 그렇게 으름장을 놓았다. 그러자 한나라 장수가 껄껄 웃으며 받았다.

"천 리 밖 조나라에 계시는 우리 대왕을 이곳 낙양성에 와서 찾으니 저런 미친놈을 보았나? 대군을 이끌고 여기까지 온 것으로 보아 아주 이름 없는 졸개는 아닌 듯한데, 도대체 너는 누구냐?"

"나는 초나라 대장군 종리매다. 내 이름을 들었거든 어서 성문을 열고 항복하여 목숨을 건져라!"

성난 종리매가 그렇게 소리쳐 자신을 밝혔다. 그 장수는 그래도 놀라기는커녕 투구까지 들춰 얼굴을 내보이며 비웃듯이 소리쳤다.

"이놈 종리매야, 너는 벌써 대한(大漢) 농서도위(隴西都尉) 역상을 잊었느냐? 거야현에서 땅에 떨어졌어야 할 그 목을 한번 붙여 주었거늘, 이제 와서 다시 떼어 주기라도 해 달란 말이냐?"

그 말에 종리매도 역상을 알아보고 흠칫했다.

역상과 종리매는 전에 거야현에서 한 번 맞붙은 적이 있었다. 방금 역상이 말한 것처럼 종리매가 목숨이 위태로운 지경까지 간 것은 아니었으나, 전투는 매우 격렬하였고 종리매의 군사들이 밀린 것은 사실이었다. 그런 역상이 난데없이 낙양성을 맡아 지키고 있다는 게 왠지 종리매의 마음에 걸렸다.

그런데 다시 역상 곁에 섰던 장수가 종리매에게 두 손을 모아 예를 표하며 끼어들었다.

"종리매 장군은 이 몸을 잊으셨소? 한솥밥을 먹은 날이 적지 않은데 어찌 그렇게 무정하게 알은체도 않으시오?"

맑고 카랑카랑한 목소리에다 전포를 겨우 이겨 내고 있는 듯 호리호리한 몸매를 보자 종리매도 그가 누군지를 알아차렸다. 마지못해 두 손을 모으며 말을 받았다.

"한왕의 꾀주머니[智囊]라는 자방 선생이 여기 계셨구려. 그렇다면 한왕도 이 낙양성 안에 있다는 말이오?"

겉으로는 태연하게 말해도 이미 심기는 한풀 꺾여 있었다. 역상 같은 맹장에다 장량같이 뛰어난 책사가 붙어 있어 일이 점점 고약하게 꼬여 간다는 느낌 때문이었다. 거기다가 장량의 대답이 한술 더 떴다.

"이 성은 원래 나와 진평이 만여 군민과 더불어 지키고 있었으나, 우리 대왕께서 장군이 이리로 오실 줄 알고 벌써 며칠 전에 역(酈) 상국(相國, 그때 역상의 신분은 양나라 재상이었다.)과 상장군 주발에게 대군을 딸려 주시며 우리를 돕게 하셨소. 이에 진평과 주발은 공현을 지키러 가고 나와 역 상국만 여기 남았소. 우리 대왕은 역 상국의 말대로 조나라에 있는 대장군 한신의 진채에 머물고 계시오. 머지않아 항왕과 크게 보수전을 벌이리라 벼르고 계시오."

그 말을 듣자 종리매는 맥이 쭉 빠졌다. 조금 전까지의 드높던 기세는 다 어디 가고 오히려 자기가 한군의 계략에 말려든 것 같아 불안해졌다.

종리매의 마음가짐이 그와 같으니 이어지는 싸움이 제대로 될

리 없었다. 대군을 이끌고 먼 길을 왔다가 아무 얻은 것 없이 돌아갈 수가 없어 몇 번 성을 치는 흉내는 냈으나, 그 끝이 뻔했다. 헛되이 군사만 꺾이고 물러나는 수밖에 없었다. 장량과 역상이 성을 나와 뒤쫓지 않는 게 고마울 지경이었다.

하수 북쪽 길을 잡아 한왕을 뒤쫓던 용저도 마찬가지였다. 하수를 건너 공현까지는 거침없이 달려갔으나 그다음은 낙양성의 종리매와 비슷했다. 풍, 패의 맹장 중에서도 손꼽히는 주발이 이미 대군을 이끌고 와 있는 데다, 독한 꾀로 이름난 진평이 곁에서 주발을 거들고 있었기 때문이었다.

패왕 항우는 믿고 보낸 종리매와 용저가 낙양과 공현을 잇는 선에서 더 나아가지 못하고 오히려 원병을 청해 오자 불같이 화가 났다.

"이는 틀림없이 한왕 유방이 관중으로 달아났다는 증좌이다. 유방이 거기서 마지막 발악을 하기 때문에 종리매와 용저가 낙양과 공현에서 더는 서쪽으로 나아가지 못하고 있는 것이다."

그렇게 단정하고 다시 대군을 휘몰아 서쪽으로 가려 했다. 그때 멀리 동쪽으로 나가 있던 척후로부터 급한 전갈이 들어와 다시 한번 패왕의 부아를 질러 놓았다.

"한왕 유방이 대군을 이끌고 동쪽에서 하수를 건넜다 합니다. 지금 소수무 남쪽에서 오창을 향해 오고 있는데 그 기세가 여간이 아니라는 소문입니다."

그 말을 들은 패왕이 분노를 실소로 바꾸어 어이없다는 듯 허허거리며 말했다.

"그 장돌뱅이 놈이 무슨 요술이라도 부린단 말이냐? 한 놈은 서쪽에서 종리매와 용저를 막고 있고, 또 한 놈은 동쪽에서 대군을 몰고 온다니 도대체 이게 어찌 된 일이냐?"

"한왕은 애초부터 서쪽으로 달아난 게 아니라 동쪽 한신에게로 가서 그 대군을 거둬들였습니다. 거기다가 며칠 전에는 관중에서 적지 않은 군사가 다시 한왕에게 이르렀다 합니다."

멀리 척후를 나갔던 군사가 그곳 백성들에게서 들은 대로 전해 주었다.

"그 소리야말로 장량이나 진평이 과인을 이곳에 묶어 놓기 위해 퍼뜨린 헛소문일 것이다."

패왕은 믿을 수 없다는 듯 그렇게 소리쳤으나 군사를 함부로 움직이지는 못했다. 다시 한번 사람을 동쪽으로 보내 그 말이 맞는지 알아보게 했다. 하지만 패왕이 들은 소문은 사실이었다.

그때 한왕 유방은 정말로 하수를 건너 소수무 남쪽에다 진채를 벌여 놓고 있었다. 한신의 군사를 거두어들이자 삽시간에 불어난 한군은 소하가 한왕 유방의 사촌형 유가(劉賈)에게 관중에서 긁어모은 군사 3만을 보내면서 더욱 크게 세력을 떨쳤다. 이에 힘이 솟은 한왕은 패왕과 다시 한번 맞붙어 보려고 형양, 성고 쪽으로 군사를 몰아가는 길이었다.

하지만 투지는 장해도 한왕이 하려는 바는 위태롭기 짝이 없었다. 유가가 이끌고 온 관중의 군사들 때문에 머릿수로는 패왕이 거느린 초나라 군사와 비슷해졌지만 그 질은 아직 초나라 군사에 크게 미치지 못했다. 싸움에 져 본 적이 별로 없는 초군은 여전히 강동의 정병을 중심으로 하고 있는 데 비해, 한군은 대개가 여기저기서 새로 긁어모은 데다 조련도 제대로 안 된 잡군이었다. 또 장수들도 여기저기 흩어져, 패왕 밑에서 단련된 초나라 장수들을 당해 낼 만한 맹장이 한왕 곁에 별로 남아 있지 않았다.

거기다가 한왕을 더욱 위태롭게 하는 것은 쓸 만한 책사(策士)들이 모두 멀리 나가 있다는 점이었다. 막빈으로는 겨우 역이기 정도가 있었으나, 역이기는 유생이고 유세가였다. 아무리 그 재주를 크게 봐주어도 싸움터에서 장량이나 진평의 빈자리를 메워 줄 만한 책사는 결코 못 되었다. 그런데 한 사람 알려지지 않은 책사가 있어 한왕을 그 무모한 싸움에서 건져 냈다.

한왕 곁에서 시중드는 낭중 가운데 정충(鄭忠)이란 사람이 있었다. 정충은 평소 헤아림이 깊고 충직하여 한왕을 편하게 모셨으나 말이 없어 그 재주는 별로 드러난 바가 없었다. 그런 그가 어느 날 한왕을 찾아보고 조심스레 말했다.

"신이 삼가 대왕께 드릴 말씀이 있습니다. 들어 봐 주시겠습니까?"

"그대가 어쩐 일인가? 말하라. 과인이 귀담아들으리라."

워낙 말이 없던 사람이라 한왕이 그렇게 진지하게 받았다. 정충이 한층 조심스레 말했다.

"지금 대왕의 처지는 석 달 전 형양성을 빠져나가 관중으로 들어가셨을 때와 크게 다르지 않습니다. 그런데 대왕께서 대처하시는 모습은 어찌 이리도 그때와 다른지 참으로 알 수가 없습니다."

"무엇이 같고 무엇이 다르다는 말인가?"

정충이 무슨 말을 하려는지 짐작하면서도 한왕이 시침을 떼고 물었다. 정충이 별로 흔들리는 기색 없이 대답했다.

"소(蕭) 승상이 군사와 곡식을 모아 주고 장수들이 모두 돌아오자, 그때도 대왕께서는 함곡관을 나가 항왕과 싸우기를 서두르셨습니다. 그러나 원생(袁生)이 말려 무관으로 나가시게 되었고, 완(宛)과 섭(葉) 사이에서 새로운 전단을 열어 다시 전국(戰局)을 주도하시게 되었습니다. 그런데 이번에는 어찌 이렇게 서둘러 항왕의 날카로운 칼끝으로 다가가시는 것입니까?"

"지금 서둘러 항왕과 싸우지 않으면 무얼 하란 말이냐? 또 달아나기라도 하라는 것이냐?"

"우리 군사들이 낙양과 공현에서 초나라 군사들을 막아 내기는 하였으나 아직도 초군의 기세는 사납기 짝이 없습니다. 거기다가 용맹한 항왕과 그 장수들을 당해 낼 만한 장수들도 없으면서 서둘러 부딪쳐 가는 것은 위태롭기 짝이 없는 일입니다. 전처럼 누벽(壘壁)을 높이 쌓고 참호를 깊게 파 굳게 지킴만 못합니다."

그 말에 문득 싸움터를 사납게 휩쓸어 오는 패왕 항우의 무서운 얼굴을 떠올린 한왕은 자신도 모르게 움찔했다. 하지만 전에 원생의 말을 따랐어도 결국은 홀로 성고에서 달아나는 신세가 되었음을 다시 떠올리고는 뒤틀린 목소리로 물었다.

"그렇다면 과인더러 다시 자라 모가지를 하고 항왕을 피해 다니기만 하라는 말이냐?"

정충이 갑자기 목소리에 힘을 실으며 대답했다.

"결코 그래서는 아니 됩니다. 천하 여기저기에 불을 질러 항왕으로 하여금 잠시도 쉴 틈 없이 팽이처럼 돌며 그 불을 끄게 해야 합니다."

"또 팽월이나 경포로 항왕의 화를 돋워 끌고 다니게 하라는 말이로구나. 그러나 그 불로는 항왕의 수염 한 올 그을리게 하지 못한다."

"그렇지 않습니다. 이미 항왕은 그들이 지른 심화로 나날이 그을리고 있는 중입니다. 거기다가 조왕으로 세우신 장이도 있고, 제나라로 보내신 상국 한신도 있지 않습니까? 그뿐만이 아닙니다. 대왕께서 새로운 불을 지를 수도 있습니다. 태위 노관은 대왕께 가슴이나 배 같은 사람이요, 장군 유가는 대왕의 족제(族弟)로 대왕께는 골육이나 다름없습니다. 그들에게 군사를 나눠 주고 초나라 땅으로 들어가 여기저기 불을 지르고 다니게 하십시오. 그리되면 항왕은 더욱 바삐 뛰어다니며 그 불을 꺼야 하니, 그사이 편히 쉬시며 힘을 기르고 계시는 대왕 쪽을 돌아볼 겨를이 없을 것입니다."

그러자 한왕도 정충이 뜻하는 바를 모두 알아들었다. 서둘러 군사를 서쪽으로 몰아가는 대신 유가와 노관을 불러 말했다.

"그대들에게 군사 2만과 기마대 몇 백을 줄 터이니 백마진을 건너 초나라 땅으로 들어가라. 가서 팽월을 도와 초나라의 곡식과 재물을 불사르고, 그 백성들이 가꾸고 기를 터전을 부숴 없애 항왕의 군사들에게 먹을 것을 댈 수 없게 하라. 그러다가 만약 적이 오면 나아가 맞서지 말고 물러나 지키기만 하라. 성벽을 튼튼히 하고 더불어 싸우지 않으면서 팽월과 서로 도우면 지키기는 크게 어렵지 않을 것이다."

그렇게 되자 패왕이 고단하게 뛰어다니며 꺼야 할 불길이 다시 둘이나 늘게 되었다.

오창을 되찾고

'하늘은 높고 말은 살찐다. 참으로 군사를 부리기에 좋은 철이
다…….'

한(漢) 3년 9월, 패왕 항우는 성고성 문루에서 맑은 가을 하늘
을 우러러보며 그렇게 중얼거렸다. 성안에서 며칠을 쉬자 형양성
과 성고성을 잇따라 떨어뜨리느라 쌓인 피로는 말끔히 가시고
없었다. 거기다가 사람을 보내 뒤쫓고 있던 한왕 유방이 제 발로
오고 있다는 소문에 패왕은 벌써 온몸이 근질거렸다. 한 번 더
사람을 동쪽으로 보내 그 말이 맞는지 알아보게 하였지만 머릿
속은 벌써 거침없는 전의(戰意)로 회오리쳤다.

그때 동쪽에서 기마 한 필이 뿌연 먼지를 일으키며 성문으로
달려왔다. 전날 소수무 쪽에서 오고 있다는 유방의 움직임을 살

피러 갔던 탐마 같았다. 패왕이 성문을 열어 주게 하자 온몸에 먼지를 뒤집어쓴 사졸 하나가 말에서 뛰어내려 군례를 올린 뒤 말했다.

"동쪽에서 이쪽으로 다가오고 있는 것은 틀림없이 한왕 유방의 대군입니다. 한신이 조나라에서 거느리고 있던 군사에다 소하가 관중에서 뽑아 보낸 군사를 보태 10만 대군을 일컫는데, 자못 사나운 기세였습니다. 이번에는 반드시 대왕과 자웅을 가르겠다고 큰소리를 치며 몰려오고 있다고 합니다."

그 말을 듣자 패왕은 벌컥 울화부터 치밀었다. 그 또한 오랜 전투로 누적된 피로의 한 형태일까? 그 무렵부터 울화와 격분은 차츰 패왕의 고질처럼 되어 가고 있었다. 한왕 유방과 그를 따르는 자들이 되풀이해 쓰는, 패왕이 보기에는 한없이 비겁하고 지저분한 술책 때문이었다. 패왕이 잠시라도 자신의 군사력을 한군데 집중하려 들면, 한왕 유방이 쪼개 보낸 군사들은 그 바람에 비게 된 곳을 제 땅인 양 마구 휘젓고 다녔다. 그러다가 패왕이 군사를 휘몰아 그쪽으로 달려가기만 하면, 그들은 또 참새 떼처럼 흩어져 달아남으로써 작은 승리의 기쁨이나 성취감도 허락하지 않았다. 그 대신 소득 없이 쌓여 가는 피로만이 패왕의 군사적 자부심과 자신감에 끊임없이 상처를 입혔다.

"유방 그놈이 또 더러운 잔꾀를 부리고 있다. 그렇게 큰소리를 쳤다면 틀림없이 어딘가로 내뺄 궁리를 하고 있다는 뜻이다. 과인이 이르기 전에 붙들리지 않을 곳으로 달아나 숨어 버리려고 하는 수작이다. 유방과 그 졸개들이 꼬리를 사리고 멀찌감치 달아나 숨어 버리기 전에 우리가 먼저 덮쳐 그 쥐새끼들을 모두 때려잡자."

패왕이 화를 못 이겨 그렇게 소리치며 제 편에서 군사를 움직이려 했다. 그때 계포가 나서 조심스레 말렸다.

"대왕, 고정하십시오. 유방은 반드시 올 것입니다. 구태여 장졸을 수고롭게 하며 우리가 찾아 나설 까닭이 없습니다."

"그게 무슨 말인가?"

"유방이 들고 나는 방식을 살피면 변하지 않는 어떤 틀 같은 것이 있습니다. 힘에 부치면 염치나 체면도 돌보지 않고 달아나지만, 그래도 마땅히 그래야 할 때가 되면 반드시 되받아쳐 왔습니다. 아마도 자신을 따르는 사람들의 눈치를 보기 때문인 듯한데, 이번에도 그렇습니다. 여기서 더 밀리면 실망한 장졸들이 모두 흩어져 버릴 것이니, 유방은 틀림없이 이판사판으로 나올 것입니다."

패왕이 성난 가운데도 듣고 보니 계포가 하는 말이 옳은 듯했다. 한왕 유방은 파촉 한중에서 나온 뒤로도 벌써 네댓 번이나 여지없이 지고 쫓겨 갔지만, 그로부터 한 달을 넘기지 않고 반드시 어딘가로 반격해 왔다. 패왕이 가만히 헤아려 보니 이번에도 유방 스스로 앞장서 되받아치는 시늉을 할 때가 된 것 같았다.

"좋다. 그렇다면 여기서 유방을 기다리기로 하자. 하지만 이번에는 촘촘하고 질긴 그물을 쳐 놓고 기다리다가 반드시 유방을 사로잡아야 한다!"

그러면서 성고에 머물러 유방이 반격해 오기를 기다리기로

했다.

그런데 참으로 알 수 없는 일은 그 뒤 한왕 유방이 보여 준 움직임이었다. 소수무에서 성고까지는 날랜 군사로 사흘이면 이를 수 있는 거리였다. 패왕은 한왕의 군사들이 그 부근에 이르기만 하면 갑옷 한 조각 제대로 찾아 돌아가지 못하도록 온갖 채비를 갖추고 기다렸다. 그러나 사흘은커녕 닷새가 지나고 열흘이 다 돼 가도 한군(漢軍)은 그림자 하나 얼씬하지 않았다. 참다 못한 패왕이 다시 사람을 보내 알아보게 했다.

"한왕은 닷새 전에 오창(敖倉) 동북 하수(河水, 황하) 가에 군사를 멈추고 진채를 벌였습니다. 녹각과 목책을 몇 겹으로 두른 데다 누벽을 높이 쌓고 참호를 깊게 파 어지간한 성곽보다 더 굳고 든든하다고 합니다."

오래잖아 한왕의 움직임을 알아보러 간 이졸이 돌아와 그렇게 알렸다. 그 말을 듣자 패왕은 다시 울컥 화가 치밀었다. 두어 달 전에 완성과 섭성 사이를 오락가락 끌려다니며 한왕과 경포에게 시달리던 일이 떠오른 까닭이었다.

"이 흉물스러운 장돌뱅이 놈이 또 지난번과 같은 수작을 부리려 하는구나. 오창 부근에 성채를 꾸미고 틀어박혀 낙양, 공현에 자리 잡고 있다는 것들과 함께 과인을 이리저리 뛰어다니게 만들려는 속셈이 틀림없다. 하지만 유방이 그 어떤 간사한 꾀를 부려도 이번에는 뜻대로 되지 않을 것이다. 이미 용저와 종리매를 보내 낙양과 공성의 것들을 제자리에 묶어 놓고 있으니, 과인은 뒤를 걱정하지 않고 유방을 칠 수 있다. 제아무리 굳게 얽은 진채라 해도 과인이 들부순 함곡관에 견줄 수야 있겠느냐? 이번에는 반드시 유방 그놈을 사로잡아 그 몸통과 머리를 따로 떼어 놓으리라!"

그렇게 소리치고는 곧 장수들을 불러 모아 명을 내렸다.

"지금 곧 군사들에게 한왕 유방을 잡으러 갈 채비를 갖추게 하라. 서두르면 내일 새벽에는 오창 부근에 있는 한군의 진채를 들이칠 수 있을 것이다. 단숨에 적진을 짓밟고 모두 하수에 쓸어넣어 버리자!"

이에 초군은 그날부터 진채를 뽑고 유방의 본진을 치러 갈 채비에 들어갔다.

성난 패왕은 행군할 채비가 갖춰지는 대로 군사를 오창으로 몰아가려 했다. 그러나 이번에도 유방을 치러 가는 일은 그의 뜻 같지가 못했다. 다음 날 치속도위로 군량의 드나듦을 맡아 보는 장수가 가만히 패왕을 찾아와 난데없이 궁한 소리를 했다.

"대왕, 대군을 움직이려면 무엇보다 군량이 넉넉해야 합니다. 그런데 근거지인 서초에서는 벌써 여러 날 전부터 쌀 한 톨 오지 않아 군량은 오직 오창에서 날라 오는 곡식에만 의지하고 있습니다. 만약에 오창에 무슨 일이 있으면 우리 대군은 고스란히 굶게 되니 불안하기 짝이 없습니다."

"그게 무슨 소리냐? 어찌하여 서초에서 쌀 한 톨 오지 않는단 말이냐?"

패왕이 불길이 뚝뚝 듣는 듯한 눈길로 군량관을 노려보며 물

었다. 치속도위는 제 죄도 아니면서 기어드는 것 같은 목소리로
대답했다.

"팽월이 다시 양 땅에 나타나 분탕질을 치는 바람에 벌써 보름
전부터 초나라에서 보내오는 군량이 우리 진중에 제대로 닿지를
못했습니다. 그런데 이 며칠 노관과 유가(劉賈)란 한나라 장수 둘
이 보졸 2만 명과 기마대 수백 기를 이끌고 백마진을 건너 남쪽
으로 내려와 일껏 날라 온 우리 군량을 불사르고, 이제 막 익기
시작한 들판의 곡식마저 짓밟아 버렸습니다. 그 때문에 서초에서
군량을 옮겨 오는 일은 말할 것도 없고, 급한 대로 가까운 들판
에서 곡식을 거두어들이는 것조차 어렵게 되었습니다."

패왕으로서는 듣느니 처음이었다. 팽월이 다시 움직였다는 말
만으로도 분통이 터질 판인데, 다른 한나라 장수들까지 하수를
건너 초나라 땅으로 밀고 들어왔다니 더 참을 수가 없었다.

묻는다기보다는 무섭게 꾸짖듯 물었다.

"노관이 유방의 오래된 종놈이라는 것은 나도 안다마는 유가
는 또 누구냐? 어떤 놈이기에 감히 군사를 몰고 과인의 땅으로
기어들어왔다는 것이냐?"

패왕의 그와 같은 물음을 유가를 아는 장수가 받았다.

"유가는 한왕 유방의 족제로, 한왕은 파촉 한중을 나올 때부터
그를 장수로 부려 왔다고 합니다. 특히 새왕(塞王) 사마흔을 칠
때 공이 컸는데, 그 장재가 만만치 않다는 평판입니다."

그 말에 패왕은 범이 울부짖듯 소리쳤다.

"유방 그 장돌뱅이 놈이 사람을 너무 작게 보는구나. 이놈 저

놈 다 장수라고 군사를 떼어 주며, 과인의 땅에서 분탕질 치게 하니 더는 참을 수가 없다. 아무래도 유방의 머리부터 잘라 그 손발까지 쓸모없게 만들어야겠다. 어서 군사를 재촉해 유방을 잡으러 가자!"

그때 다시 땀에 흠뻑 젖은 유성마 한 필이 성고성 안으로 뛰어들더니 부연 먼지를 뒤집어쓴 이졸 하나가 뛰어내려 다급하게 알렸다.

"진류성이 팽월에게 떨어졌습니다. 팽월이 1만 군사로 불시에 들이치는 바람에 제대로 싸워 보지도 못하고 빼앗겼다고 합니다."

그 소식을 듣자 패왕은 성난 중에도 멈칫했다. 성고 동남쪽에 있어 초군들로 보아서는 등 뒤가 되는 진류가 팽월에게 떨어졌다면 예삿일이 아니었다. 그걸 모른 척하고 북쪽으로 올라가 한왕 유방의 진채를 칠 수는 없는 일이었다. 그래서 하루 더 머뭇거리고 있는데 더욱 놀라운 소식이 들어왔다.

"어젯밤 외황성이 팽월의 야습으로 떨어졌습니다. 듣기로 팽월은 이제 다시 수양을 노리고 있다고 합니다."

만약 수양까지 떨어져 대량 인근의 땅이 모두 팽월의 손에 들어간다면 서초의 심장부와 성고 사이에는 길이 완전히 끊어져 버리고 만다. 아니, 그 이상으로 패왕이 이끄는 초나라 대군은 동서남북 모두 한왕 유방의 세력에 에워싸인 섬 같은 신세가 된다. 아무리 한왕 유방이 미워도 그걸 못 본 체하고 대군을 북쪽으로 몰고 갈 수는 없었다. 생각 끝에 패왕은 종제인 항장에게 군사 3만을 나눠 주며 말했다.

"너는 먼저 동쪽으로 가서 유가와 노관이 이끄는 군사를 뒤쫓아 쳐부수어라. 만약 네가 그 두 종놈들을 때려잡아 끊긴 양도를 다시 잇고, 다시 남으로 내려가 팽월을 양 땅에서 멀리 쫓아 버린다면 과인은 여기서 바로 유방을 잡으러 갈 수가 있다. 그럼 가서 잘 싸워라."

그러고는 다시 사람을 용저와 종리매에게 보내 급히 군사를 이끌고 성고에 있는 패왕의 본진으로 돌아오도록 했다. 아직도 한왕 유방 쪽을 노려보고 있는 패왕이라 아무래도 군사를 여기저기 갈라 보낸 것이 마음에 걸린 까닭이었다. 용저와 종리매를 다시 불러들여 압도적인 군세를 유지하고 싶었다.

하지만 패왕이 항장에게 건 것은 헛된 바람이었다. 씩씩하게 떠날 때와는 달리 항장은 양 땅으로 내려간 지 사흘도 안 돼 유성마를 보내 알려 왔다.

"유가와 노관은 진류 부근의 든든한 성에 숨어들어 성문을 닫아걸고 굳게 지키기만 할 뿐 아무리 싸움을 걸어도 밖으로 나오지 않습니다. 거기다가 외황에 자리 잡고 수양성까지 차지한 팽월과 연결하여 서로 도우니 되레 우리 군사들이 몰리는 지경입니다. 대왕께서 몸소 납시어 도적들을 쓸어버리지 않으신다면 앞으로 팽성으로부터는 쌀 한 톨, 병졸 한 명 성고에 이르지 못할 것입니다."

뿐만이 아니었다. 그날부터 잇따라 여남은 성에서 위급을 알리는 유성마가 달려왔다.

"팽월이 고양으로 밀고 들었습니다. 속히 구원이 없으면 지켜 내기 어렵습니다."

"곡우가 팽월에게 떨어졌습니다. 곡우를 지키던 장졸들은 하양으로 달아났으나, 하양 또한 오래 버티지는 못할 것입니다."

그러면서 하나하나 양 땅의 성이 떨어지는데 헤아려 보니 금세 열 손가락을 넘었다. 그제야 패왕도 한왕 유방을 치러 가기를 단념했다.

"어쩔 수 없구나. 팽월 그 늙은 쥐새끼부터 먼저 잡아 죽여야겠다. 패현의 장돌뱅이는 팽월을 죽인 다음에 잡아 없애리라."

패왕은 자신에게 다짐하듯 그렇게 말하며 군사를 먼저 양 땅으로 내기로 했다.

하지만 말은 쉬워도 패왕이 팽월을 잡으러 떠나는 것 또한 그리 간단한 일이 아니었다. 날랜 군사로 사흘거리도 안 되는 곳에 한왕이 대군을 거느리고 있는데, 어렵게 차지한 형양과 성고를 아무렇게나 버려두고 갈 수는 없는 일이었다. 형양은 낙양 전선에서 회군할 종리매에게 맡기면 어느 정도 마음 놓을 수 있지만 성고는 누구에게 맡겨 지키게 해야 할지가 영 마땅치 않았다. 미덥기로는 용저와 계포가 있어도, 그들마저 성고에 남겨 두게 되면 팽월과의 싸움에서 패왕이 손발처럼 부릴 수 있는 맹장이 너무 적었다.

이에 성고를 믿고 맡길 만한 수장을 찾던 패왕은 해춘후(海春侯)로 봉한 대사마 조구(曹咎)를 불러 말했다.

"장군에게 군사 2만을 남겨 줄 터이니 새왕 사마흔, 적왕 동예와 더불어 과인이 돌아올 때까지 성고를 좀 지켜 주시오. 많은 장졸을 남기지 못하지만 성안 백성들을 잘 다독여 그들과 함께 삼가 지키기만 하면 크게 어려운 일은 아닐 것이오. 설령 한군이 코앞에 다가와 싸움을 걸어 와도 결코 맞붙어 싸우지 마시오. 그저 지키면서 한군이 성고 동쪽으로 밀고 나오지 못하게만 하면 그걸로 넉넉하오. 과인은 보름 안에 반드시 팽월이 날뛰는 양 땅을 평정한 뒤 돌아와 장군과 함께하겠소. 생사를 건 큰 싸움은 그때 해도 늦지 않으니 대사마께서는 부디 자중하시어 굳게 지키기만 하시오."

조구는 젊은 시절 진나라에서 현리로 벼슬살이를 시작했으나 벼슬길이 그리 잘 풀리지는 못했다. 마흔이 가깝도록 기현의 옥연에 머물러 있었다. 옥연은 감옥을 관장하는 관리의 부관으로 군현에서도 하찮은 벼슬이었다. 그러나 조구는 뜻이 커서 벼슬의 높낮이에 얽매이지 않고 널리 호걸 사귀기를 좋아했는데, 그중에도 자신처럼 역양현에서 옥연 노릇을 하면서도 꿈을 키워 가던 사마흔과 특히 가까웠다.

그 무렵 패왕 항우의 숙부인 항량이 무언가 작지 않은 죄에 걸려 역양현 감옥에 갇히게 되었다. 다급해진 항량은 바깥에 있는 조카 항우로 하여금 평소 잘 알고 지내던 조구를 찾아보고 구명을 부탁하게 하였다. 항우가 찾아가 숙부의 위급을 알리자, 항량을 범상치 않게 보던 조구는 사마흔에게 글을 보내 항량을 놓아주도록 힘써 보게 했다.

사마흔은 지기인 조구의 당부를 무겁게 여겨 가진 힘을 다했다. 역양현의 높고 낮은 관리들을 한편으로는 오랜 친분으로 달래고, 다른 한편으로는 뇌물로 구워삶아 마침내 항량이 놓여나게 했다. 걸려든 죄목도 작지 않거니와 그 일로 자신이 초나라 명장 항연의 아들이라는 게 진나라 관부에 밝혀질까 걱정하던 항량은 그렇게 자신을 구해 준 두 사람에게 매우 고마워했다. 항우도 아버지 같은 항량을 구해 준 두 사람을 아주 좋게 기억했다.

뒷날 오중에서 봉기한 항량은 초나라를 되일으키고 스스로 무신군이 되어 한때 관동에서 위세를 떨쳤다. 그러나 정도의 싸움에서 진나라 장수이던 장함에게 죽어 조구와 사마흔에게 옛 빚을 갚을 겨를이 없었다. 그 두 사람이 모두가 다 알 만큼 높은 벼슬에 오르고 무겁게 쓰이게 되는 것은 항우가 패왕에 올라 천하를 호령하게 된 뒤의 일이었다.

두 사람 중에서 먼저 패왕 항우와 만나게 된 것은 사마흔이었다. 나중에 관운이 트여 진나라 조정의 장사(長史)가 된 사마흔은 정도의 싸움에서 항량을 죽이고 기세가 높던 장함에게 배속되어 관동으로 나왔다. 하지만 거록의 싸움에서 주력이 꺾이고 몰리던 장함을 따라 은허에서 항우에게 항복함으로써 그때부터 그 밑에 들게 되었다. 그때 항우와 장함 사이에 들어 그 항복을 교섭한 것이 실은 사마흔이었다는 말도 있다. 그 뒤 진나라를 무너뜨리고 함양에 든 항우는 사마흔을 옹왕 장함과 나란히 새왕으로 세워 그가 세운 공을 기림과 아울러 예전에 진 빚까지 갚았다.

늦게까지 진나라의 관리로 남아 있던 조구는 진나라가 망한 뒤에는 불우하게 떠돌았다. 그러다가 새왕이 된 사마흔이 사람을 시켜 그를 찾은 뒤에 패왕에게 알려, 뒤늦게야 패왕 밑에 들게 되었다. 패왕은 조구를 해춘후에 봉해 이름만이라도 제후의 줄에 서게 하고, 아울러 사마란 벼슬까지 내려 자신의 군중에 머물게 했다.

패왕은 사마흔과 조구를 가까이 두고 부렸을 뿐만 아니라 누구보다 믿고 아꼈다. 하지만 패왕 밑으로 든 뒤 두 사람의 진취(進取)는 오래지 않아 서로 뒤바뀌고 만다. 새왕이 된 사마흔은 봉지에 남았다가 한왕 유방이 파촉 한중에서 나와 삼진을 아우를 때 적왕 동예와 함께 유방에게 항복하여 패왕을 저버리게 된다. 그에 비해 패왕의 군중에 들어 싸움터를 따라다니던 조구는 차츰 그 만만찮은 장재를 인정받아 마침내는 대사마에까지 오른다. 팽성과 수수의 싸움 뒤에 새왕 사마흔은 적왕 동예와 함께 다시 패왕에게로 돌아가지만, 한왕 유방에게 항복한 벌을 겨우 면했을 뿐, 옛날의 신임은 회복하지 못했다.

그때 패왕이 사마흔을 제쳐 놓고 조구에게 성고성을 맡긴 것도 두 사람의 그런 엇갈린 행보 때문이었다. 패왕은 사마흔도 동예와 함께 성고에 남아 조구를 돕게 했을 뿐, 그에게 성을 맡기지는 않았다.

"삼가 명을 받들어 대왕께서 돌아오실 때까지 이 성을 꼭 지키겠습니다."

패왕이 그토록 자신을 믿어 주는 데 감격하며 대사마 조구가 그렇게 명을 받들었고, 함께 부름을 받은 사마흔과 동예도 함께 머리를 조아려 패왕에게 고마움을 드러냈다. 패왕이 덧붙여 말하였다.

"내일이나 모레쯤이면 낙양 쪽으로 나가 있던 종리매와 용저의 군사들이 이곳에 이를 것이오. 대사마는 종리매와 용저가 돌아오면 과인의 뜻을 전하시오. 종리매는 1만 군사로 형양을 지키되 역시 성을 나가서 한군과 싸우지는 말라고 이르시오. 또 용저는 남은 군사를 모두 거느리고 과인을 따라 진류로 오되, 날짜를 너무 끌지 말라 하시오. 힘을 한곳에 모아 빠른 바람처럼 몰아치지 않으면 보름 안에 팽월 그 늙은 쥐새끼를 잡아 죽이고 이곳으로 되돌아오기 어려울 것이오."

그때 그 자리에 함께 있던 환초(桓楚)가 패왕에게 물었다.

"오창은 누구에게 맡겨 지키게 하시겠습니까?"

그 물음에 패왕이 낯을 찌푸리며 말했다.

"그곳은 한낱 곡식 창고에 지나지 않는 곳이 아닌가? 거기다가 하수를 끼고 있어 지키는 데 많은 군사가 필요한 성이 아니다. 아장(亞將) 하나에 약간의 시양졸을 딸려 주고, 죄수와 부로(俘虜)들을 모두 그리로 옮겨 함께 지키게 하면 된다."

환초는 은근히 자신에게 오창을 맡겨 주기를 바라며 물었으나 패왕이 그렇게 잘라 말하자 군말 없이 물러났다.

그런데 여기서 먼저 살펴보아야 할 것은 아직도 변하지 않은 패왕 항우의 전쟁을 보는 안목이었다. 이미 유방과의 싸움은 천하의 패권을 다투는 정치적 투쟁이며 국가 간의 전쟁 단계로 들어섰는 데도, 그에게는 오직 군사적 승리만이 목적인 전투의 연속일 뿐이었다. 먹을 것은 군량이란 뜻으로만 이해되어 전투력의

미미한 부분을 이루고 있을 뿐이었고, 따라서 그런 그에게 오창은 또다시 많은 군사를 나눠 지킬 만한 곳이 아니었다.

그다음으로 살펴볼 것은 이미 기형적으로 굳어져 버린 초군의 지휘 체계였다. 부리는 자와 부림을 받는 자는 패왕과 그 나머지로 엄격하게 양분되어 있고, 모든 중요한 결정권은 패왕에게 집중되어 있었다. 나머지 모든 장수와 병졸들은 패왕의 손발이거나 이빨과 발톱이요, 도구일 뿐이었다. 유일하게 패왕의 결정을 간섭하던 범증이 죽은 뒤로는 천하의 맹장 종리매와 용저도, 신의와 지략으로 이름 높은 계포도 모두 마찬가지였다.

패왕 항우가 초군 주력을 이끌고 다시 양 땅으로 내려갔다는 소문은 오래잖아 한왕 유방의 귀에도 들어왔다. 하수 가에 진채를 내리고 몇 달이나 움직이지 않고 있던 한왕은 조구와 종리매가 많지 않은 군사로 성고와 형양 두 성을 지키고 있다는 말을 듣자 슬며시 마음이 변했다.

"조구와 종리매가 성안에 틀어박혀 지키기만 한다면 성고와 형양 사이는 비어 있는 것이나 다름없다. 이 틈에 우리도 서쪽으로 가서 낙양과 공현에 있는 군사들과 합치는 게 어떤가? 그러면 항왕의 대군이 다시 성고로 돌아온다 해도 겁날 것이 없다. 설령 싸움에서 다시 밀린다 해도, 우리가 물러나 굳게 지키기만 하려들면 그들이 관중으로 밀고 드는 것은 얼마든지 막을 수 있다."

한왕이 사람들을 불러 모아 그렇게 말했다. 곧 형양과 성고를 버리고 낙양과 공현을 잇는 선으로 물러나자는 말이었다.

그때까지도 한왕은 낭중 정충(鄭忠)이 올린 계책에 따라, 하내에서 누벽을 높이고 참호를 깊게 하여 굳게 지키기만 하고 있었다. 하지만 그것도 여러 날이 되니 좀이 쑤시는 듯했다. 움직이고는 싶어도 성고와 형양 부근에서 워낙 여러 번 험한 꼴을 본 터라 그리로 들기는 싫었다. 오히려 낙양, 공현 쪽으로 한발 물러나 병력의 우세 속에 안정하고 싶었다.

마침 그 자리에 있다가 그런 한왕의 말을 들은 역이기가 펄쩍 뛰듯 일어나 말했다.

"신이 듣기로 '하늘의 하늘을 아는 사람이라야 왕업을 이룰 수 있다[知天之天者 王事可成].'고 하였습니다. 무릇 임금 노릇을 하려는 이는 백성을 하늘로 여기고, 백성은 먹을 것을 하늘로 여기고 있습니다[王者以民爲天 而民以食爲天].

저 오창은 오래전부터 천하의 물산이 모였다 나눠지는[轉輸] 곳으로서, 신이 듣기로는 그곳에 엄청난 곡식이 저장되어 있다고 합니다. 하늘의 하늘, 곧 임금 된 이의 하늘인 백성들이 그 하늘로 여기는 곡식이 쌓여 있는 곳입니다. 그런데 초나라 사람들은 그토록 어렵게 형양과 성고를 우려빼고도 그 오창을 굳게 지킬 줄 모릅니다. 오히려 대군은 동쪽으로 빼돌리고, 날랜 군사를 남겨 성고와 형양을 나누어 지키게 하면서도, 오창에는 노약한 병졸과 죄수들을 보냈다고 합니다. 이는 하늘의 하늘을 몰라보는 것이니, 온전하게 임금 노릇을 하려는 자가 할 수 있는 일이 아닙니다.

하오나 이제 우리 한나라가 하려는 일도 저 갓 쓴 원숭이 같은 초나라 사람들이 한 짓과 크게 다를 바 없습니다. 대왕께서는 지금 하늘 같은 백성들이 하늘처럼 여기는 곡식이 가득한 큰 뒤주를 내팽개치고 흉한 창칼에만 의지해 천하를 다투려 하십니다. 손바닥에 침 한번 뱉는 힘만 쓰면 얻을 수 있는 오창을 버려두고 멀리 낙양, 공현으로 물러나려 하시는 것이 바로 그러합니다. 이는 하늘이 내려 주신 좋은 기회를 스스로 뿌리치시는 것이나 다름없으니, 실로 크나큰 잘못이 아닐 수 없습니다.

거기다가 두 영웅이 언제까지 함께 나란히 서 있을 수는 없는 일입니다. 초나라와 한나라가 오래 서로 맞서 노려보기만 하고 결판을 내지 않는다면, 온 세상이 흔들리고 들끓게 됩니다. 농부는 쟁기를 버리고 베 짜는 여인은 베틀에서 내려올 것이니, 천하의 민심이 안정되지 못할 것입니다. 바라건대 대왕께서는 서둘러 군사를 내시어 성고와 형양을 거두시고 오창의 곡식을 차지하십시오. 성고의 험한 지세에 의지하고 태항(太行)으로 가는 길을 끊으며, 비호 입구를 막고 백마 나루를 지켜, 제후들에게 형세를 어느 편이 제압하고 있는가를 보여 주시면 천하가 누구에게 돌아갈 것인가를 알게 될 것입니다."

그 말을 듣자 한왕도 정신이 번쩍 들었다. 물러나 지키기만 하려던 약한 마음을 일시에 거두고 역이기의 말을 따랐다. 그게 한왕 유방이요, 천하를 담을 그릇다운 안목이었다. 한왕의 군중이 낙양으로 가는 대신 오히려 주발과 역상의 군사들을 동쪽으로 불러내어 한군의 세력을 형양, 성고 쪽으로 모아들였다. 장량과 진평이 다시 한왕 곁으로 돌아오게 된 것도 그 무렵이었다.

주발과 역상이 낙양과 공현에서 갈 때보다 한층 불어난 군사를 데리고 돌아오고, 장량과 진평도 한왕 곁으로 되돌아오자 한군의 세력은 다시 크게 떨쳤다. 호기가 치솟은 한왕이 장졸들을 모아 놓고 말했다.

"백성들에게는 먹을 것이 바로 하늘이라고 한다. 어서 오창을 빼앗아 우리 군민이 먹을 곡식부터 차지해 두자. 대군을 몰아 단숨에 성을 깨뜨려 버려라!"

그때 장량이 나와 말렸다.

"듣기로 오창성 안에는 늙은 장수 하나가 힘없는 시양졸들과 형도(刑徒, 죄지어 끌려온 군사)의 무리 몇 천을 데리고 지키는 시늉만 하고 있다고 합니다. 그러나 항왕의 군령이 엄하여 그들이 성안 백성을 이끌고 죽기로 지키면, 우리 군사가 적지 아니 죽거나 다치게 될 것입니다. 꾀를 써서 그들이 성을 버리고 달아나게 해야 합니다."

"우리 군사를 상하지 않고 오창을 얻을 수 있다면 그보다 더 나은 일이 어디 있겠소? 무슨 꾀로 그렇게 할 수 있겠소?"

한왕이 귀가 솔깃해 장량을 바라보며 물었다. 장량이 차분히 받았다.

"시양졸이나 형도의 무리는 잘 싸우지 못할뿐더러 싸우기를 좋아하지도 않습니다. 먼저 오창을 지키는 그들에게 우리 군사의 위세를 보여 감히 맞설 엄두를 내지 못하게 하여야 합니다. 그런 다음 그들에게 항왕의 벌을 면할 구실을 주고 스스로 물러날 길을 열어 주면, 그들은 두말없이 우리에게 성을 내주고 달아날 것입니다."

"어떻게 하면 저들이 싸울 엄두조차 내지 못할 만큼 겁을 줄
수 있소?"

"오창 북쪽으로는 하수가 흐릅니다. 먼저 그 하수 가득 배를
띄워 물길로 대군이 이르고 있는 듯 꾸미도록 하십시오. 그런 다
음 우리 10만 군사를 풀어 오창성 밖 동쪽과 남쪽 벌판을 진채로
뒤덮어 버리면 그걸로 넉넉합니다. 적병이 성벽 위에서 그런 동
남북 세 곳을 바라보면 절로 기가 죽을 것입니다."

"그들에게 항왕의 벌을 면할 구실은 마련해 준다는 것은 무슨
뜻이며, 또 길은 어떻게 열어 준다는 것이오?"

"그들에게 곡식을 가지고 떠날 수 있도록 허락하시면 그게 바
로 그 구실을 주시는 것이 됩니다. 대왕께서 직접 동문 문루 앞
으로 나가시어 적장을 부르신 다음 성안의 곡식을 가지고 비워
둔 서문으로 떠나도 좋다고 허락하십시오. 다행히 대왕께서는 백
성들을 함부로 죽이신 일이 없고, 그들과의 약조를 어기신 적도
없어, 성안 군민들은 모두 그 말을 믿을 것입니다. 거기다가 오창
의 곡식을 가지고 가면 항왕이 지키라는 것을 일부라도 지킨 셈
이 되니, 설령 그들이 우리에게 성을 내준다 해도 그 죄로 목숨
을 잃게 되지는 않을 것입니다. 따라서 적병들은 오창성 안에서
턱없이 버티다가 죽느니보다는, 차라리 저희 편이 든든하게 지키
는 성고로 돌아가 항왕이 돌아오기를 기다리는 쪽을 고르지 않
겠습니까?"

"하지만 저들에게 곡식을 주어 보낸다면 우리가 오창을 차지

하는 게 무슨 뜻이 있겠소?"

한왕이 영 알 수 없다는 듯 물었다. 장량이 가만히 웃으며 대답했다.

"오창성 안에 쌓인 곡식은 하수의 물길과 관동의 관도를 따라 천하에서 모여든 것입니다. 저들 늙고 약한 잡졸 몇 백 명이 한나절 동안에 가지고 가 봤자 얼마나 가져갈 수 있겠습니까? 거기다가 저들이 성을 버리고 떠날 때는 이미 모두가 다급하게 쫓기는 마음이 되어 있을 것입니다. 설령 저들이 수레와 우마를 모아 거기에 곡식을 싣고 간다 해도 기껏 몇 백 섬[斛]을 넘기기 어려울 것이며, 그 모두를 별일 없이 성고까지 옮긴다 해도 성안 군민이 보름 먹을 양식조차 되지 못할 것입니다."

거기까지 듣고서야 한왕도 장량의 말을 알아들었다. 고개를 끄덕인 뒤 그날로 장졸을 움직여 장량이 하자는 대로 했다. 먼저 오창 북쪽 하수를 한군의 기치를 꽂은 배로 덮고, 다시 10만 군사를 나누어 오창 남쪽과 동쪽 벌판에 삼엄한 진채를 벌이게 했다.

전날 오창성 안의 초나라 군사들은 한나라의 깃발을 가득 꽂은 배들이 벌겋게 하수를 덮고 거슬러 올라오자 화살 한 대 날아오지 않는데도 벌써 기가 죽었다. 그러다가 다음 날 아침 성 동남쪽 벌판을 바라보고는 모두들 얼굴이 퍼렇게 질렸다. 얼마나 되는지 가늠하기조차 힘든 한나라 대군이 진채를 벌이고 있는데, 드넓은 벌판이 그대로 번뜩이는 창칼과 붉은 기치로 뒤덮인 듯했다. 늙은 장수와 힘없는 군사 몇 백 명이 죄짓고 싸움터로 끌려온 잡군 1천여 명과 성안 백성들만 데리고 맞서 싸우기에는 애당초 글러 보였다.

하루 사이에 구름처럼 몰려든 한나라 대군을 보고 성안의 초나라 군사들이 위아래 할 것 없이 어쩔 줄 몰라 성벽 위에서 허둥대고 있는데, 갑자기 동문 문루에서 수장을 찾는 외침 소리가 들렸다. 늙은 수장이 무릎을 덜덜거리며 문루 위에 나가 내려다보니 바로 한왕 유방이 말 위에 높이 앉아 있었다.

"과인은 장군이 많지 않은 시양졸과 형도의 무리를 이끌고 이 성을 지키고 있음을 알고 있다. 허나 또한 항왕의 엄명을 받고 성안의 곡식을 지키고 있어, 함부로 성을 버리면 항왕에게 죽임을 당하리라는 것도 들어서 알고 있다. 과인이 물과 뭍으로 데리고 온 10만 대군으로 들이치면 이 성을 떨어뜨리기는 손바닥 뒤집기보다 쉬울 것이다. 그러나 항왕의 엄명 때문에 죽어날 군민의 목숨이 가련해 장군에게 한 가닥 길을 열어 주고자 한다.

이제부터 그대들에게 한나절을 줄 터이니, 성안의 곡식을 거둘 수 있는 대로 거두어 비어 있는 서문으로 떠나라. 곡식을 가지고 성고로 가면, 항왕의 명을 어기지는 않은 셈이라 그대들의 목숨은 건질 수 있을 것이다. 그러나 해가 지고도 이 성을 떠나지 않으면 과인은 전군을 들어 성을 깨뜨리고 옥과 돌을 함께 태우리라[玉石俱焚]!"

한왕이 그렇게 소리치고는 대답도 듣지 않고 말머리를 돌렸다. 그러지 않아도 성을 에워싼 한군의 엄청난 기세 때문에 아침부터 제정신이 아니던 오창의 수장은 그 같은 한왕의 말을 듣자 칠

흑 같은 어둠 속에서 한 가닥 빛이라도 본 듯하였다. 하지만 속임수와 모질고 독한 것을 마다 않는 싸움터인지라 그 말을 얼른 믿지 못했다. 문루 위의 수장이 떨리는 목소리로 돌아서려는 한왕의 옷깃을 잡듯 물었다.

"하지만 '싸움은 속임수를 싫어하지 않는다[兵不厭詐].' 했습니다. 저희가 어떻게 대왕의 말을 믿을 수 있겠습니까?"

그러자 한왕이 고개를 돌려 지그시 쏘아보며 말했다.

"네 그래도 한 성을 맡아 지키는 것으로 보아 이름 없는 졸개는 아닐진대 어찌 이리도 과인을 작게 보느냐? 과인이 언제 항복한 군사를 죽이는 걸 보았느냐? 과인이 언제 너희에게 한 입으로 두 소리를 하더냐?"

그리고 일시 말문이 막힌 늙은 수장이 멍하니 보고 있는 사이에 진문 안으로 되돌아가 버렸다. 한왕의 자취가 보이지 않자 퍼뜩 정신이 든 수장이 좌우를 돌아보며 물었다.

"너희들은 어찌하면 좋겠느냐?"

그러자 부근에 있던 이졸들이 입을 모아 말했다.

"한왕이 인정을 베풀 때 오창을 내주고 성고로 돌아가는 것이 좋겠습니다. 지금 우리가 여기서 한왕의 대군과 맞서 싸우는 것은 달걀로 바위를 치는 것이나 마찬가지입니다. 게다가 한왕의 말대로 우리가 이곳의 곡식을 가지고 간다면 반드시 패왕의 명을 어긴 것도 아니지 않습니까?"

늙은 초나라 장수에게도 달리 길이 보이지 않았다. 하지만 곁에서 살펴보는 눈이 있어서인지 그래도 한동안은 망설이고 괴로워하는 체하다가 결연히 말했다.

"하는 수 없다. 성고로 돌아가자. 성안의 수레와 마소를 모두 모아들여 창고에 있는 곡식을 싣고 서문으로 빠져나가자!"

말은 그럴듯했으나, 한번 그렇게 정해지자 오창을 지키던 초나라 군사들에게는 그때부터가 허겁지겁 쫓기는 도망길이 되고 말았다. 우선은 성안을 뛰어다니며 수레와 마소를 모은다고 모았으나 마음이 급해서 그런지 수레 서른 대에 마소 백 마리를 넘지 못했다. 거기다가 그리된 마당에 성고까지 따라가려는 백성들이 있을 리 없어, 초군은 겨우 긁어모은 수레와 마소에 되는 대로 곡식 몇 백 섬을 나눠 싣고 급하게 오창 서문을 나섰다.

그때 한나라 진채에서는 진평이 가만히 한왕을 찾아보고 다시 모진 꾀를 냈다.

"우리 군사를 다치지 않고 성을 얻는 것은 매우 좋은 일입니다. 그러나 곡식이 한 톨이라도 성고성 안으로 들어가게 해서는 아니 됩니다. 저들이 달아나기 시작하면 슬며시 한 갈래 군사를 보내어, 사람은 놓아 보내되 곡식은 모두 빼앗아 버리는 게 어떻겠습니까?"

그러나 한왕은 무겁게 고개를 가로저으며 장량이 한 말을 되뇌었다.

"자방 선생이 말한 대로 초나라 군사들은 쫓기는 마음이라 많은 곡식을 가지고 가지 못할 것이오. 우리가 오창을 차지함으로써 얻게 될 곡식에 비하면 보잘것없는 양이니, 그냥 보내 주도록 하시오."

"그렇지 않습니다. 만약 저들이 곡식 수백 섬을 날라 가면 성고성 안 군민이 몇 달은 버틸 양식이 됩니다. 배불리 먹고 지키는 성을 빼앗자면 그만큼 우리 군사가 많이 상할 것이니 그 일은 또 어찌하시겠습니까?"

그래도 한왕은 여전히 고개를 가로저었다.

"설령 그리된다 해도 하는 수 없소. 과인은 이미 성 안팎 10여만의 군민이 보고 듣는 앞에서 그리 약조하고 말았소. 제후나 왕은 거짓말로 속여도 되지만, 졸오에 든 병사나 힘없는 백성들을 속여서는 아니 되오."

그러면서 끝내 진평의 말을 들어주지 않았다. 남의 군왕이 되어 쫓고 쫓기며 보낸 지난 몇 년의 세월이 나름의 터득을 준 듯했다.

오창을 버리고 달아난 초나라 군사들의 뒷일은 장량이 제대로 맞춘 셈이 되었다. 초군이 성을 나설 때만 해도 서른 대 수레에 곡식을 가득 싣고도 남은 마소마다 곡식 바리를 얹어 3백 섬이 넘었다. 하지만 일없이 성문을 빠져나오자, 정말로 성 밖이 조용하고 아무도 길을 막지 않는 게 오히려 쓸데없는 걱정에 빠져들게 했다. 아무도 뒤쫓지 않는 데도 공연히 겁먹어 허둥대며 한시라도 빨리 오창에서 멀어지려 했다.

마음이 그렇게 급해지니 무겁고 부피 큰 곡식을 옮기는 일이 제대로 될 리 없었다. 먼저 걸음 느린 소가 끄는 수레가 버려지고, 다시 말이 끄는 수레 위의 곡식도 수레를 빨리 달릴 수 있게 덜어졌다. 거기다가 성고에 가까워질수록 마음이 더 다급해져 나중에는 곡식 바리 실은 마소까지 놓아두고 달아나게 되니 실제 성고성 안에 들어간 곡식은 백 섬을 크게 넘기지 못했다.

한왕은 그날 해 질 무렵에야 장졸들을 이끌고 텅 빈 오창성 안으로 들어갔다. 창고에 가득한 곡식을 풀어 군민을 배불리 먹이고, 오랜만에 잔치를 열어 장수들을 위로했다.

역 선생 이기(食其)

오창은 오산(敖山)의 곡창(穀倉)을 줄인 것이란 말이 있을 정도로 곡식이 많이 쌓여 있는 곳이었다. 오산의 곡식 창고는 이른바 혈창(穴倉)으로, 비가 적은 그곳 산기슭의 메마른 황토 언덕에 큰 구덩이를 파서 만들었다. 곧 곡식 몇 백 섬이 들어갈 큰 구덩이를 파고 바닥과 벽면을 널빤지와 섶으로 마감한 뒤에 곡식을 부어 넣고 덮개를 하여 갈무리하는 방식이었다. 그런 혈창이 수백 개나 오산 기슭에 늘어서 있는데, 어느 편의 손에 들어가든 늘 지키는 군사가 있기 마련이라 이리저리 퍼내고도 구덩이마다 얼마만큼은 남은 곡식이 있었다.

싸움도 없이 그 오창을 손에 넣은 한왕은 그날부터 군량 걱정을 하지 않게 되었다. 그 곡식으로 며칠 배불리 먹이고 편히 쉬게 하자 한군의 사기는 전에 없이 치솟았다. 이에 한왕은 다시 성고와 형양을 노려보며 일시에 덮쳐 되찾을 궁리로 여념이 없었다.

그러던 어느 날 역이기(酈食其)가 한왕을 찾아보고 말했다.

"이제 오창을 차지하셨으니 대왕께서는 하늘이 하늘로 여기는 큼지막한 쌀뒤주를 끼고 싸우시게 된 셈입니다. 여기에 다시 성고와 형양을 빼앗아 동쪽을 제압하는 발판으로 삼으시면, 관중은 절로 지켜질뿐더러, 주린 항왕의 대군을 멀리 내쫓는 데도 더할 나위 없는 지리(地利)를 차지하시게 될 것입니다. 하지만 신이 가만히 살피니, 대왕께서는 아직 이만 일로 자족하실 때가 아닌 듯합니다. 아무래도 동쪽의 일을 더는 그냥 보고 계셔서는 아니 되겠습니다."

'하늘이 하늘로 여긴다.' 함은 곧 백성들이 가장 소중히 여긴다는 뜻이다. '임금 노릇 하려는 자는 백성들을 하늘로 여기고, 백성들은 먹을 것을 하늘로 여긴다[王者以民爲天 民以食爲天].'라는 말에서 나온 비유이기 때문이다. 한왕은 전에 역이기에게서 한 번 들은 적이 있어 그 말은 쉽게 알아들었지만, 동쪽의 일이 무얼 가리키는지는 얼른 짐작이 가지 않았다.

"동쪽 일이라면 조, 연, 제의 일을 말하는 것이오? 그쪽은 이미 한신과 장이를 보냈고, 또 조참과 관영에게 군사를 딸려 보태 주기까지 하지 않았소? 그런데 난데없이 그쪽 일은 또 무엇 때문에 꺼내는 것이오?"

한왕이 그렇게 묻자 역이기가 진작부터 마음속으로 다듬어 온 계책을 쏟아 내는 듯 열기 있는 목소리로 말했다.

"한신과 장이가 할 수 있는 일이 따로 있고, 조참과 관영이 할 수 있는 일이 또 따로 있습니다. 지금 연나라와 조나라는 평정되었으나, 제나라는 아직도 대왕의 뜻을 받들려 하지 않습니다. 항왕을 맞받아친 그 기세로 우리 한나라를 경계하고 있어, 조나라나 연나라를 거둘 때와 같이 쉽게 여겼다가는 오히려 우리가 큰 낭패를 보게 될 것입니다.

전광(田廣)은 왕이 되어 넓고 강대한 제나라를 차지하였고, 전횡(田橫)은 전광을 왕으로 세웠으면서도 충심으로 그를 도와 그 누구보다 군건하게 제나라를 떠받들고 있습니다. 전간(田間)은 20만이나 되는 대군을 이끌고 역하에 머물러 있으며, 그 밖에 많은 전씨 일족이 적지 않은 군사들을 이끌고 곳곳에 흩어져 제나라를 지키고 있습니다. 실로 만만히 볼 수 없는 제나라의 종성(宗姓)들입니다.

또 제나라 땅은 남쪽으로는 태산의 험난함에 의지할 수 있으며, 동쪽으로는 달아나 숨을 수 있는 바다를 등지고 있습니다. 서쪽은 맑은 제수(濟水)가 가로막고 있고, 북쪽으로는 흐린 하수가 막아 주고 있습니다. 굳게 버티며 지키기와 달아나 깊숙이 숨기에 아울러 좋은 땅입니다.

거기다가 제나라는 땅이 남쪽으로 초나라와 붙어 있고, 거기 사는 사람들은 변덕이 많으며 속임수를 잘 씁니다[人多變詐]. 어제까지는 초나라와 죽기 살기로 싸웠지만, 언제 마음이 변해 초나라와 한편이 되어 대왕께 맞설지 모릅니다. 지금 보내 놓은 장졸들만으로는 평정하기 어려울뿐더러, 대왕께서 몸소 수십만의 대군을 이끌고 가신다 해도, 몇 달 또는 한 해 안에는 결코 쳐부수실 수 없는 곳이 제나라입니다."

"그렇다면 어찌해야 되겠소?"

"바라건대 신을 사신으로 삼아 제나라로 보내 주십시오. 그리하면 신이 세 치 혀로 제왕(齊王)을 깨우쳐, 대왕의 뜻을 받들도록 달래 보겠습니다."

역이기가 그렇게 자신 있게 대답했으나 한왕은 영 미덥지 않았다.

"사납기가 범 같은 항왕의 말도 따르지 않은 제나라 족속들이오. 그런 제나라 왕이 과연 선생의 말을 들어주겠소?"

그러면서 역이기를 마주 보았다. 역이기가 제풀에 달아올라 목소리를 높였다.

"신은 삶겨 죽는 한이 있더라도 반드시 제왕으로 하여금 스스로 한나라의 동쪽 울타리 노릇을 하는 나라[東藩]가 되기를 원하게 만들겠습니다!"

그 같은 역이기의 큰소리에 한왕이 너털웃음을 치며 받았다.

"좋소. 선생께서 원하신다면 그리해 보시오. 하지만 무슨 일이 있어도 가마솥에 삶겨서는 아니 되오."

"그렇다면 먼저 한신에게 사람을 보내 잠시 제나라로 쳐들어가는 일을 멈추라 하십시오. 창칼을 쓰는 일은 말로 달래 본 뒤라도 늦지 않습니다."

"번거롭게 따로 사람을 한신에게 보내느니, 그 일도 선생께서

해 주시구려. 여기서 제나라 도읍 임치까지는 2천여 리, 길이야 바로 제나라로 들면 조금 줄일 수도 있겠지만 밤이 길면 사나운 꿈도 많은 법이오. 너무 일찍 우리 사신이 제나라로 가고 있다는 게 알려지면 무슨 일이 있을지 모르니, 선생께서는 먼저 한단으로 가 보시는 게 어떻겠소?

그곳에 있는 한신과 장이에게 선생께서 직접 과인의 뜻을 전하고, 그 뒤에 하수를 건너 제나라로 들어가는 것이 좋을 듯하오. 그리하면 임치까지 가는 길 절반은 우리 군사들이 차지하고 있어 안전한 조나라를 거쳐 가게 되는 셈이 될뿐더러, 선생께서 사신으로 가고 있다는 소문이 요란하게 밖으로 새어 나가는 것도 막을 수 있을 것이오. 또 한단에서 하수를 건넌 뒤에 동아와 역성을 거쳐 임치로 들면, 거기부터는 온전한 제나라 땅이라 별 탈 없이 남은 길을 지나 제나라 왕을 만날 수 있을 것이외다.”

이에 역이기는 한왕의 말을 따라 그날로 떠날 채비를 갖추었다. 먼저 자신이 탈 수레는 네 마리 말이 끄는 데다 덮개가 있고 휘장까지 드리운 것으로 골랐다. 그리고 그 수레 앞뒤에는 번쩍이는 마구를 갖춘 기마 몇 기와 키 크고 허여멀쑥한 갑졸들에게 크고 작은 깃발을 나눠 주고 따르게 함으로써 왕사(王使)의 위의(威儀)를 갖추었다. 하지만 따르는 사람이 모두 합쳐 서른을 넘지 않게 해 누가 보아도 싸우러 오는 군사들같이 보이지는 않게 했다.

역이기가 한단에 이르렀을 때 조나라 상국 한신은 제나라를 치기 위해 군세를 키우느라 한창이었다. 한신이 장이와 함께 소수무에서 그리로 쫓겨 오듯 하면서 한왕 유방으로부터 받아 온 군사는 겨우 5천이었다. 천하의 패왕 항우도 끝내 꺾지 못한 제나라를 치기에는 터무니없이 적은 군사였다. 하기야 그때 한신 곁에는 조참과 관영이 각기 적지 않은 군사를 거느리고 따라와 있었다. 그러나 조참은 한나라 우승상으로 가임(假任)되어 있던 터라 조나라 상국으로 내려앉은 한신보다 품계가 낮지 않았다. 그래도 한신에게 대장군의 직위가 살아 있어 조참이 그 밑에 배속되어 있기는 했지만, 예전같이 부장으로 마음 놓고 부릴 수는 없었다. 관영도 명목상으로는 대장군 한신에게 배속되어 있었으나, 낭중의 기마대를 이끈 기장으로서 실제로는 한왕 유방에게 직속된 별장에 가까웠다. 따라서 제나라를 치기 위해서는 먼저 한신이 마음대로 부릴 수 있는 군사부터 키워야 했다.

이에 한신은 조왕(趙王)으로 가임된 장이를 내세워 조나라 장정들을 닥치는 대로 긁어모았다. 한신과 장이는 전에도 조나라에서 적지 않은 군사를 거둬 한왕에게 보낸 적이 있었으나, 다행히도 조나라는 땅이 넓고 기름진 만큼이나 군사로 뽑아 쓸 수 있는 장정도 많았다. 한 달 넘게 조나라 백성들을 어르고 달랜 끝에 그럭저럭 3만 명 가까운 장정을 긁어모을 수가 있었다.

역이기가 한단으로 간 것은 한신이 그렇게 긁어모은 장정들이라도 정병으로 만들어 보려고 한창 조련에 열중하고 있을 때였다. 이제 며칠만 지나면 군사로 부릴 만하다 싶을 때 난데없이 역이기가 찾아와 한왕의 뜻을 내세우며 말했다.

"대장군께서는 제나라로 군사를 내는 일을 잠시 미루시오. 제나라를 치는 것은 말로 달래 보고 난 뒤라도 늦지 않다는 것이 우리 대왕의 뜻이오. 먼저 이 늙은 것이 임치로 가서 세 치 혀로 제왕의 마음을 돌려 보겠소."

한신은 무덤덤한 얼굴로 그런 역이기의 말을 받아들였다. 소수무의 진영에서 자신의 대군을 모두 빼앗은 뒤, 얼른 군사를 일으켜 제나라로 쳐들어가라고 자신의 등을 떼밀듯 조나라로 내쫓은 한왕이었다. 그런데 겨우 석 달도 안 돼 다시 역이기를 제나라에 세객으로 보내는 것이 온당치 않은 변덕처럼 느껴졌으나 애써 내색하지는 않았다.

역이기는 한단에서 며칠 여독을 풀고 지친 말을 바꾼 뒤에 제나라로 떠났다. 길을 떠난 첫날 저물 무렵 하수를 만나 하룻밤을 묵고, 다음 날 하수를 건넌 지 또 하루 만에 동아에 이르렀다. 동아는 한단에서 하수를 건너 제나라로 들면 처음 만나게 되는 큰 성읍이었다. 역하와 견줄 바는 못 되었으나, 그곳에도 전씨 일족의 장수 하나가 적지 않은 군사들을 거느리고 성을 지키고 있었다.

"나는 한나라의 사신으로 광야군(廣野君) 역이기라 하오. 우리 대왕의 명을 받들어 제왕을 만나러 임치로 가는 길이니 성문을 열어 주시오."

성문 가까이 수레를 댄 역이기가 문루에 나와 선 제나라 장수에게 큰 소리로 외쳤다. 한신이 곧 대군을 이끌고 쳐들어올 거란 소문에 바짝 긴장해 있던 제나라 장수가 경계하는 눈길로 역이기 일행을 살펴보았다. 왕이 보낸 사신답게 위의를 갖추고 있었으나, 따르는 군사들이 많지 않아 안으로 들여도 별일은 없을 듯했다.

성문을 열어 주자 성안으로 들어온 역이기는 제 밑에 있는 사람 부리듯 제나라 장수에게 말했다.

"왕사가 먼 길을 무릅쓰고 왔으니 어서 전사(傳舍)로 안내하시오. 그리고 임치에 계시는 제왕께 사람을 보내 내가 가고 있음을 알려 주시오. 도중에 있는 역하에도 기별을 놓아 우리 사행(使行) 길이 지체되는 일이 없도록 해야 하오."

그런 역이기의 위엄에 눌렸는지 동아를 지키던 장수가 군소리 없이 역이기의 요청을 들어주었다. 하지만 다시 이틀 뒤 역이기가 역하에 이르렀을 때는 형편이 달랐다.

역하는 역성이라고도 하는데 뒷날의 제남(濟南)이 바로 그 땅이다. 역하성은 제수 가에 서 있는 성으로서, 하수 가에 있는 평원성이 무너지면 그다음으로 산동을 지키는 요충이 된다. 그때 역하성은 전간이 20만 대군을 거느리고 지킨다고 되어 있었으나 실은 제나라 대장군 전해(田解)와 거기장군 화무상(華無傷)이 지키고 있었다.

전해와 화무상이 대군을 이끌고 역하에 머물게 된 것은 조나라에 있는 한신이 대군을 이끌고 제나라로 쳐들어오리라는 소문 때문이었다. 한신이 배수진으로 조나라의 20만 대군을 쳐부순 일은 그때 이미 세상에 널리 알려져 있었다. 하지만 역하에 있는 제나라 장졸들은 그런 한신에게 조금도 겁먹지 않았다. 패왕 항우를 물리친 그 기세로 오히려 한신이 쳐들어오기를 기다리고 있었다.

"한왕의 사자가 임치로 가는 것은 틀림없이 우리 대왕을 달래기 위함일 것이다. 우리 제나라가 서초와의 싸움에 지쳐 있는 것을 틈타, 힘 안 들이고 항복을 받아 내겠다는 수작이다. 먼저 우리 장졸들의 날카로운 기세를 보여 주어 한왕의 사자가 우리 제나라를 업신여길 수 없게 해야 한다."

역하에 이른 역이기가 성문을 열어 주기를 빌자 전해가 거느리고 있는 장수들을 둘러보며 그렇게 말했다. 그리고 다시 가만히 덧붙였다.

"그대들은 되도록 많은 기마와 갑졸을 성문 안팎으로 늘어세워 우리 제군(齊軍)의 위엄을 떨쳐 보이도록 하라."

장수들이 시킨 대로 하자 전해는 성 밖 멀리까지 부장을 마중 보내 역이기의 수레를 성 밖에 벌여 세운 저희 기마대와 갑졸 사이로 몰아오게 하였다. 수레 좌우로 수풀처럼 창대와 기치를 벌여 세운 기마대와 번쩍이는 갑옷투구로 온몸을 감싼 보졸들이 늘어선 것을 보고 역이기는 전해의 속마음을 읽었다. 그럴수록 기죽지 않기 위해 거느린 인마를 큰 소리로 다그치며 성안으로 들어갔다.

역이기의 수레가 성문을 지나자 그 안에 다시 삼엄하게 군사를 벌여 놓고 기다리던 전해가 말 위에 앉은 채로 거만하게 역이기를 맞았다.

"화무상 장군이 거느린 10만 군사까지 모두 성안에 들여놓을 수 없어 그들은 성 밖 벌판에 따로 진채를 벌이고 있소. 그래도 성안에 머무는 군사가 또 10만이 넘다 보니 전사를 넉넉하게 비워 두지 못했소이다. 다소 불편하시더라도 너무 허물하지 마시고 하룻밤 묵어 가시오."

그러면서 은근히 성안의 군세를 자랑하더니 역이기에게 제법 겁까지 주었다.

"우리 제나라는 항우의 10만 대군도 싸워 물리친 바 있소. 우리 대왕의 명만 있으면 여기 있는 군사만으로도 거꾸로 조나라와 연나라를 우리 제나라의 북쪽 울타리로 만들 수 있을 것이오. 그런데 우리 대왕께서 무엇 때문에 구차하게 한나라의 사신을 받아들이시는지 모르겠소. 나와 화무상 장군이 거느린 군사만도 20만이니, 우리 제나라가 전력을 쏟는다면 조나라, 연나라가 아니라 관중인들 둘러엎지 못하겠소?"

그 말에 듣다 못한 역이기가 한마디 쏘아 주었다.

"성안군 진여(陳餘)가 지수(泜水) 가에서 우리 대장군 한신에게 목이 베인 것은 거느린 군사가 20만이 되지 못해서는 아니었소. 싸움의 승패는 군사의 머릿수가 결정하는 것이 아니외다. 거기다가 나나 장군이나 다 같이 남의 신하 되어 시위에 얹힌 화살 같은 신세니, 쏘는 이가 당긴 시위를 놓으면 그저 날아갈 뿐이오. 사신을 보내고 받아들이는 일은 군왕이 신하를 입으로 삼아 서로의 뜻을 주고받는 것, 신하 된 자로 군왕의 크고 깊은 뜻을 어찌 함부로 헤아릴 수 있겠소?"

하지만 역이기와 전해의 그런 보이지 않는 기싸움도 그날이

끝이었다. 다음 날 아침 역이기 일행이 비좁은 전사에서 찌뿌듯
한 몸으로 일어날 무렵 임치에서 달려온 유성마가 전해에게 재
상 전횡의 뜻을 전했다.

"한왕의 사신을 잘 대접하고 우리 인마를 딸려 정중히 돌보게
하며 임치로 보내라."

제나라뿐만 아니라 그 왕인 전광까지도 쥐락펴락하는 재상 전
횡이 그렇게 말하자 전해도 더는 쓸데없는 허장성세로 뻗대지
않았다. 역이기 일행을 하루 더 붙잡아 푹 쉬게 한 뒤 군사 몇 백
까지 딸려 도읍인 임치까지 5백 리 길을 호위하게 했다.

역이기가 다시 엿새나 걸려 임치에 이르니 전횡이 성문 밖
10리나 나와 반갑게 맞아 주었다. 전횡은 항우와 맞서 싸워 버텨
낸 맹장일 뿐만 아니라, 한 나라의 재상으로 천하의 형세를 살피
는 데도 날카로운 안목을 가지고 있었다. 한왕 유방이 멀리 사신
을 보낸 까닭은 듣지 않고도 대강 짐작되는 바가 있었으나, 한
세객으로서 역이기가 품고 있는 속셈이 궁금했다. 서로 수인사를
마친 뒤에 전횡이 먼저 역이기를 떠보았다.

"역 선생께서는 우리 제나라에 무슨 가르침을 주시려고 이리
먼 길을 오셨소?"

"이 늙은이가 무슨 수로 재자(才子)와 의사(義士)가 구름같이
몰려 있는 제나라에 가르침을 줄 수 있겠소? 다만 우리 대왕께서
제왕께 드리는 말씀이나 잊지 않고 전할 수 있으면 그보다 더한
다행이 없겠소이다."

역이기는 그렇게 대답해 전횡의 물음을 비껴갔다. 그리고 성안에 들 때까지 도리어 자신이 제나라의 지리며 풍토, 물산에 관해 이리저리 묻는 것으로 전횡의 입을 막아 버렸다.

제나라의 도성 임치는 그때 벌써 인구 50만을 일컫는 큰 도시였다. 시황제가 천하를 통일할 때도 크게 전화(戰禍)를 입지 않은 곳이라 모든 것이 넉넉하고 흥청거렸다. 옛 제나라의 마지막 임금 전건(田健)이 싸워 보지도 않고 진나라에 항복한 까닭이었다. 역이기는 임치의 편안한 객관에서 며칠을 잘 쉰 뒤에 제왕 앞으로 불려 나갔다.

"역 선생께서는 무슨 일로 이 먼 길을 오셨소? 한왕께서 과인에게 무슨 말을 전해 달라 하시더이까?"

역이기가 사신의 예를 올리자 제왕 전광이 그렇게 물었다. 역이기가 그 물음에 대답은 않고 이번에도 딴전을 피웠다.

"이 며칠 객관에 머물면서 임치성 안을 두루 살펴보았습니다. 참으로 크고 넉넉한 도성이었습니다. 하지만 제나라가 앞으로도 그 크고 넉넉함을 지켜 나가기는 여간 어려운 일이 아닐 것입니다."

비록 전횡이 힘으로 제나라를 차지한 뒤에 받들어 세운 왕이기는 했지만, 제왕 전광도 그리 만만한 사람은 아니었다. 제 힘으로 삼제(三齊)를 아울러 왕이 된 아비 전영을 닮아 생김이 헌걸찰 뿐만 아니라, 사람됨도 남달리 빼어난 데가 있었다. 역이기가 무슨 말을 하려는지 대강 짐작한 듯 제왕이 덤덤하게 받았다.

"천하가 전란으로 이렇듯 어지러우니 당연히 그럴 것이오. 실은 그 때문에 과인도 밤낮으로 걱정하고 있소."

그 말에 역이기가 다시 딴전을 피우듯 불쑥 물었다.

"왕께서는 천하가 마침내 어디로 돌아갈지 아시겠습니까?"

"모르겠소. 그것만 알 수 있어도 과인의 걱정이 절반은 덜어질 것이오."

이번에도 제왕이 모르는 척 시치미를 떼고 그렇게 받았다. 그러자 역이기가 좀 더 속을 드러냈다.

"그렇습니다. 왕께서 만일 천하의 민심이 어디로 몰리게 될지를 아신다면 제나라는 온전하게 지켜질 수 있을 것입니다. 허나 왕께서 그걸 아시지 못한다면 제나라는 끝내 지켜지지 못할 것입니다."

"그렇다면 선생이 보시기에는 천하의 민심이 어디로 돌아갈 것 같소?"

제왕이 이번에는 정색을 하고 물었다. 그제야 역이기도 정색을 하고 대답했다.

"반드시 한나라와 우리 대왕께로 돌아올 것입니다."

"선생은 무슨 근거로 그렇게 잘라 말하시는 것이오?"

제왕이 정말로 몰라 묻는 사람처럼 그렇게 물었다. 역이기가 그 물음을 받아 얼음에 박 밀듯 거침없이 대답했다.

"지금 우리 대왕과 함께 천하를 다툴 만한 세력은 항왕이 다스리는 서초뿐입니다. 따라서 우리 대왕이신 한왕과 서초 항왕의 사람됨을 살펴보면 곧 천하의 민심이 어디로 돌아갈지를 쉽게 알 수 있습니다.

한왕과 항왕의 사람됨 가운데서 먼저 따져 볼 것은 신의입니다. 지난날 한왕과 항왕은 다 같이 의제(義帝)의 신하로서 서로 힘을 합쳐 진나라를 치되, 먼저 함양으로 들어가는 쪽이 관중의 왕이 되기로 약조하였습니다. 그런데 우리 한왕께서 먼저 함양에 들어가시자 항왕은 약조를 저버리고 한왕께 관중을 주지 않았습니다. 다만 궁벽한 파촉과 한중만을 떼어 주며 한왕으로 삼았을 뿐입니다. 그처럼 신의를 모르는 항왕에게 어떻게 천하의 민심이 돌아갈 수 있겠습니까?

그다음으로 살펴볼 것은 신하 되어 마땅히 바쳐야 할 충성입니다. 진나라를 쳐 없앤 항왕은 겉으로는 섬기던 임금 회왕(懷王)을 높여 의제로 세웠으나, 속으로는 오직 그 임금을 해치고 스스로 패왕이 되어 우뚝 설 마음뿐이었습니다. 의제를 재촉해 멀리 외진 장사(長沙)로 내쫓은 뒤 끝내는 형산왕과 임강왕을 시켜 시해하고 말았습니다.

그러나 우리 대왕께서는 그 소식을 듣자마자 파촉 한중의 군사를 이끌고 삼진을 쳐부수신 뒤에 함곡관을 나와 항왕이 의제를 시해한 죄를 따지셨습니다. 또한 천하의 군사를 불러 모아 항왕의 도읍인 팽성을 들이치셨을 뿐만 아니라, 남의 임금 되는 옛 제후들의 후예를 찾으면 그를 다시 제후로 세워 주셨습니다……."

역이기가 그렇게 말하고는 한차례 숨을 고른 뒤에 이었다.

"우리 대왕께서는 성을 빼앗으시면 공을 세운 장수를 후(侯)로 봉하시고, 재물을 얻으면 바로 병사들에게 나누어 주십니다. 언제나 천하와 더불어 이익을 함께하시니 영웅과 호걸, 현인과 재

사가 모두 한왕께 모여들어 기꺼이 부림을 받고자 합니다. 제후
의 군대가 사방에서 한왕을 도우러 달려왔으며, 파촉과 한중의
곡식이 뱃머리를 나란히 하여 장강을 내려오고 있습니다.

그런데 항왕은 어떻습니까? 약조를 저버리고 의제를 시해한
큰 죄가 있으면서도 사람을 부리는 데는 야박하고 인색하기 짝
이 없습니다. 다른 사람이 세운 공은 기억하지 못하면서도 그가
지은 죄는 잊어버리는 일이 없고, 성을 떨어뜨린다 해도 봉토를
내리거나 재물을 나눠 주는 법이 없습니다. 항씨 일족이 아니면
결코 무겁게 쓰지 않으며, 어쩌다 장수들을 제후로 봉하려고 후
인(侯印)을 새겨 놓고도 내주기가 아까워서 도장 모서리가 닳도
록 가지고 있습니다. 그 때문에 천하 사람들은 저마다 항왕에게
반기를 들고, 현인과 재사들은 그를 원망하여 아무도 그를 위해
일하려 하지 않습니다.

그러므로 천하의 인재들이 모두 우리 한왕께로 돌아온 것이며,
한왕께서는 힘들이지 않고 그들을 얻어 부릴 수 있었습니다. 이
에 파촉 한중에서 군사를 일으켜 삼진을 평정하셨고, 서하를 건
너 위표를 사로잡고 상당의 군대를 아우르셨습니다. 그런 다음
한신을 시켜 정형으로 치고 들어, 조나라를 등에 업고 맞서는 성
안군 진여를 지수 가에서 목 베셨습니다. 북위를 쳐부수시고 서
른두 개의 성을 떨어뜨리셨으며, 그 밖에 우리 대왕의 위엄에 눌
려 스스로 항복해 온 성은 이루 다 헤아릴 수가 없을 정도입니
다. 이는 실로 치우(蚩尤)의 군사들이 보여 준 기세와도 같은 것
으로, 사람의 힘이라기보다는 하늘이 내리신 복이라 할 수 있습

니다.

거기다가 지금 한왕께서는 이미 오창의 곡식을 차지하셨으며, 성고의 요해(要害)를 막고 계십니다. 백마 나루를 지키면서 태항산으로 드는 길목을 끊고, 아울러 비호(하북 흑석령의 험한 골짜기)의 목줄기를 틀어쥐고 계십니다. 따라서 천하의 제후들 가운데 뒤늦게 한왕께 항복하는 제후는 그만큼 남보다 먼저 망해 없어지게 될 것입니다. 왕께서도 서둘러 우리 대왕께 항복하신다면 제나라를 보전하실 수 있을 것이나, 굳이 항복을 마다하시면 앉아서 제나라가 망하는 날을 기다리시게 될 터이니 깊이 헤아려 대계를 정하십시오."

제왕 전광이 결코 기백이 모자라는 사람이 아니었으나 거기까지 듣자 섬뜩하지 않을 수가 없었다. 얼른 보기에는 언제나 패왕 항우 쪽이 우세해 보여도 역이기가 하나하나 짚어 가며 하는 말을 듣고 보니 대세가 한왕 유방 쪽에 있다는 말이 모두 옳게 들렸다. 역이기를 내보내고 가만히 재상 전횡과 의논했다.

"저 사람의 말이 아무래도 세객의 속임수만은 아닌 듯하오. 어찌하면 좋겠소?"

싸움터에서는 물불 가리지 않는 맹장이었으나, 전횡에게도 역이기의 말을 알아들을 만한 귀는 있었다. 어렵게 패왕 항우를 물리치기는 했어도 그와 다시 싸울 생각을 하니 으스스했다. 이 기회에 한왕과 손잡고 그 힘을 빌려 항우와 맞서는 쪽을 고르는 것이 나을 듯했다.

"알겠소이다. 선생의 말씀을 듣고 보니 눈앞이 훤히 밝아 오는 듯하오. 선생께서 깨우쳐 주신 대로 과인도 우리 제나라에 이른 천명을 받들도록 하겠소!"

다음 날 전광은 역이기에게 그렇게 말한 뒤에 곧 한나라에 사신을 보내 화평을 맺고 그 밑에 들 것을 다짐했다. 또 20만 대군으로 역하를 지키고 있는 전해와 화무상에게도 사람을 보내 그 일을 알리는 한편 역이기를 보다 갖춰진 객관으로 옮겨 상국(上國)의 사자로 두텁게 대접했다.

제왕 전광이 한나라와 손을 잡게 된 일을 스스로 다행하게 여기면서 연일 잔치를 벌여 역이기와 술을 즐기고 있는 사이에 다시 며칠이 지나갔다. 그렇게 되니 어느새 역이기가 한단을 떠난 지 스무날이 훌쩍 넘었다.

장이의 도움을 받아 한단에서 군사를 기르고 있던 한신은 역이기가 떠나고 한 달이 가까워도 아무런 전갈이 없자 마냥 기다릴 수만은 없었다. 먼저 조참과 관영을 불러 어찌해야 할지를 슬며시 물어보았다.

"제나라 사람들은 변덕이 심하고 속임수가 많은 데다 남의 밑에 들기를 싫어하오. 시황제가 육국을 아우를 때도 가장 늦게 진나라 밑에 들었고, 작년에는 항왕의 불같은 10만 대군을 맞아서도 끝내 굽히지 않고 막아 냈소. 역 선생이 아무리 변설이 뛰어나다 해도 싸움 한번 없이 우리 한나라에 항복하지는 않을 것이오. 그런데 역 선생이 떠난 지 스무날이 넘어도 제나라에 풀어둔 간세들로부터 아무런 소식이 없으니, 아무래도 일은 글러 버린 것 같소. 이제 우리는 어찌하면 좋겠소?"

조참과 관영 또한 장수로서 오래 싸움터를 누빈 사람들이라, 유세(遊說)니 화평이니 항복이니 하는 것을 별로 믿지 않았다. 누가 먼저랄 것도 없이 한신의 말을 받았다.

"역 선생이 뜻을 이루지 못했다면 우리가 나서야 하지 않겠습니까?"

"임치로 밀고 들어가기 좋은 곳으로 군사를 옮겨 두었다가 역 선생에게 무슨 일이 있다는 것을 알게 되면 바로 움직이도록 하지요."

그 말에 한신이 잠시 무언가를 망설이는 듯하다가 이내 마음을 정한 듯 말했다.

"우리가 먼저 군사를 움직이는 게 대왕의 엄명을 어기는 것 같아 마음에 걸리지만 어쩔 수 없구려. 마침 새로 얻은 군사들 조련도 대강 끝났으니, 일이 터지면 대처하기 좋은 곳으로 옮겨 두는 것도 나쁘지는 않겠소."

그때 한신의 책사로서 그 자리에 함께 있던 광무군 이좌거(李左車)가 넌지시 끼어들었다.

"듣기로 역 선생께서는 한단 남쪽에서 하수를 건너셨다 했으니 아마도 동아와 역성을 거쳐 임치로 갔을 것입니다. 임치에서 일이 잘못되었다면, 역 선생께서 동아와 역성을 지나신 것이 수풀을 건드려 뱀을 놀라게 한 격이 됩니다. 우리는 멀리 북쪽으로 올라가 평원 맞은편 나루에서 하수를 건너면 어떻겠습니까? 거기서 제나라로 들어가면 곧장 임치로 치고 들 수 있습니다."

268

한신도 그 말을 옳게 여겼다. 다음 날로 군사를 일으켜 하수를 따라 북동쪽으로 올라갔다. 자신이 서둘러 부풀린 군사에다 조참과 관영의 군사를 좌우 날개로 삼은 5만 대군이었다.

한신의 군사는 밤낮 없이 내달아 한단을 떠난 지 사흘 만에 평원성 맞은편 하수 나루에 이르렀다. 거기서 하루를 쉬며 한 번 더 사람을 풀어 임치의 사정을 알아보게 했다. 그런데 그날 날이 저물기도 전에 하수를 건너갔던 사람들이 잇따라 돌아와 알렸다.

"제왕이 우리 대왕께 항복하였습니다. 벌써 열흘 전에 제나라 사신이 그 같은 제왕의 뜻을 전하기 위해 오창으로 달려갔다는 소문입니다."

"제왕은 70개가 넘는 성을 한나라에 바치고 충성을 맹세했다 합니다. 역이기 선생은 수레 위에 앉아서 세 치 혀로 제나라를 평정한 셈입니다."

한신은 제나라가 항복했다는 말을 듣자 반갑기보다는 온몸에서 힘이 쭉 빠졌다. 석 달 전 한왕 유방에게 등을 떼밀리듯 조나라로 온 뒤로 자나 깨나 한신의 머릿속을 떠나지 않은 게 제나라를 치는 일이었다. 군사를 모으고 조련하면서도 그의 눈길은 언제나 제나라 안팎의 움직임에 쏠려 있었다.

한신이 사람을 풀어 알아본 제나라는 그 이름만 들어도 울던 아이가 그친다는 패왕 항우를 물리친 족속들이 사는 천험(天險)의 산과 바다였다. 밖에서 보는 기세로는 제나라를 치려면 5만이 아니라 50만 명이라도 부족할 것 같았다. 그 바람에 얼른 군사를 내지 못하고 머뭇거리며 살피고만 있는데, 역이기가 찾아와 군사를 움직이지 말라는 한왕의 명을 전했다.

　한신은 역이기가 제왕을 달랠 수 있다고는 믿지 않았다. 하지만 자신이 좀 더 군사를 키우고 조련할 시간을 벌어 줄 수 있다고 보아 기꺼이 한왕의 명을 받아들였다. 그런데 역이기가 정말로 제왕을 항복시켜 자신이 할 일을 없애 버리니 맥이 빠지지 않을 수 없었다.

　"이제는 하수를 건널 까닭이 없어졌구나. 여기서 군사를 멈추고 대오를 정비하라. 서쪽으로 돌아가 형양과 성고 쪽의 형세나 결정하는 수밖에 없다."

(8권에서 계속)

초한지 7
뒤집히는 대세

개정 신판 1쇄 발행 2020년 11월 5일
개정 신판 2쇄 발행 2022년 11월 15일

지은이 이문열

발행인 양원석
펴낸 곳 ㈜알에이치코리아
주소 서울시 금천구 가산디지털2로 53, 20층 (가산동, 한라시그마밸리)
편집문의 02-6443-8842　　**도서문의** 02-6443-8800
홈페이지 http://rhk.co.kr
등록 2004년 1월 15일 제2-3726호

copyright ⓒ 이문열

ISBN 978-89-255-8967-1 (04820)
　　　978-89-255-8974-9 (세트)